COLUCHE PAR… COLUCHE

Coluche par...
Coluche

PRÉFACE DE PHILIPPE VANDEL

LE CHERCHE MIDI

Note de l'éditeur : en dépit de nos recherches
et démarches, nous n'avons pu retrouver la trace
de certains des journalistes ayant mené ces entretiens.
Merci à ceux d'entre eux qui liront ces lignes de prendre
contact avec le cherche midi.

ISBN : 2-253-11429-4 – 1ʳᵉ publication – LGF
ISBN : 978-2-253-11429-1 – 1ʳᵉ publication – LGF

Préface

En direct sur France Inter, avant même la première question de l'animateur, Coluche l'apostrophe :

« Comment ça va ?

– Bien et vous ? On fait semblant de se vouvoyer ? On joue le jeu ?

– Non non, je suis pas d'accord. Non. On n'a qu'à faire semblant de se tutoyer puisque de toute façon on se connaît pas non plus énormément… »

Tout est là : le sens de l'absurde, l'irrévérence, la complicité avec le public. Et la drôlerie évidemment.

Autant le dire d'emblée : je n'ai pas connu Coluche. Cette préface ne sera donc pas le traditionnel compliment serti d'anecdotes plus ou moins banales « Je me rappelle le jour où nous étions… », badigeonné du vernis trop luisant de la camaraderie posthume.

Je ne l'ai pas connu, mais je l'ai rencontré. Ou presque. En me tordant de rire avec ses sketches. Mais surtout en dévorant ses interviews, écrites ou parlées.

Ce sont ces entretiens qui font la matière de ce recueil. C'est vous dire ma joie quand on m'a fait l'honneur – immérité selon moi – d'y coller ma patte.

Avez-vous lu le conseil de la 4e de couve, « ouvrez ce livre à n'importe quelle page » ? C'est moi qui l'ai soufflé à l'éditeur, soufflé que j'étais par la force et la verve intacte de ces mots. Plus gorgés de sève que toute une livraison hebdomadaire d'hebdomadaires, justement.

Restons du côté des médias. Le premier (peut-être le dernier à ce point), Coluche s'en est joué. Le plus ouvertement du monde : « Je vais vous dire un truc, déclare-t-il à un journaliste, si c'est pas moi qui décide de ce que je fais avec les médias, c'est eux. Alors, tant qu'à faire que ça profite à quelqu'un, j'aime autant que ça soit à moi. »

Que RMC le balance, – il s'est fait virer because impertinence envers la famille de Monaco –, et c'est la station qui s'en prend une. Il lui règle son compte après-coup : « Plus envie de faire de la radio ?

– Ah c'est pas tout à fait exact. C'est surtout le contraire. C'est la radio qu'a plus envie que j'en fasse. Je m'en fous complètement : ils font ce qu'ils veulent. Moi, ce qui m'étonne, c'est pas qu'ils m'aient jeté, c'est qu'ils m'aient engagé. »

C'est que Coluche est incontrôlable. Et imprévisible, avec son flingue à tirer dans les coins. « Springsteen, on dirait un mec qui se défonce à rien. C'est les pires ! » Pauvre Bruce, qu'avait rien demandé à personne. Une balle perdue peut partir si vite.

À lire ces pages, on se demande quel comique d'aujourd'hui oserait brocarder publiquement la voracité de son manager : « Lederman, le mec qui me produit, qui compte l'argent qu'on gagne comme si c'était le sien. » Et quel comédien césarisé oserait avouer « les putes ça m'a toujours branché » ?

Même sans l'accent gouailleur du titi de Montrouge, même sans les silences calculés et les accélérations fulgurantes, même retranscrits sur papier, ses propos conservent leur puissance comique inégalée. Au point que beaucoup d'impros passent pour des numéros préparés. Tiens, au pif, cette tirade politico-économique : « Ce matin dans le journal, ils disaient : y'a un plan de l'industrie automobile qui va faire des voitures moins chères et meilleures. Tu crois pas que c'est une manœuvre électorale, ça ? Pourquoi ils ont pas pensé avant à les faire meilleures et moins chères, ces cons-là ? Si c'est aujourd'hui qu'ils y pensent, ils se foutent de notre gueule ! »

On dégotte aussi des analyses chiffrées qui feraient hurler les féministes : « Ce n'est pas parce qu'à quatorze ans on est attiré par les filles de seize, qu'à trente-cinq ans on ne bande que pour les filles de trente-sept et qu'à soixante-quatre pour les filles de soixante-six ans ! » Parue dans le magazine *Lui*, cette interview fut réalisée par une certaine Marie-Pierre Grospierre, pseudonyme qui cachait son ami Pierre Benichou (oui, le monsieur du *Nouvel Obs* qui passe à la télé !).

Coluche est là où on ne l'attend pas. Et pas politiquement correct pour deux ronds.

Ouvrons ici une parenthèse en forme de définition. Il est temps de rappeler ce que signifient ces termes utilisés et brocardés à les sauces : « politiquement correct », synonyme péjoratif de « lisse et aseptisé ». L'expression tant décriée est née aux États-Unis dans les années quatre-vingt. Des chercheurs avaient constaté que dans les tests de QI, les Jaunes étaient généralement devant les Blancs, et les Noirs derrière. Impossible à écrire dans le journal sans subir les foudres des associations de défense des minorités. L'information, même établie par des scientifiques rigoureux et irréprochables, ne convenait pas du point de vue politique. *Not Politically correct*.

C'est ainsi que les « blacks » sont devenus des « afro-américains », en même temps que les aveugles furent rebaptisés « non-voyants », et les nains « personnes verticalement contrariées ».

La France a emboîté le pas. Désormais, pas un de nos respectables journaux qui prétendent pourtant traquer sans relâche le « politiquement correct » n'oserait écrire « pédé » pour homo. Les « quartiers défavorisés » ont été transmutés en « quartiers » tout court. Des mots s'évaporent. D'autres perdent leur sens. Le lecteur doit lui-même comprendre « les petits voyous des cités difficiles » quand le distingué journaliste a sobrement daigné scripter « les jeunes des quartiers ».

Coluche ne s'embarrasse pas de ces subterfuges. Il appelle un chat un chat, et ne tourne pas autour du pot. Ça fait du bien. Ça heurte aussi.

« Je tiens à dire que l'argent fait le bonheur ! »

Les belles consciences de gauche qui le soutenaient n'étaient pas au bout de leur peine. Considérez par exemple ce surprenant plaidoyer capitaliste : « Le capitalisme n'a été inventé par personne, alors que le socialisme, ça a été inventé par des gens. Le capitalisme, ça s'est fait tout seul depuis que le monde existe. Ça, quand même, tu peux pas le négliger. C'est comme la théorie des climats pour le bonheur. Quoi qu'il arrive, même si le régime social est formidable, en Ukraine on se gèlera les couilles, et en Floride y fera beau.

– Donc, tu penses que la supériorité du capitalisme réside dans son caractère naturel ?

– Ben oui. »

Et quand Coluche cause politique, on lui découvre des préférences inattendues : « C'est pas moi qu'empêche Rocard de se présenter, c'est Mitterrand. Évidemment

moi j'aurais préféré voter pour Rocard. Évidemment. »
Le même Rocard dont il disait aussi : « Il a une tête
d'accouchement, le problème c'est qu'on voit jamais
sortir le bébé. »

Le bouquin que vous tenez entre les mains a une
autre vertu : ne pas céder à la facilité de couler Coluche
dans le bronze de sa propre statue du Juste qui voit loin
et vrai. Vous le constaterez : le premier des Enfoirés dit
aussi pas mal de conneries. (Mais c'est lui qui les dit le
mieux !) Et il se révèle un piètre prophète. En 1981, il
certifie que jamais Mitterrand ne sera élu. En 1986, il
prédit qu'une cohabitation Chirac-Mitterrand est impossible. Plus visionnaire encore, il annonce les deux seuls
candidats possibles comme Premier ministre de Ton-
ton : Chaban-Delmas ou Simone Veil…

C'est peu dire qu'il manque. À relire ces entretiens,
un cliché s'impose comme une évidence : lui seul
aurait su faire taire Le Pen et museler l'extrême-droite,
démonter leur dialectique démago, et mettre les rieurs
de son côté.

Avec une générosité qui stupéfie encore. On connaît
le classique : « Je ne voudrais pas dire de mal mais il est
gentil »… Coluche y échappe, cas unique. C'est lui le
gentil, alors que c'est lui qui dit du mal des autres. Et
qui aussi en laisse dire de lui-même. Comme dans cette
« descente de police » de Maître et Ardisson :

« Ça t'embête pas d'être laid ?

– Y'a tellement peu de chances que je puisse changer de corps ou de tête que je vois pas l'intérêt de se
poser la question !

– Et si tu pouvais y changer quelque chose, ça serait
quoi ?

– Si je pouvais changer quelque chose, j'aimerais bien que tous les pauvres soient riches. »

Unique, je vous dis.

Philippe Vandel.

« Je suis coluchiste, et vous ?... »
Combat, le 11 avril 1974, Elsa Gion

Coluche, 26 ans, ex-chanteur, est l'un des acteurs-auteurs les plus connus du café-théâtre. Il nous explique comment il est amené à faire ses Adieux au music-hall *à la veille d'être peut-être, demain, l'une de ses plus grandes vedettes.*

Avec tes Adieux au music-hall, *ne retrouves-tu pas le métier de tes débuts, chanteur ?*

J'ai commencé par être chanteur, c'est vrai. Je chantais dans les cabarets de la rive gauche qui ont disparu depuis.

Pourquoi as-tu quitté le cabaret pour le théâtre ?

C'est Bouteille qui a eu l'idée. Un jour, il m'a dit : « Les cabarets disparaissent peu à peu et maintenant, après la "Révolution française" – la dernière, celle de Mai 68 –, plus rien ne sera pareil. Il faut trouver une autre formule. On va se faire un petit théâtre et on va bien s'amuser. » Alors on a trouvé un local, et on a commencé les travaux tous les deux. Puis les autres sont venus et ils sont restés. Six mois après, je jouais la comédie pour la première fois. Et un an et demi après, Romain Bouteille m'a gentiment mis dehors.

Est-ce que tu faisais pas un peu d'ombre aux autres comédiens de la troupe ?

Oui, bien sûr. C'est un reproche qu'ils me faisaient, et qui était justifié. C'était une erreur de jeunesse. Je voulais tout « bouffer » comme on dit. Mais au début, pourtant, ça les arrangeait bien… Donc, je suis parti. J'ai écrit une pièce, constitué une troupe, *Le Vrai Chic Parisien*, et on a joué *Thérèse est triste*. Et puis Bouteille a laissé ce théâtre où nous sommes en ce moment pour un autre local ; je l'ai pris et nous avons joué *Ginette Lacaze* puis *Introduction à l'esthétique*, le décalage entre ma pièce et le titre emprunté à Kant me plaisait bien. Cette année-là, on était vingt-trois acteurs dans la troupe et on jouait deux pièces. Mais personne n'était content. Alors, encore une fois, je suis parti. J'ai laissé le théâtre à ma troupe, en lui disant de se débrouiller. Quant à moi, j'ai mis bout à bout tous mes sketches et mes chansons. Et voilà pourquoi je fais *Mes adieux au music-hall*, tous les soirs, à 20 h 30… (…)

Les cafés-théâtres sont-ils considérés comme des spectacles à part entière ? Ils figurent rarement dans les rubriques des journaux. Pourquoi ?

La première difficulté est l'information. C'est du théâtre « sauvage ». Il n'y a pas d'administration qui prévient les journaux. Quant aux journalistes, ils viennent quand une pièce a beaucoup de succès. Seulement, quand ça marche, on n'a plus besoin d'eux.

Peut-on rester toute sa vie au café-théâtre ?

Je suis persuadé que dans quelques années tous les acteurs, tous les acteurs dont on parle un peu au café-théâtre, seront indispensables au cinéma. Ils se feront payer, et ceux qui les emploieront rembourseront les dettes des copains.

Dans beaucoup de cafés-théâtres on fait de la politique. Et toi ?

Je suis coluchiste. Mais, à part Bouteille, je suis un peu seul à partager mes opinions. Je crois qu'il y a des gens sincères, comme Mendès France et Rocard. Mais moi, dont la vie c'est de faire du théâtre et d'y faire rire, lorsque je vais à une manifestation, c'est en brandissant mon propre poster. Comme cela, j'ai l'impression de ne pas y être allé pour rien. Maintenant on dit : « Tiens, aujourd'hui, qui est-ce qui manifeste ? » C'est devenu inutile. Tant qu'on fera des défilés et des bavardages, je ne m'en mêlerai pas. Et puis, ce n'est pas la politique qu'il faut changer, ce sont les mœurs.

Pourquoi avoir choisi de faire rire ?

Avec mon physique, ce n'était pas la peine que j'essaie de jouer les jeunes premiers. Tu sais, l'étiquette « p'tit gros », on te la colle déjà à la maternelle ! Il y a bien Dustin Hoffman, mais ce sont les metteurs en scène américains qui en ont fait un jeune premier. Or les metteurs en scène américains, c'est une denrée rare, et en France il n'y en a pas.

Est-ce que tu aimes les personnages dont tu te moques ?

J'aime les gens. Dans ma pièce ils sont tous idiots,

pour des raisons précises, mais ils sont bons. Ils peuvent jouer avec leur situation, leur naissance, leur culture, comme dans *L'Introduction à l'esthétique*, mais à la fois ils sont pitoyables et c'est ce qui doit les faire aimer du public. J'ai choisi de montrer le quotidien et la misère. Mais la misère, il faut la montrer sous un jour drôle, pour ne pas accabler le public. C'est comme un vaccin : quand tu inocules la maladie à quelqu'un, il ne l'attrape plus…

« Adieu, Coluche »
Rock & Folk, juin 1974, François-René Cristiani

« C'est l'histoire d'un mec… Vous la connaissez ? Non ? Si ?… Pasque si… non… ah oui, parce que non… si ! Bon, si vous voulez, y a deux genres de mecs… Oui, alors euh… t'as le genre de mec : "oui euh moi, oui… moi, oui oui, oui euh", le mec ! Et pis y a les mecs : "non, moi, euh non, non, moi non", le mec… Et là, c'est plutôt un mec "non euh…", le mec… »

Vingt minutes, ça dure ! Et ce n'est que le premier sketch d'un spectacle qui en comprend une bonne quin- zaine : histoires affreusement stupides étirées en lon- gueur, bafouillis vertigineux, dialogues surréalistes, chansons désopilantes, évocations de rockers des années 1960. Leur auteur-interprète : un « mec » de 26 ans, Coluche, un « p'tit gros » qui se présente en salopette rayée, polo jaune, bottines jaunes, le nez et les pom- mettes passés au rouge. Mes adieux au music-hall, c'est le titre. Ça se joue tous les soirs à 20 h 30 au Café de la Gare, à Paris. Style : celui du personnage, jovial et méchant, qui étale en se régalant la misère, le racisme, la connerie, comme s'il sortait de lui tout ce qu'il déteste. Maître-illusionniste du langage, Coluche a emprunté tous ses tics au pavé de la ville et son accent au

14e arrondissement. Sa mère était fleuriste et, avant de faire la manche et de débarquer un beau jour au café-théâtre, il a fait quatorze métiers, tous dans le commerce. Le Français moyen, il connaît. Le spectacle, il a appris. Au point d'avoir aujourd'hui, dans le geste et la parole, une aisance et un abattage assez rares chez les acteurs français, mais courants chez les Américains. Avec ses tics, ses expressions, il a créé une langue très contemporaine, très imagée, «très bulles de bandes dessinées».

En quatre ans, il a monté une troupe, Le Vrai Chic Parisien *et, pour des investissements dérisoires, trois spectacles très réussis,* Thérèse est triste, Ginette Lacaze 1960 *– évocation des «surboums» et du rock des années 1960 – et* Introduction à l'esthétique. *Enfin, lassé des problèmes de troupe et de groupe, le voici, depuis trois mois, qui fait ses* Adieux au music-hall *! Ce qui pourrait bien lui arriver, puisque le bras droit de l'imprésario de Thierry Le Luron vient, le mois dernier, de lui faire enregistrer son premier disque : la bande son, pour ainsi dire, de* Mes adieux au music-hall. *Alors, comme de juste, un artiste très pris entre les ultimes répétitions et les derniers mixages d'un disque, ça se rencontre un soir, dans un petit restaurant de Boulogne-Billancourt... Et ça donne : «Où l'on découvre que derrière le p'tit gros qu'a le derrière plus large que les épaules et une tête faux-gai-luron se cachait un authentique Pantagruel !» Son menu, ce soir-là : moules marinières, chicorée au lard, gras double à la provençale, onglet bordelaise-frites, plateau de fromages et crème caramel... avec peu de vin et beaucoup de Badoit !*

Je n'ai jamais été malade en mangeant. Jamais. Le jour où je serai malade en mangeant, je m'arrête de travailler, parce que je travaille pour manger !… Bon mais vas-y, cause, t'occupe pas de moi !

Je crois bien qu'on ne t'a jamais tant interviewé que ces six derniers mois, non ?
Moins que ça, même. Deux mois. Et avant, jamais. C'est normal : ça fait cinq ans que je fais des spectacles. Il faut bien ça pour que les gens s'en aperçoivent !

Pour quelqu'un qui a commencé comme plongeur, puis qui est devenu chanteur, directeur artistique, directeur de troupe, puis acteur solo, ça n'est pas si mal !
Ça dépend ce qu'on veut faire ! Au départ, je ne voulais pas faire ça. Au départ-départ, moi, je voulais simplement ne plus travailler. J'étais allé à l'usine, tout ça… Pour rien au monde je n'y retournerai, jamais de ma vie. J'aime mieux mourir… de faim ! Encore que ça se discute, ça… Mais je trouverai toujours une combine pour travailler dans un resto !

C'était déjà ta première « combine » ?
Oui, chanter le soir dans les restos. Passionnant. J'avais 17 ans : on me donnait de l'argent ; avec, j'allais au resto. Pas les mêmes, en général, parce que de la place Maubert à la Contrescarpe, ça pue les fines herbes !

Tu étais seul ?
Comme un grand, oui. Après, je me suis mis à plusieurs.

Ces « plusieurs », ensuite, ont monté une troupe avec toi ?

Oui. On a été jusqu'à vingt-trois. C'est beaucoup. Dix balles par tête et par soir, c'est tout ce qui pouvait nous arriver… Ben c'est pas facile… Alors il y a du déchet, des mecs qui se barrent parce qu'ils gagnent pas assez d'argent et que c'est la faute au patron…

C'est-à-dire toi ?

Oui, parce qu'ils m'avaient fait patron, ces cons-là. Moi, je voulais juste être metteur en scène…

Et auteur ?

Ça, on l'est par force.

Donc, on vit mal, au café-théâtre ?

C'est simple. Il y a deux solutions. Ou tu fais une pièce à trois personnages dans un truc comme la Vieille Grille, et il faut énormément de talent pour n'emmerder personne – la plupart du temps c'est chiant à mourir, c'est la pluie, vraiment c'est la pluie. Ou alors, il faut être quatorze et dire aux mecs : « Bon, on s'emmerdera pas, c'est sûr, mais pour ce qui est de gagner des ronds, faudra revenir. » D'ailleurs, on ne cherchait pas à gagner des ronds, on cherchait la gloire, en fait.

Tu avais donc décidé d'abandonner la chanson ?

C'est la chanson qui m'a abandonné, oui ! Parce que je suis un très, très mauvais chanteur, dans l'ensemble, on peut dire… Finalement, je ne sais pas ce que je serais devenu si Bouteille ne m'avait pas embarqué. Ceci étant, comme dit Bouteille : « À ce moment-là, des mecs dans ton cas, il y en avait vingt-cinq ou trente, et c'est toi que j'ai emmené, pas un autre. » C'est quand même un coup de bol énorme, non ?

L'avant ou l'après-68 a joué un rôle dans cette période de votre vie ?

La même chose pour tout le monde. Bouteille, je ne crois pas que son «œuvre» en ait été changée. Moi, il n'y a pas de problème : je n'existais pas avant 1968 ; et tout de suite après, non plus. Ça ne m'a pas changé la vie. Moi, ce qu'on a découvert en 1968, je le savais déjà. J'étais content qu'on le dise, mais je m'y attendais.

Ensuite, Bouteille et toi, vous vous êtes séparés. Pourquoi ?

Ben, il m'a viré ! Mais il avait raison…

Tu lui faisais de l'ombre ?

Non, ça a l'air de dire que j'étais mieux que lui, faut pas pousser ! Et puis Bouteille, il n'est pas comme ça, c'est un mec très intelligent, pas cabot pour deux ronds. Non, c'est que je découvrais que je pouvais faire rire seul et que j'avais tendance, pour me le prouver à moi-même, à jouer contre les autres au lieu de jouer avec ; c'était dramatique ! Et puis Bouteille a dû se dire : «Quand on voudra faire plus intelligent que ce spectacle, comment on fera avec ce mec ? Il est primaire, c'est un comique populaire et on l'aura dans le dos ! » En plus, s'il ne m'avait pas viré, je n'aurais jamais fait de progrès. Donc, j'ai eu deux coups de pot dans ma vie : être découvert par Bouteille et, surtout, être viré par Bouteille ! (…)

Tu as donc fait le « chef » pendant trois quatre ans ?

Oui. Alors, tu dors pas la nuit, tu te fais vraiment chier… et, au bout du compte, quand tu dis aux mecs : « Ça va ? Vous êtes contents ? », ils te répondent : « Ben, justement, on voulait t'en parler… » Et ils se tirent. Ou alors, ils s'engueulent, et il faut les raccommoder…

Tu as fait une expérience cinéma avec Themroc, *de Claude Faraldo ?*

Oui, mais très décevante. On se disait : « Une troupe de jeunes, ensemble, ça va être formidable, ta ta ta… » Résultat, chacun voyait son film, et tout le monde a été déçu car, évidemment, Faraldo a fait le sien. Un spectacle, ça reste l'œuvre d'un seul mec. Faraldo croyait à l'entreprise collective, Bouteille y croit un peu aussi, il est pour la démocratie dans le travail… Moi, je suis pour la dictature, de préférence ! Dans le spectacle, en tout cas.

C'est grave, ce que tu dis. C'est totalement pessimiste.

Non, ce qui est pessimiste, c'est de payer des comédiens ce qu'ils veulent pour qu'ils soient à ta disposition vingt-quatre heures sur vingt-quatre. Ça correspond à des mentalités d'employés, de mecs qui risquent pas de se dépasser. Tandis que proposer à des mecs de participer, en partageant les bénéfices ou les non-bénéfs, à une entreprise qui les intéresse vraiment, ça, c'est optimiste. Mais il faut d'abord participer à la création avant de la critiquer : pendant qu'on travaille, c'est la dictature, avant ou après, c'est la démocratie, on peut remettre en question ce qu'on vient de faire. Eh ben, ça n'est pas ce qui se passe le plus souvent : les mecs s'engagent « pour faire quelque chose », ils te demandent : « Qu'est-ce que je fais ? »… Il n'y a pas de quoi être optimiste !

À mon avis, il n'existe qu'une très, très bonne solution pour le théâtre, irréalisable d'ailleurs : c'est installer devant chaque fauteuil un interrupteur. Quand une scène plaît, les mecs allument les projecteurs. Quand ça commence à les barber, ils éteignent : à ce moment-là, les acteurs passent à la scène suivante. Là, il n'y aurait plus de chômage dans notre métier : les mecs qui se pointeraient sur scène et qui n'auraient jamais de lumière, ils feraient autre chose. Il y a beaucoup de mauvais chez les acteurs, et ça n'est pas forcément ceux-là qui sont chômeurs. Ouais, c'est compliqué, ça pose le problème du goût. Mais il n'y a pas de critères : il y a des acteurs à chier qui font avec des metteurs en scène à chier des télés ou des films de merde et qui bourrent, qui bourrent ! À mon avis, la réussite ou la pas-réussite, ça n'est pas seulement une question de talent. Nous, ce qu'on appelle le talent, c'est la qualité. Il est évident, par exemple, qu'entre Brassens et Sheila il y a une différence de qualité, mais pas forcément une différence de talent : le plus grand des talents de Brassens, c'est d'écrire des chansons, le plus grand des talents de Sheila, c'est de réussir à plaire à un public aussi vaste. Si on veut bien considérer qu'aujourd'hui – c'est-à-dire au moment où je joue une pièce seul et où il se trouve que des journalistes n'ont pas grand-chose à se mettre sous la dent, donc qu'ils me découvrent comme ils ont fait le coup à Rufus il y a deux ans, à Bouteille avant, et à Dubillard il y a vingt ans – je suis en train de « réussir », je suis persuadé, moi, que ça n'est pas parce que j'ai plus de talent que les autres. J'en connais qui ont plus de talent que moi… (…)

Tout ce que tu sais faire, de qui l'as-tu appris ?

Rufus, Bouteille ; Higelin aussi : c'était le plus fort quand il faisait encore le comique.

Et à l'école du cinéma ou du music-hall ?

Je vais répondre une connerie : Léon Zitrone ! C'est le plus grand comique de la télé, peut-être le plus grand comique français… le mieux, le plus fin. Je ne sais pas s'il le fait exprès… mais quand il fait le reportage des championnats du monde de patinage artistique, tu ne peux pas demander à un comique de faire aussi drôle ! C'est extraordinaire : « Mlle Machin nous fait un double axel… » moi, j'y reste ! À part lui, j'aime beaucoup Dustin Hoffman : c'est le seul qui me déplace au ciné à coup sûr. Et puis j'ai été un abonné du Champollion : tout Jouvet, tout Raimu, tous les Bourvil, tous les Fernandel… ça a été ma culture.

Et l'inspiration, la fameuse inspiration… ?

… Je ne sais pas exactement ce que c'est. Ce que je préfère moi, c'est rire des choses pas marrantes qui arrivent toute la journée aux gens. La misère, la connerie… Le rire est une arme formidable contre la misère et la connerie.

Contre le racisme aussi ? Tu en joues beaucoup dans tes sketches.

Ça, le racisme et la droite, ce sont deux thèmes que j'apprécie particulièrement parce qu'en France ça n'existe pas ! Tu demandes à n'importe qui : « Êtes-vous raciste ? De droite ? » Tout le monde te répond : « Non. » J'aime bien ! Mais tu vois, l'image café-théâtre engagé, les mecs qui font des spectacles politiques, je n'y crois pas. En tout cas, en ce qui concerne Rufus, Bouteille ou moi. Si le théâtre avait dû faire comprendre aux gens la réalité de la bêtise, Molière y serait arrivé avant nous. D'ailleurs au bout du compte, ce qui me motive le plus, ce qui m'amuse vraiment, c'est de monter sur un plateau, de taper du pied et d'entendre les gens se marrer. Moi, pour le coup, je suis un clown, tu vois. (…)

Rejoindre indirectement l'équipe de Thierry Le Luron pour faire ton disque, ça ne t'ennuie pas ?

On m'a proposé un contrat mirobolant : je ne vois pas pourquoi j'irais « miroboler » ailleurs, puisque, de toute façon, je ne change rien à ce que je fais, pour la bonne raison que je sais pas faire autre chose.

Justement, ton personnage de Français moyen avec son béret, un bâtard sous le bras, évoque beaucoup Wolinski. Tu te sens des longueurs d'onde communes avec ces types de la BD ?

Oui. Je ne lis pas, je n'ai aucune culture, mais je connais bien Wolinski, Reiser, Gotlib. Dans *Charlie Hebdo*, je regarde la bande de Reiser et je jette le journal. Depuis quelque temps, je lis un peu Gotlib, parce qu'il m'envoie son canard… Bon, j'ai fini ma crème : on y va les mecs. Au charbon !

« La politique me fait hurler de rire »
La Meuse – La Lanterne, le 21 janvier 1975

En moins d'un an, tout s'enchaîne pour Coluche : un disque, la télévision, le « Caf' Conc' » (la rue de Berri ressemblait au métro à l'heure de pointe une heure avant le début du spectacle) et maintenant l'Olympia, le test suprême. Le succès, une surprise pour Coluche ? Pas tellement...

Ce n'est pas un phénomène de publicité. Les gens ont eu envie de voir parce que c'était nouveau.

Publicité, nouveauté, mais ça s'use tout ça ?

J'espère bien. En général, un comique trouve un truc et il fait vingt ans avec. Je trouve que ça n'est pas gai comme perspective. C'est comme ça qu'on vieillit, en gardant son âge d'origine. L'idéal serait de ne pas être démodé, mais cela signifie qu'on évolue dans le même sens que les plus jeunes qui vont venir. Si je fais pareil pendant vingt ans, je serai démodé, si je fais autre chose, je ferai mieux... ou moins bien... problème !

C'est tellement important d'être à la mode ?

Il faut vivre avec… On peut la précéder ou la suivre, de toute façon on en est victime. Même si vous avez inventé la mode, vous êtes démodé… surtout si vous l'avez inventée.

Vous avez surtout créé un personnage – le bon gros ahuri qui n'arrive pas à raconter son histoire. Le texte, c'est quand même important ?

Il colle au personnage, il colle au physique… C'est la même chose pour tout le monde. Essayez donc de faire chanter une chanson de Sheila à Barbara ! (…)

Le travail : Vingt-quatre heures sur vingt-quatre. On est dedans, tout le temps, c'est une torture de l'esprit. On vit et puis tout d'un coup on se dit : « Tiens, voilà un sketch », ça arrive n'importe quand. En fait, j'utilise un procédé qui est simple, je me moque de ce qui est simple, je me moque de ce qui n'est pas drôle… Les mecs qui n'arrivent pas à dire leur histoire… le type raciste qui est coincé dans un bistrot avec un Arabe… des situations en fait dramatiques. On peut faire un film comique et un film dramatique avec la même histoire.

La télévision : Il est évident que la télévision est mal faite, et si elle était bien faite, il n'y aurait personne au spectacle, dans les cinémas… Si les gens recevaient chez eux des spectacles formidables, comme on peut en faire, ils ne sortiraient pas. (…)

La télévision, de toute façon, il vaux mieux la faire que la voir. Regarder la télé, c'est s'embêter à coup sûr. La faire, c'est se marrer… Quelquefois.

Et le cinéma?

J'en ferai un jour, c'est sûr. Pour l'instant, je suis trop petit. J'en ferai quand je serai grand. (…)

Et qu'est-ce qui fait rire Coluche?

Il y a deux sortes de gens qui me font rire. D'abord, ceux qui le font exprès, ceux qui sont drôles et qui sont très forts : Devos, Jacques Martin, Bedos-Daumier, Amadou. Mais aussi tous les gens qui font sérieusement quelque chose qui déjà au départ est sérieux… Par exemple, un type qui vient pour dire des poésies, neuf fois sur dix, ça me fait rire… La politique m'amuse beaucoup, j'adore la politique, ça me fait beaucoup rire. Le fait qu'on élise tout le temps les mêmes, je trouve ça à hurler de rire… Le fait qu'on élise président celui qui était ministre des Finances… Ce sont les taulards qui élisent un geôlier pour remplacer le directeur qui est mort.

Cela veut dire que vous n'avez pas d'idées politiques?

Ah si, j'en ai, mais comme elles ne sont pas représentées, je les garde.

Absolu, juin 1975

Anarchiste, individualiste, fantaisiste, Coluche fait rire la France avec ses discours hésitants, ponctués de longues pauses pertinentes et ambiguës.

Sur scène, c'est le porte-parole de ceux qui « pigent » tout, sans être informés, de l'intelligence dans l'ignorance, de la sophistication dans la naïveté.

Chez lui, vous allez voir, c'est autre chose. Dans son appartement moderne, avec télé en couleur, près de la gare d'Austerlitz, Coluche se montre nuancé, et d'une bonne foi surprenante.

Qu'est-ce que vous pensez de la politique du gouvernement?

Je vais vous dire franchement, la politique ne m'intéresse pas beaucoup. Enfin, je veux dire, je ne m'intéresse pas beaucoup à ce qui se passe dans le monde. En gros, si, en gros. Mais en détail, ça ne m'intéresse pas suffisamment. Par contre, je trouve que la guerre et la politique sont entrées vraiment dans les mœurs… C'est la guerre permanente dans la rue.

Qu'est-ce que vous pensez de cette affaire où la police a tué un homme dans une Renault 4L?

La police n'a pas de chance, parce qu'il est bien évident que ça aurait pu arriver à n'importe quel ministre de l'Intérieur : qu'un groupe de policiers tire dans le tas. D'ailleurs, je crois que c'est arrivé à plein de mecs en plus… à plein d'époques. Ce qui est nouveau je crois, c'est qu'on le sait. Avant on ne le savait pas… je crois que les flics se prennent des libertés énormes, mais ils ont toujours fait ça, seulement maintenant les mecs se disent : « Bon, on a peut-être un peu plus droit à une marge d'erreur. » Leur problème, il est vrai, c'est qu'on est toujours contre les flics, et moi le premier. Mais s'ils veulent faire un effort pour arrêter les malfaiteurs, il faut qu'ils fassent des contrôles d'identité, qu'ils n'arrêtent pas de faire chier le monde. Donc forcément, ça va leur retomber sur la gueule. Si c'est le contraire, si c'est la criminalité qui augmente, ça leur retombe aussi sur la gueule. Ce qui arrive à la police, c'est bien fait pour leur gueule. Ils n'ont qu'à faire autre chose. Si le métier est difficile, c'est bien fait pour eux. C'est tout. Cela dit, je ne suis pas d'accord avec les gens qui les assassinent systématiquement. Encore que c'est con, parce que je le fais, j'aime pas les flics au point d'être d'une mauvaise foi rare. Mais si on réfléchit cinq minutes, on s'aperçoit que finalement c'est pas facile comme métier : flic. Mais cela dit, ils n'ont qu'à pas le faire.

Donc la politique ne vous intéresse pas ?

Les mecs qui font la politique font le même métier que nous finalement. Nous, on est des vedettes de music-hall, eux, ils sont des vedettes de politique. Ils vendent autre chose, mais ils sont vedettes comme nous. L'opinion publique en politique, et la clientèle en matière de variétés, c'est le même combat. Je suis persuadé que

Giscard d'Estaing est de bonne foi, moi, et Mitterrand aussi. Mais j'ai envie de voter ni pour l'un ni pour l'autre.

Croyez-vous que les hommes politiques sont des vedettes pour les téléspectateurs ?

Les hommes politiques, en France ne savent pas se servir de la télévision comme ils devraient le faire. C'est un instrument dont il faut savoir se servir. Moi, je les prends pour beaucoup plus imbéciles que ça. Le général de Gaulle savait se servir de la télévision – au moment des élections, on passait des films sur la guerre de 1940, on ne voyait que ça, avec de Gaulle dans les films. Chaban-Delmas, par exemple, c'est évident qu'il ne savait pas se servir des médias, sans ça il était président de la République. Pompidou est déjà complètement oublié. Ils se sont aperçus que Pompidou était mort depuis un an l'autre jour, on nous a fait toute une salade. Ils s'en sont aperçus la veille. Ils se sont dit : « Merde, ça fait un an, il faut faire quelque chose. » C'était lamentable. Enfin, ça saute à la gueule… Giscard a voulu rentrer dans l'Histoire. Alors il a donné le droit de vote à 18 ans, et, déjà pour ça, il a perdu les élections prochaines. Enfin en principe, parce que, parmi les jeunes, il y a beaucoup plus de gens qui sont de gauche que de droite…

À votre avis, le gouvernement a fait beaucoup d'erreurs ?

Tu parles. Ils font des erreurs monumentales. Citez-moi un ministre de l'Intérieur qui n'a pas une tête de voleur, d'assassin, ou de méchant dans un film policier. Ils ont tous une gueule de con, ces mecs. Alors que c'est si facile d'en mettre un qui a l'air gentil, qui est adorable. Michel Jobert, par exemple, un mec tout petit qui bafouille un peu. Ce mec-là, si vous le collez ministre de l'Intérieur, il fait peur à personne, il a l'air gentil, et on peut faire ce qu'on veut quand même.

Que pensez-vous du Marché commun ?

En tournée, on s'est amusé, avec les copains, à faire un sondage dans la rue pour savoir ce que c'était, le Marché commun. Il y a des gens qui disent : « C'est un grand magasin à grande surface qui est à deux kilomètres à droite. » Ils confondent avec Euromarché. (…)

Et les films érotiques ?

J'en ai vu un il n'y a pas longtemps, j'étais très étonné. J'ai vu *Les Jouisseuses* à Metz… On se faisait chier un après-midi, en tournée. Tout le monde avait décidé d'aller voir un film porno. J'avais envie, d'ailleurs, d'en voir un depuis longtemps. On m'avait dit, il n'y a rien dans ces films, on ne voit rien, c'est pas intéressant. J'étais très surpris. On voit un mec baiser une femme, on le voit bander, et la pénétrer, et ça je n'étais vraiment pas au courant… Il est évident que le problème de la pornographie en France, c'est toujours le même phénomène : une évolution en fonction de l'opinion politique. Par exemple, les sex-shops sont interdits aux mineurs. Mais qui essaie d'entrer dans les sex-shops, qui regarde la vitrine ? C'est toujours les vieux, ça n'a jamais été les jeunes. Il n'y a que des vieux. D'ailleurs c'est des mecs qu'ont des tronches qu'on connaît bien, qu'on voit dans les trains, dans les cabinets… Moi, je préfère la pornographie à l'érotisme, personnellement. C'est-à-dire que je préfère la vulgarité à la grossièreté, carrément. Je n'aime pas particulièrement ça, mais je préfère au moins qu'on ne soit pas dégonflé. Moi, je préférerais vivre dans

32

la terreur que mourir dans la guerre, vivre à plat ventre que mourir debout, personnellement.

Et si vous étiez président de la République ?

J'en sais rien moi. J'ai pas l'intention de gouverner. Ce qui était formidable en 1968, c'est que les mecs qui voulaient virer tout ce qui était là n'avaient rien à mettre à la place. C'est ça qui est intéressant. Moi, j'ai le sentiment que la Chambre des députés représente le peuple. Un député élu, c'est toujours la même chose, parce qu'il est vedette, ou parce qu'il a été soutenu... On dit, telle ville est communiste, telle ville est UDR. C'est pas vrai. Les gens qui habitent les villes, c'est les mêmes cons, c'est les mêmes gens, c'est les mêmes moi-même. Il y a autant de gens pour et contre de chaque côté, mais il y en a un qui a gagné les élections à gauche, l'autre à droite. Alors on dit : « Ici, les gens sont plus sympas, parce qu'ils sont de gauche. » C'est complètement faux. La Chambre des députés ne représente absolument pas le peuple. Le suffrage universel représente absolument pas l'idée du peuple. Il représente l'idée des votants, ce qui n'a rien à voir. Alors comment voulez-vous que ça m'intéresse, la politique ? (...)

Vous aimez beaucoup le cinéma. Qu'est-ce que vous avez vu ?

J'ai vu le Verneuil *[Peur sur la ville]*.

Qu'en pensez-vous ?

C'est le nouveau Belmondo, quoi. J'espère que c'est le dernier Verneuil. Cela dit, j'ai vu un bon film de Verneuil : *Le Serpent*. Mais j'adore Belmondo. Je suis persuadé que, en dehors des merdes qu'il fait, c'est un très grand acteur, qui pourrait faire énormément de choses. (…)

Et Romy Schneider ?

Romy Schneider, c'est la seule qui pleure au cinoche, alors on la prend quand il faut pleurer. (…)

Vous croyez qu'il existe une recette pour réussir dans le show business ?

Au spectacle, neuf fois sur dix, on se fait chier. Alors quand il y en a un qui fait pas chier, il est vedette. Il n'y a pas de secret. C'est Molière qui a dit : «Le plus grand art, c'est de plaire.» C'est toujours vrai.

L'Express, le 5 mai 1976, Christian Hoche

Je peux prendre un cendrier ?
Si vous fumez, je préfère, oui !

On y va ? Le thème de l'interview, c'est donc la France et les Français...
Je ne suis pas vraiment au courant ! Personnellement, je suis né de mère je ne sais quoi et de père autre chose. Mais je suis né à Paris dans le 14e, donc je suis français. Alors, qu'est-ce que c'est, la France, je n'en sais rien ! Je n'ai rien fait pour donner une image de la France. Je n'en ai rien à foutre, ça ne m'intéresse pas !

La France, pour vous, c'est une notion purement géographique ?
Je ne peux pas parler de la France, je ne connais pas les autres pays ! J'aimerais pouvoir vous dire : par rapport à l'Amérique, la France, c'est ceci ou cela... Mon seul domaine à moi, c'est la vie, je ne connais rien d'autre...

Alors parlons de la vie !
Ce qui est marrant, pour moi, c'est les traits de caractère propres aux Français. Par exemple, ce peuple

a élu président de la République un type qui a été ministre des Finances pendant sept ans ! Voilà ce qui est incroyable ! Si quelqu'un raconte une chose pareille dans une pièce de théâtre, les gens vont dire : il charrie, il se moque de nous ! On ne peut pas croire des conneries pareilles ! La connerie française est incroyable !

D'autres exemples ?

Tiens ! Hier, j'ai vu un type se jeter sous les roues d'une voiture pour sauver un môme. La voiture a réussi à freiner. Le mec avait l'air d'un con, et la mère gueulait parce qu'il avait bousculé son fils ! Le type s'est relevé, il voulait tuer le chauffeur ! En cinq minutes, le mec a voulu sauver une vie, au risque de la sienne, et en détruire une autre ! Voilà ce qui est fantastique. Mais je ne sais pas si c'est « français »…

Un autre exemple ? L'autre jour, il y avait un mec par terre, dans la rue, on ne savait pas ce qu'il avait. On appelle les flics. Ceux-là ont l'habitude, ils lui demandent : « Alors, mon gars, t'es bourré ? » Ils le relèvent, le type commence à râler, si fort qu'ils commencent à lui taper sur la gueule ! Et un commerçant avait appelé les flics pour sauver le mec !

Voilà la France ! Un jour, vous prenez une contravention pour « stationnement gênant » : le lendemain, au même endroit, il y a un parcmètre, le stationnement n'est plus gênant ! et les gens marchent ! Moi, j'attends que cela m'arrive pour faire un procès…

Avez-vous l'impression de vivre dans un pays bête et méchant ?

Je n'ai aucune impression de ce type ! Quand je vais à l'étranger (seulement pour des raisons professionnelles, je m'y fais tellement chier !), je vois que les autres vivent d'une autre façon, que parfois cela n'a rien à voir. C'est pour cela, d'ailleurs, qu'on a tort de dire qu'on va avoir un régime communiste, que ce sera comme en Russie, etc. C'est impossible ! Les mecs qui font de la politique font pas ce qu'ils veulent, ils font ce qu'ils peuvent ! Ils ne tirent pas les ficelles, ils sont tirés par les ficelles ! Mais c'est un autre sujet…

Depuis Mai 68, il s'est passé beaucoup de choses en France. C'est un point de repère, pour vous, 1968 ?
Démographique, oui : tous les gosses nés au lendemain de la guerre ont provoqué en 1968 une explosion de la jeunesse, mais c'est vrai aussi ailleurs, en Angleterre, etc. Ce qui était positif en 1968, c'est qu'on a pas eu affaire à un troupeau, mais à des mecs qui s'intéressaient aux choses… Mais qu'est-ce qu'on peut juger ? Par exemple, aujourd'hui, il y a la pilule, etc., et pourtant les mecs de 20 ans sont très bourgeois. Il y en a même qui se marient, tellement ça n'est plus la mode !

Comment voyez-vous la France dans les années à venir ?
Socialiste, cela paraît inévitable. Pour le reste, le plus important, c'est l'évolution des mœurs. Mais cela ne va pas vite. Prenez la drogue : si les mecs se droguent, c'est parce que c'est interdit. Alors ils se droguent fort. Si le haschisch était autorisé, il n'y aurait aucun problème : autoriser des cigarettes avec un petit pourcentage de hasch dedans, cela ne ferait pas plus de mal que le tabac ! Mais ce n'est pas possible à cause des mœurs – sans cela, l'État le ferait, cela lui rapporterait un pognon monstre ! Il est évident que la gauche n'a pas

intérêt à prendre le pouvoir. Cela serait un merdier épouvantable. Elle le sait, d'ailleurs, elle le fait pas ! En 1968, elle aurait pu le faire, mais elle a joué le jeu du gouvernement, uniquement pour pas prendre le pouvoir. Ce que pourrait faire la gauche, avec tous ses militants, c'est créer un syndicat des consommateurs de politique. Les mecs qui seraient inscrits à ce syndicat pourraient dire, par exemple : « Allez, puisque la vignette est un impôt provisoire depuis 1956, hop, on la supprime ! »

Vous n'avez pas donné ce conseil à Mitterrand ?

Je ne l'ai jamais rencontré. Mais je suis sûr qu'il ne marcherait pas ! Il n'a pas intérêt à le faire. Lui, il fait sa carrière, il s'en fout du reste ! Il a raison, d'ailleurs. La France est le pays de la démerde. On comprend comment marche le système, on navigue au milieu… Tiens ! dans notre métier, le music-hall, la majorité des gens qui sont « vedettes » sont des enfants de pauvres. C'est tellement chiant d'être vedette, il faut vraiment avoir envie de pas retourner d'où l'on sort !

C'est votre cas ?

Complètement ! Orphelin de père, une mère avec deux enfants à charge, j'ai essayé de bosser, j'ai fait quatorze métiers. Je n'y suis pas arrivé. À un moment je me suis dit : je préfère être clochard que travailler. C'est à ce moment que j'ai pu devenir artiste…

Qu'est-ce qui a changé dans votre métier ?

Il y a des artistes qui ont fait vachement évoluer le métier, comme Julien Clerc et plein d'autres. Le public a changé. Voyez Georges Moustaki, qui vient, s'assoit pendant deux heures et chante des chansons pas gaies : impossible d'imaginer cela il y a vingt ans !

Brassens faisait cela aussi ?

C'est pas pareil. C'était un poète. Reconnu, officiel. Rien à voir ! Il n'a pas profité des médias comme on en profite maintenant. Il a été consacré par la scène ! On ne peut pas comparer Brassens, hier, et Moustaki, aujourd'hui…

Vous-même, vous avez contribué à faire évoluer votre métier ?

Je m'en fous. Si c'est le cas, tant mieux. Parce que, finalement, quand on ne fait plus le métier, ce qui reste, c'est cela ! Mais on ne peut pas le concevoir à l'avance, on fait tout par hasard… Moi, par exemple, je dois tout au hasard : je devais passer à la télé le soir des élections de 1974, vers 23 heures, c'est-à-dire quand on a donné les résultats et que tout le monde est parti. Mais Mitterrand a annoncé qu'il parlerait à 23 heures, alors les gens ont attendu. Quand je suis passé, onze heures moins cinq, tout le monde était encore là ! Ensuite, les gens ont écrit : pourquoi on ne le voit jamais, celui-là ? Alors, on m'a revu !

Vous avez écrit à Mitterrand pour le remercier ?
Je ne sais même pas où il habite !

Auriez-vous préféré vivre à une autre époque ?
Je connais même pas l'histoire de France, comment voulez-vous que je réponde ? Probablement, non !

Qu'est-ce qui vous agace le plus en France ?

La mauvaise foi des gens. C'est vraiment dur. En bagnole, le type qui vous coince et fait celui qui ne vous a pas vu. On peut faire un signe, « Excusez-moi », quoi ! Un jour, j'étais à mobylette, une bagnole se rabat sur moi, j'engueule le mec : « Faut regarder, merde ! » Le mec : « Je vois rien, je suis bigleux, j'ai de la merde dans les yeux, qu'est-ce que tu veux que je te dise ! » J'ai compris : au fond tout le monde conduit comme lui ! C'est parce que j'ai eu peur que j'ai engueulé ce type…

Qu'est-ce qui vous ravit aujourd'hui ?

On vit une époque formidable ! On peut se marrer de tout, sans conséquences. On vit à l'époque de la dérision. Le Café de la Gare, *Charlie Hebdo*, ou moi, on donne l'impression d'avoir inventé le dérisoire, alors qu'on est né dedans, en fait, on s'en est servi, c'est tout ! C'est chouette ! Au fait, j'espère que vous allez aussi interviewer Cavanna.

Il vous a beaucoup inspiré ?

Il a inspiré tout le monde ! « Bal tragique à Colombey : un mort »… Une révolution ! C'est Molière disant à Louis XIV : « Ne vous asseyez pas là, c'est ma chaise ! » Dans un journal, on ne doit rien à personne. Moi, si je dis un truc pareil dans un sketch, il ne passe pas à la radio, parce que les mecs se dégonflent…

Certains sketches ont eu du mal à passer sur les ondes ?

Oui, au début, la radio n'osait pas trop passer des choses comme : « Qu'est-ce que c'est que ces Portugais qui viennent retirer le pain de la bouche à nos Arabes ! »

Et puis Guy Lux, lui, à la télé, il l'a fait ! Il a tout passé : *Le CRS*, un tas de choses comme cela ! Pourquoi je n'ai pas débuté chez Jacques Chancel ? Parce que Chancel ne m'a pas engagé. Guy Lux, oui ! Voilà pourquoi je suis passé aussitôt pour le successeur de Fernand Raynaud, alors que, par affinité, je descendrais plutôt de Jean Yanne ou de Raymond Devos ! (…)

Si vous étiez exilé à l'étranger, quel souvenir auriez-vous de la France ?
Le climat, sans doute. Le climat est très lié au caractère des gens…

Montesquieu a écrit là-dessus…
M'étonne pas : il était pas con, ce mec-là…

Dans une île déserte, vous emporteriez des livres ?
Non, je ne sais pas répondre à cela. Lire, il faut être habitué…

Des disques alors ?
Les Quatre Saisons de Vivaldi…

Les œuvres complètes de Coluche ?
Sûrement pas ! Non… Un disque de Montand, les chansons de Prévert… Je ne sais pas, je n'ai aucune crainte que cela m'arrive ! D'ailleurs, les îles désertes, cela n'existe plus, il n'y a plus que la question qui existe ! (…)

Votre rêve, ce n'est pas de cultiver votre jardin ?
Pas du tout ! Je n'aime que le travail !

Cela n'est pas effrayant, le succès ?
Non.

Crevant, alors ?
Oui, mais comme dit Romain Bouteille : « Si c'était facile, tout le monde le ferait » !

À bout portant, TF1, le 1er janvier 1977

Vous êtes-vous senti raciste à un moment de votre vie ?
Tout le monde est raciste. Tout le monde, y compris ceux qui sont victimes. Le racisme est à double sens. Et il n'y a pas que des problèmes entre races, il y en a aussi entre régions. Par exemple, au service militaire, je me souviens très bien, les gens du Sud disaient que ceux de l'Est, c'était des boches, et ceux du Sud des Arabes ! (…)

On sait maintenant que la nourriture touche le psychologique, le repas est un moment de partage privilégié et en même temps, la nourriture en abondance est un moyen pour camoufler l'angoisse. Est-ce que vous ressentez ça un peu comme ça ?
Écoutez, je veux bien essayer de donner une réponse intelligente, mais faut arrêter de poser des questions idiotes ! Parce que, à ça vraiment, je ne peux pas répondre.
Le fait que ce soit une manière comme une autre de se plonger dans une compensation, pourquoi pas. Moi, je crois que Karl Marx et Freud, par exemple, ces deux grands penseurs qui dirigent notre époque aujourd'hui, ben ils ont foutu un bordel formidable.

43

Quand on sort de votre spectacle, on se dit « tout le monde est taré, moi je suis intelligent ». Je vous sens méchant. Je me demande si vous n'êtes pas victime, parce que vous-même, vous ne vous aimez pas ?

Vous croyez que je peux m'en sortir, ou je me fous par la fenêtre ? Je suis entièrement d'accord avec vous. Les gens que je représente sont cons et laids. Je ne joue que des cons. On peut très bien dire que le mal du siècle, c'est la connerie.

Je n'ai pas envie d'être complaisant et de ne même pas faire rire. Parce que faire rire n'est pas le plus important, mais je n'ai pas envie de m'intéresser à des sujets bateau, j'ai envie de gens heureux qui s'amusent. On est entouré par une misère, une haine constante. Dans le métro, les gens ne se connaissent pas mais ils se détestent… justement parce qu'ils ne se connaissent pas.

Vous dites n'avoir jamais été jeune ? Qu'est-ce que vous voulez dire par là ?

Je veux dire que je n'ai jamais été jeune. Jamais été jeune, dans le sens où les responsabilités de la vie me sont apparues très vite.

Pourquoi ?

Ma mère était veuve, mon père est mort quand j'avais trois ans. Pour des tas de raisons, je me suis retrouvé pupille de la nation. Ma mère a eu un mal de chien à nous élever.

Et votre père, il faisait quoi ?

Il vendait des légumes sur les marchés. J'ai quitté l'école de la façon qui m'a paru la plus courte. En met-

tant fin volontairement à mes études. On m'avait tellement dit que je n'aurais pas le certificat d'études ! J'étais
nul en orthographe. J'ai juste passé la dictée, je l'ai eu et
je suis parti. Mon premier emploi ? J'ai travaillé chez un
céramiste d'art qui faisait de l'art, comme son nom l'in-
dique, c'est-à-dire des petits thermomètres décorés.

Kitch ?
Maintenant, oui, c'est très kitch. À cette époque-là,
c'était le bide. Il m'a viré parce que je cassais trop.
Après ça, j'ai été télégraphiste. Ils m'ont foutu dehors
parce que je n'apportais pas les télégrammes.

Et pourquoi ?
Ben, vous savez aux PTT, comme chez la police, on
travaille une demi-journée par jour. On travaille soit le
matin, soit l'après-midi. Nous, on était quatre, deux
le matin, deux le soir, pour Vanves. Moi, les télégrammes, je les jugeais. Celui qui disait « ne m'attend
pas pour manger », eh bien je le portais juste à l'heure
du repas. Quand il y avait urgence, là j'y allais. Mais en
mobylette et c'était interdit. J'ai été viré.
J'ai toujours été très fainéant quand il s'agit de travailler. Mais travailler vraiment, parce que là je ne
considère pas que je travaille. C'est vrai que je bosse,
mais par rapport à des gens qui bossent vraiment, je fous
rien. Et un jour, je me suis fait engager comme garçon
de café, mais peut-être que je vous emmerde ?

Non, non, pas du tout !
Bon. Je vous le dis parce que moi ça m'emmerde.
Alors garçon de café, c'est comme ministre ou artiste,
ça ne s'apprend pas. J'ai acheté le costume et je me suis

45

présenté comme garçon de café et j'ai été engagé chez un homme très gentil, un peu Régence. Je me suis planté au bar et le premier client me demande un demi. Mais vous savez, la pression sort comme ça très vite. Et le fond est rond, si vous ne cassez pas le jet tout de suite, c'est fini. Le premier client a tout eu dans la gueule. Alors j'ai travaillé en salle, je suis allé au bar avec ma commande, le gars me sert les quatre apéritifs et un siphon. Je suis arrivé à la table avec une énorme crampe au bras. J'étais si content d'arriver et de poser le plateau avec les quatre apéritifs qu'ils ont atterri directement sur les genoux de la dame. Alors le patron m'a mis à la plonge, mais j'ai cassé la vaisselle. Il m'a mis aux patates, je n'allais pas assez vite et il m'a viré. Mais il a été très gentil : il a tout essayé.

Les personnages que vous incarnez donnent l'air d'être méchants, ils sont surtout déplaisants. Est-ce que vous les ressentez comme des victimes ?

Ben c'est ça, c'est toujours le rapport entre la victime et sa connerie. Il est aussi victime de lui-même, mon personnage. Il en est seul responsable. Il y a des idées auxquelles je crois. Par exemple, je suis persuadé qu'il y a une certaine forme de politique qui rend un peu con. C'est-à-dire que les gens qui sont tenus d'être mesquins, sont cons. Je pense que le public est content de s'entendre dire des choses qui le mettent en cause et qui, d'une certaine manière, lui permettent de penser autrement. Je pense que la gentillesse est un défaut de notre société. La gentillesse systématique est un défaut.

C'est une façon d'aimer les gens ?

C'est une façon de ne pas les prendre pour des cons !

46

Ça passe pour de la cruauté. De toute façon, pour se moquer de quelqu'un, il faut le connaître. Pour le connaître, il faut s'y intéresser. Et pour s'y intéresser, il faut l'aimer. Y a pas à sortir de là. On ne peut pas se moquer d'un funambule si on ne sait pas marcher sur un fil. (…)

Vous n'avez jamais eu de tourments métaphysiques ?
Ha, non, pour une raison simple, je ne sais pas ce que c'est. On s'est jamais posé la question de savoir si on allait croire en Dieu ou pas. On s'est très bien aperçu que les autres faisaient semblant d'y croire parce que ça les arrangeait. Mais chez moi, on ne s'est jamais posé la question !

Et vous, maintenant ?
Et Dieu, qu'est-ce que c'est pour vous, monsieur Chancel ? Je ne sais pas, c'est un truc qui s'attrape chez les pauvres. (…)

Vous disiez que vous étiez avec Miou-Miou ?
C'est moi qui l'ai baptisée comme ça.

Elle faisait du théâtre ?
Oui, au Café de la Gare comme nous.

Quand vous l'avez rencontrée ?
Non, après.

Et vous l'avez rencontrée où ?
Dans la rue. Je l'ai draguée dans la rue. Je lui ai dit : « Vous marinez chez vos harengs ? », elle m'a dit « oui », et voilà. Depuis je suis marié avec une autre jeune fille.

Depuis un an, je suis marié ! J'ai deux enfants avec la même. J'vais vous dire, je l'ai eue pour rien, j'en suis content, j'ai eu du bol.

(Réalisé par Roger Sciandra, INA, 1977.)

« Coluche à con fesse »
Lui, 1979, Marie-Pierre Grospierre

Coluche, le sexe – pardon, le « cul » –, il n'aime pas beaucoup en parler. Il a même fallu attendre ses Adieux au music-hall *pour avoir un léger aperçu de ses idées sur la chose.* Lui *a donc décidé de lever le voile, de le pousser dans ses retranchements. Et, non content de lui faire (tout) raconter, cela a donné forme à ses fantasmes !*

Vous parlez de tout, de politique, de bouffe, de bagnoles, de flics, de journaux... De sexe, jamais.
Moi, je parle pas de cul ! Merde alors !

Vous voyez bien ! Scato toujours, érotico jamais !
Vous n'avez pas entendu mon dernier sketch ! Ou alors c'est qu'il vous a fait peur. C'est un truc sur le racisme antisexe. Le sexe pour les gens, c'est mal, on en est encore là. Prenez le mot bite, eh bien, c'est un gros mot même si c'est une petite bite, ça vraiment, ça me troue ! [...] Depuis l'âge de douze, treize ans, quand j'ai commencé à baiser dans ma cave, avec les copains du quartier, quoi. En fait, on baisait une gonzesse qui voulait bien et qui savait pas de quoi il s'agissait et nous non

49

plus. Et on rentrait en disant : « Putain si ça fait mal à chaque fois comme ça, moi j'arrête. »

Et cette fille, elle avait quel âge ?

Plus âgée que nous. Seize, dix-sept ans. Elle était pas très jolie, tu vois, mais elle voulait bien. C'était pas si courant, dans la banlieue où j'étais – Montrouge, banlieue sud –, c'était un peu interdit tout ça… Mais le plus interdit, l'inaccessible, bien sûr, c'était la prof de l'école. Pas à la maternelle, non, au début de la grande école, je devais avoir sept ans. Alors là, ça fantasmait sec. On voyait pas ses jambes, rien, parce qu'elle était assise bureau fermé devant, mais on imaginait pas mal. Elle devait avoir trente-cinq ans. Assez jolie. Enfin pour nous. Les institutrices, ça laisse toujours des traces… Après, il y a eu les copines de ma sœur. Deux ans de plus que moi. Idéal comme désir. Mais superplatonique. Et puis aussi les actrices.

Lesquelles ?

En prem's, prix d'excellence toutes catégories, Bernadette Lafont. Attendez un peu : Pierrette Pradier, Stéphane Audran, euh, Jeanne Moreau. Et Bernadette Lafont, mais je l'ai déjà dit, non ? Surtout elle.

Et une fois que vous avez été en mesure de les connaître, vous n'avez pas essayé de réaliser vos fantasmes ?

Ah ben non, sans ça, ça ne serait plus des fantasmes et on ferme le magnétophone. Non, je suis toujours branché avec les mêmes que je viens de citer mais si je peux me permettre, comme on dit, je suis plutôt le genre de mec à se contenter de ce qu'il a. Encore que ce n'est pas peu dire. Vous ne connaissez pas ma femme ? C'est une superbe gonzesse.

Bon, on y reviendra !

C'est ça ! Alors, flash-back, avançons plate-forme ! J'ai quatorze ans. Ah oui, les copines de ma sœur. Elles ont seize ans. Deux ans d'écart, à cet âge-là, c'est énorme. T'as envie de tuer pour l'avoir quoi ! Et j'ai remarqué quelque chose qui pourra faire réfléchir vos distingués lecteurs et les générations futures, qui me semble assez important : ce n'est pas parce qu'à quatorze ans on est attiré par les filles de seize, qu'à trente-cinq on ne bande que pour les filles de trente-sept et qu'à soixante-quatre pour les filles de soixante-six ans. C'est pas de la haute philosophie dans le boudoir, ça, mon cher Zitrone ? Fin de la rubrique. Parlons des putes.

D'accord !

D'accord ou pas, les putes ça m'a toujours branché. On y a été très jeunes avec les gars du quartier, dès qu'on a pu franchir la frontière de Montrouge. Paris, c'était la rue Saint-Denis. Depuis la sortie de l'école jusqu'à la limite de la nuit, on montait et on descendait de Strasbourg-Saint-Denis au Châtelet, comme des malades. D'ailleurs, on montait pas beaucoup, on montait même jamais puisqu'on n'avait pas d'argent.

Et la première fois que vous êtes « monté » ?

Aucun souvenir. On marchait devant et on matait, ça oui, je me rappelle bien. Je me rappelle aussi mes premières amours, c'étaient des amours qui n'ont pas abouti. Annie Marlot, elle s'appelait. On écoutait *J'entends siffler le train* et *Nouvelle vague* ensemble. En plein Richard Anthony ! Et puis on se roulait des pelles à la sortie de l'école ! Là j'ai douze, treize ans. On se filait rancart tous les dimanches au cinéma. On se mettait dans le fond du balcon, là où c'était noir, et on se roulait des pelles. C'était tout ce qui se passait. Une fiancée, quoi. Les places coûtaient un franc vingt-cinq et le nom du cinéma, c'était le Palais des Fêtes ou alors le Verdier. Ça peut être intéressant si je deviens président de la République, les mecs auront pas à faire d'enquête, à aller emmerder la bande de Montrouge. Là, ils ont tout !

Vous étiez nombreux dans cette bande ?

Une quinzaine. La vedette, c'était un mec qui s'appelait Jean-Paul. Un rapatrié. Il avait tout, le costard, les chaussures, il avait vraiment tout, alors c'était lui, le bellâtre, qui draguait, dans des espèces de petits bals, les premières discothèques, quoi. Il disait aux gonzesses : « Il y a une surboum chez Robert. » En fait, c'était pas chez Robert, c'était chez Jean-Louis qu'on allait, mais on disait pas les noms parce qu'on avait un peu le trac qu'elles reviennent : on était quand même une bonne douzaine à mater quand il se les faisait. Des fois, on arrivait à les sauter après, mais pas toujours.

Ça arrivait tout de même ?

Heureusement ! La première que j'ai baisée, c'était une coiffeuse un peu rousse – auburn ça s'appelait – avec des couettes à la Sheila. Elle restait sur le dos pendant des heures et elle lisait *Ciné-Revue*. Elle s'occupait de rien. Elle parlait, même.

Il n'y avait pas d'homosexualité ?

Non. Moi, j'ai eu personnellement une expérience, mais c'était bien plus tard, pendant mon service militaire. Un mec qui m'avait pris en auto-stop à Dole, un professeur de piano. Il m'avait piégé. Le genre : « Comment, t'as jamais essayé, si ça se trouve, tu vas trouver ça formidable, t'es un imbécile. » À vingt ans on y va, non ! Moi, en tout cas, j'y suis allé. Quand on est arrivés chez lui, il s'est mis tout nu et tout, alors moi, comme un con, j'ai éclaté de rire et je me suis taillé, non, j'ai vu que vraiment, j'étais pas branché avec ça. Mais, attention, les gens ont le droit d'être pédés, y a pas de norme, chacun la sienne et puis…

Le président n'a pas beaucoup de vices !

Si, le train. J'ai horreur du train. Je suis quand même allé à Venise, exprès en train, dans une seule couchette avec ma femme. Ça, vraiment, c'est le pied. Mais les trucs comme on voit dans les films ou dans certains romans, les mecs complètement allumés, je ne suis pas très client.

Les mecs complètement allumés ?

Ceux qui demandent à leur femme, la leur ou à une autre, de se déguiser en porc ou de se mettre de la graisse autour de la tête pour sentir l'odeur de la charcuterie – un exemple parmi d'autres, chère Mademoiselle. Non, ça c'est glauque. Encore que, personnellement, je préfère quelqu'un qui fait ça avec une femme – ou un homme – qui veut bien, plutôt qu'un mec avec attaché-case et superbrushing qui va attaquer les petites filles en sortant de son petit bureau de comptable. Le mec qui a des fantasmes, même durs, mais qui les connaît, au

53

moins, il est pas dangereux, il fait chier personne. C'est ça qui est important dans la vie : faire chier le moins possible.

Vous vous considérez comme sexuellement normal ?
Tout à fait… C'est-à-dire pas du tout. Y a pas de normal, parce qu'il n'y a pas de norme.

Il y a quand même une moyenne. Vous vous situez comment ?
Développé. Attention, je ne cherche pas à me vanter d'avoir un sexe d'une taille particulière. Je dirais plutôt que j'ai des fréquences.

C'est-à-dire ?
Que je baise volontiers tous les jours. Y a des jours où on baise pas, mais c'est tout de même assez rare. C'est emmerdant de parler de ça, parce que forcément je suis obligé de parler un peu de ma femme. Vous lui demanderez son avis…

Sur vos premières photos, on voit un jeune homme mince, assez mignon, et puis vous vous êtes fabriqué un personnage…
De petit gros, c'est ça que vous voulez dire ? D'abord, je ne l'ai pas entièrement fabriqué. J'avais tendance à la bouffe, alors quand j'ai eu des ronds, je suis devenu rond. C'est vrai que j'ai arrondi le personnage avec ma coiffure qui fait une tête de petit gros. J'ai joué la carte que j'avais…

Et ça n'a pas dû vous aider avec les femmes ?
Ma petite notoriété a pallié largement. D'abord au

54

Café de la Gare, on a tout de suite eu du succès et, aussitôt, les filles ont commencé à nous attendre à la sortie, ça c'est le premier truc, les groupies, ça vient avec les premiers applaudissements, ça rate jamais. Et puis j'ai eu une troupe de théâtre et là, d'abord, il y a toujours les rapports passionnels qui se créent entre gens d'une même troupe, puis aussi la tendance naturelle des filles est de se diriger vers celui qui dirige.

Vous ne seriez pas un peu phallocrate ?

Franchement, je ne crois pas. Les filles ont une sexualité aussi libre que celle des hommes. Quand une fille couche avec un acteur en tournée, elle sait bien qu'il ne sera plus là le lendemain, or elle le fait quand même. Comme nous. Si c'est pas ça l'égalité… Et puis vous avez remarqué ? Quand une fille se tape un type un soir et le jette le lendemain on dit qu'elle est libérée, quand c'est le contraire, on dit que le type est phallo.

Il y a quand même une inégalité fondamentale, c'est la beauté.

Ça, on n'y peut rien. Et, en plus, il y a des choses qui sont plus importantes physiquement. Je dis bien physiquement. Les supermannequins avec des jambes maigres qui n'en finissent plus, pas de seins et des yeux sans expression, ça ne m'attire pas, mais alors pas du tout. Les belles gonzesses, selon les canons habituels, ne me font ni chaud ni froid.

Prenons un exemple : Catherine Deneuve. Elle est superbe, c'est un fait. Et elle a aussi l'air un peu froid. Imaginez-vous seul avec elle ?…

C'est à elle qu'il faudrait poser la question. Je ne

crois pas qu'elle soit vraiment folle de moi. Mais, enfin, un homme serait malhonnête s'il jurait : celle-là, je n'ai pas envie de lui mettre un coup.

En réalité, vous pensez que les hommes ont envie de « mettre un coup », pour employer votre langage de candidat à l'Élysée, dans tout ce qui bouge...

C'est vrai, j'ai envie de mettre un coup à plein de gens. À plein de monde. Des milliers d'hommes, à qui j'ai envie de mettre un coup derrière la tête, et des milliers de filles à qui j'ai envie de mettre un coup dans les cannes ! Heureuse ?

Bof !

Je vous trouve d'une grossièreté difficilement supportable. Enfin puisque vous êtes là pour me parler de cul, poursuivons... Oui, le cul, eh bien, c'est ce qui me casse le plus la tête. Je veux dire, cette partie du corps féminin qu'on appelle le cul. Et tout ce qu'il y a à proximité, la cambrure des reins, les cuisses, enfin des trucs ronds et, si possible, durs. J'aime, oui, j'ééme.

Et vous avez votre petit musée dans la tête ?

On a tous son Louvre, son Prado, sa pinacothèque. Pas mauvaise, celle-là ? Passons. En prem's, les filles du Crazy : parce qu'elles sont belles mais aussi et surtout parce qu'elles ont des culs. Cela posé – sur la commode, bien sûr –, quand je m'imagine avec l'une d'elles, je me vois enfant et elles me prennent dans leurs bras, genre nourrice un peu limite, tu vois ? soit alors, en James Bond.

C'est-à-dire ?

James Bond, c'est clair, non ? Le mec vers qui on va, et qui fait celui qui n'en a rien à foutre. Parce qu'entre nous, je suis pas très adroit pour draguer… Enfin, à l'époque, je ne l'étais pas. Maintenant je suis plus très sûr qu'avec le succès… Non alors, la fille du Crazy, elle montre à tout le monde qu'elle est avec moi et moi j'ai l'air un peu lassé et à la limite, je casse mon coup, je me scie tout seul à force de faire l'indifférent… ça, c'est un plan que j'ai depuis Montrouge…

Et vous l'avez déjà réalisé ?
Jamais.

Et il ne vous est jamais arrivé d'imaginer toutes les filles du Crazy ensemble ?
Elles sont combien ?

Beaucoup.
Alors non, j'aurais surtout envie de me tailler.
(Arrive Véronique Coluche, épouse du comique, ravissante, c'est vrai. Il la prend par la taille et l'embrasse sur la bouche.)
Vous faites ça naturellement ou pour montrer à quel point vous êtes un mari irréprochable ?
Je ne peux pas me retenir.

(Haussement d'épaules de l'épouse.)
Mais tu sais bien que pour moi, la plus belle, la seule, c'est… ma maman.
(Rire de l'épouse. Exit l'épouse.)
Cet après-midi, je lui ai acheté des tenues formidables. Je connais sa taille par cœur. Alors je lis les magazines,

Elle, *Cent Idées*, etc. Et je note les adresses, je me pointe au magasin et je rapporte. Je suis assez client pour la lingerie, bas, porte-jarretelles, tout ça. Superclient. Ça vous suffit ou il faut que je continue ?

À votre bon cœur...

Bon, alors, un petit coup sur la libération des femmes. C'est bon pour l'élection et puis, en plus, je pense vraiment que c'est un truc extra. D'abord, parce qu'elles baisent davantage depuis qu'elles sont libres et qu'en conséquence, voyez-vous, ma chère, on en baise plus aussi. Mais cela ne va pas sans poser, comme on dit à la télévision, quelques problèmes d'importance. Et, en premier lieu, un problème d'arithmétique fort simple : étant donné que je connais que des mecs qui baisent plusieurs femmes, il y en a forcément un qui baise la mienne. Tragédie mathématique !

Et si vous étiez président, vous en profiteriez pour sauter un maximum de filles ?

Ah ! Parce que les présidents de la République baisent ? C'est dégueulasse de dire ça, ça c'est immonde, ça c'est de l'outrage à chef d'État. J'espère que vous vous retrouverez au trou pour avoir osé poser une telle affirmation ! Moi, en tout cas, il y a une chose que je ferai, c'est de coucher avec ma femme dans toutes les pièces du palais présidentiel. Dans toutes. Parce que depuis une dizaine d'années, où on vit ensemble avec la mère de mes bambins, nous avons fait l'amour dans toutes les pièces, tous les recoins des trois ou quatre maisons que nous avons habitées. Un peu pour marquer le territoire. L'Élysée évidemment, c'est très grand... Vous croyez qu'elle voudra ?

« Je ne suis pas un nouveau riche,
je suis un ancien pauvre »
Rock Press Belgique, février 1980

Tout d'abord, mettons les choses au point. Certains Belges obtus voient en Coluche un enfoiré qui se fout stupidement des Belges à cause de l'accent de certains Bruxellois. Bon. D'une part, les histoires belges sont loin de tenir une place de premier plan dans le répertoire de Coluche. Et puis quoi ? Les histoires belges sont pour la plupart des adaptations d'histoires qu'en Belgique les francophones racontent en prenant les Flamands pour têtes de Turcs. Et il est très amusant de constater qu'une fois qu'ils sont eux-mêmes la cible de blagues pourtant pas vraiment méchantes, ces mêmes humoristes francophones belges prennent très mal la chose. De là à traiter de cons les Belges offusqués par certains sketches de Coluche, il y a un pas que je franchis avec un plaisir non dissimulé.

Ça, c'était pour les Belges obtus ; remarquez, il y a aussi des Français obtus… La connerie, c'est comme l'espéranto, c'est international. Il y a des gens sûrs de la justesse de leur jugement qui estiment que Coluche n'est qu'un petit amuseur vulgaire et dont la grossièreté devrait être interdite d'antenne et d'audience.

Ben tiens… Ceux-là, bon, ils peuvent tourner la page, on leur en voudra pas. De toute façon, on n'est pas du même monde. Car ce qu'il faut voir en Coluche, c'est un type extrêmement lucide, irrésistiblement amusant, acide, intelligent, provocateur et dérangeant…

Et puis, Coluche, c'est loin d'être un almanach Vermot assaisonné de gros mots. Oh bon, parfois, il se rapproche un peu du Petit Farceur (Ne dites pas : Mammouth écrase les prix. Dites : Mammy écrase les prouts !), mais quand on cerne le bonhomme et les sketches, on se rend compte qu'il est sans aucun doute le type qui va le plus loin dans l'humour grinçant. Quand il sous-entend (volontairement) lourdement que le ministre Robert Boulin (hein, quoi, mais non je l'ai pas dit) ne s'est peut-être pas noyé tout seul dans cinquante centimètres d'eau mais qu'on l'a peut-être un peu aidé, ça ouvre des horizons… Parce qu'il se revendique de l'humour bête et méchant cher à Hara-Kiri, *Coluche. Évidemment pour certains, qui dit* Hara-Kiri *ou* Charlie Hebdo *dit rescapé soixante-huitard dépassé à la Cabu ou Brejnev-Marchais-Andrieu-Wolinski même combat…*

Ou même scatologie écœurante. Tiens, vous êtes encore là, vous ? On vous avait pourtant dit de tourner la page. Enfin bon, on ne va pas épiloguer là-dessus, on aime ou on n'aime pas. Mais il est dommage de passer à côté d'un Coluche car, tout comme un Cavanna, il est 'achement balaise question lucidité, lui…

Comme c'est la première fois que tu jouais en Belgique, tu n'avais pas un peu peur de ces réactions de certaines personnes ? On a parlé d'alertes à la bombe

*au Cirque royal, ça fait très Gainsbourg et ses paras,
tout ça...*

Oh, des alertes à la bombe, aujourd'hui, y'en a partout, alors... Y a toujours un mec qui téléphone, c'est si simple !

Tu n'aurais jamais eu le succès que tu récoltes actuellement si tu avais fait la même chose il y a vingt ans.

Ça, c'est normal. Ça a toujours été la fonction du comique que de faire un peu bouger les mœurs. Il faut remuer un peu toute la merde pour qu'il en sorte une odeur (il se marre).

Et les termes que tu choisis pour t'exprimer, je ne sais pas si on doit appeler ça vulgaire mais...

Si, c'est vulgaire. Vulgaire dans le dictionnaire, ça veut dire populaire, alors évidemment... Effectivement, ceux qui disent que je suis vulgaire, ils ont raison. Mais, de toute façon, c'est très simple : ceux qui ne m'aiment pas, ils n'ont qu'à pas venir. Tu sais, le Cirque royal fait deux mille cent places, il y a quand même plus de monde que ça qui habite le quartier. S'ils voulaient vraiment tous venir, on serait obligé de faire une salle plus grande. Le principe, c'est qu'on arrive à être vedette avec un minimum de gens qui représentent quand même un maximum de ventes... Finalement, c'est une affaire de blé.

C'est un peu cynique, ça ?

Ben c'est pas de ma faute, surtout... t'es marrant, toi. Je le fais pas exprès.

Non, mais il y a quand même une acceptation du système…

Oui, mais « acceptation du système », ça ne veut rien dire. Bon, aujourd'hui, tu écris dans un journal qui a un certain tirage. Suppose que, demain, les mêmes articles, tu vas les mettre dans un journal qui a un énorme tirage et tu vas être payé très cher pour exactement la même chose. Eh bien, si on vient te reprocher que t'es un commercial, tu vas quand même trouver ça drôle…

Je ne te reproche rien.

Non, mais c'est pour te montrer. En plus, y a pas tellement de raisons de reprocher à certains d'être commerciaux, car c'est le but de la manœuvre… (…)

Tu as fait une émission de radio sur Europe 1 à un certain moment. Tu as arrêté de plein gré ou est-ce que les publicités que tu faisais n'étaient pas tellement appréciées par les annonceurs ou par les directeurs de la chaîne ?

C'est pas la publicité qui a été un problème mais ça ne plaisait pas à tout le monde, cette émission, surtout à des gens d'une certaine branche du gouvernement. Mais ça, c'est même pas de leur faute. C'est franchement de la mienne. Je veux dire qu'on peut s'attaquer à tout le monde à condition de ne pas avoir d'audience. Si on a une audience, il faut qu'on limite. Alors, comme moi, j'ai pas voulu limiter, j'ai eu des ennuis. De toute façon c'est ridicule parce que c'est toujours pareil : on dit par exemple qu'en France tel journal est de gauche et tel journal de droite mais, en fait, si le journal de gauche existe, c'est bien parce qu'il reste dans des limites de la droite. Sans ça, il n'existerait pas ! (…)

Tu voulais te présenter aux élections à un certain moment, c'est vrai ?

Ouais, je vais essayer de le faire parce que ça m'emmerderait de pas semer cette merde, tu vois. C'est-à-dire qu'en fait tout ce qui m'amuse maintenant, avec ce succès, c'est d'essayer d'en profiter au maximum, c'est ce que j'ai fait à la radio. J'essaie de mettre le plus possible au service de tout le monde le succès d'un seul, c'est ça le jeu, c'est amusant. Parce que moi, je ne suis pas un nouveau riche, je suis un ancien pauvre, c'est pas pareil. Je connais un petit peu le problème des ouvriers pour avoir été ouvrier y a pas longtemps parce que, tu sais, j'ai 35 ans. Y a six ans que je fais du music-hall et que je suis connu. Y a dix ans que je suis comédien, donc mon métier actuel, c'est pas toute ma vie, c'est même pas le principal de ma vie. Le principal de ma vie, ça a été dans une banlieue à me faire chier et à me demander si, un jour, j'allais trouver du boulot, à me sortir de cette misère, tu vois, enfin, je vais pas te faire pleurer (on se marre) mais bon… J'étais quand même orphelin pupille de la nation, moi. Et puis, en plus, je suis un fils d'émigré, donc j'avais aucune chance. Et d'ailleurs les mecs que j'ai connus à cette époque-là, ils en avaient pas et ils n'en ont toujours pas, de chance…

Quelle est ton opinion vis-à-vis du rock ? Dans ton show, il y a un truc dans lequel tu te présentes comme un certain Marcel Carton et tu fais une parodie des punks avec badge et tout le toutim… C'est quand même une diatribe assez sévère, Marcel Carton, il a l'air assez cul.

Tu sais, je me moque de moi. Alors je ne vois pas pourquoi je me moquerais pas d'autre chose. La musique des B 52's, de Madonna, de tous ces groupes, j'adore ça.

Maintenant j'aime aussi autre chose, mais ça tient surtout au fait que j'ai une éducation musicale antérieure à ce genre de musique.

Bon, mais quand le public voit ça, il se marre, mais c'est pas seulement parce que ce que tu fais est drôle, il se dit aussi que les chanteurs de rock sont tout à fait tarés, etc.

Oh, je vais te dire, j'en ai chanté, du rock, quand j'étais petit, j'ai fait partie d'un groupe, et j'ai jamais eu l'impression qu'on était pas tarés (on se marre). Moi, j'ai toujours pensé que c'était une musique de violence, pour se moquer, pour se libérer d'un truc, mais j'ai jamais pensé qu'en tant que musique ça avait une valeur au point qu'il faille le prendre au sérieux, hein… Tout ce que tu prends au sérieux finit toujours par te retomber sur la gueule, hein… (…)

Tu crois que la jeunesse d'aujourd'hui et celle de Mai 68 sont très différentes ?

Je ne sais pas moi, je vois pas pourquoi j'aurais d'opinion sur la jeunesse. D'abord parce que je n'ai pas l'âge de cette jeunesse et puis, je n'ai surtout pas des opinions sur tout. Moi, ce que je sais, c'est que tout m'amuse, j'ai décidé de rire de tout, c'est ma philosophie personnelle. À partir du moment où tu fais un truc, il faut le faire en rigolant, sans ça, t'es mort. Si tu t'imagines que tu vas changer quelque chose, tu te trompes !

Ce qui est vrai, c'est que si tu veux changer quelque chose, tu y arriveras mais tu verras pas forcément les résultats que tu as espérés. Et de tout temps, ça n'a été que ça. Faut pas oublier qu'on fait la révolution en France pour rien, qu'on a fait Mai 68 pratiquement pour rien. Faut pas oublier que Kennedy, c'est le cinquième et non pas le premier président des États-Unis à avoir été assassiné, et puis l'Histoire continue… Et puis nous, on gueule surtout contre Hitler mais les États-Unis ont fait quinze millions de morts quand ils ont envahi les Indiens qui n'avaient pas été assez stricts avec l'immigration (il se marre). Et en plus aujourd'hui, on va virer les derniers Indiens de leurs réserves pour le pétrole qui s'y trouve. Alors que le pétrole, à courte échéance, c'est plus rien. Tu vois, donc si tu crois que d'ici, toi, tu vas changer un truc… C'est bien d'espérer, remarque, c'est sympa, mais j'ai peur que tu te goures.

Faut se résigner, alors ?
Est-ce que j'ai l'air résigné, moi ?

Ben pas vraiment !
Est-ce que j'ai donné l'impression d'être un valet du gouvernement en faisant cette émission à la radio ?

L'émission que tu commences maintenant sur Radio Monte-Carlo, ça va être le même genre ?
RMC, c'est une radio qui est un tout petit peu plus régionale, c'est une région plus ensoleillée de la France, c'est un état d'esprit qui est un petit peu différent. Ils sont pas révolutionnaires comme on peut l'être dans le Nord parce que, dans le Nord, on a des raisons de l'être davantage. Tu sais, la théorie des climats, ça existe en politique. (…)

En mettant « Les pauvres sont des cons » comme titre de la rubrique dans Charlie Hebdo, *tu ne crois pas que tu réserves tout ce que tu racontes à une certaine élite qui est à même de prendre tout ça au second degré ?*

Oh, l'élite intellectuelle n'a rien à voir avec l'élite sociale, tu sais. Par exemple, tous les enseignants sont des intellectuels mais ils ne font pas partie de l'élite sociale… Même chose pour les étudiants. Moi, je m'adresse au public que je peux, je ne choisis pas ma cible. Je fais ce qui m'amuse moi. Si ça amuse un pauvre ou un riche, qu'est-ce que tu veux que ça me foute ? D'ailleurs, les pauvres sont des cons, c'est vrai, les pauvres sont toujours des cons dans l'histoire, toujours. Moi je sais que quand j'étais pas riche, des trucs comme ça, ça me faisait marrer… (…)

« Coluche for president ? »
Notre temps, les 8 et 9 mars 1980,
Éric de Saint-Angel

Après s'être mouché bruyamment, le « comique-dissident-vulgaire » caresse l'idée de se présenter en 1981 comme candidat du groupe « Achetez mon livre… ».

D'ici là, l'Attila des ondes aura pris sa retraite. Il ne manque donc pas de projets.

Coluche habite au bas du parc Montsouris un pavillon rougeâtre, couleur de banlieue londonienne. À la grille, le visiteur doit satisfaire à l'examen d'une caméra. Ignorant qu'elle n'a jamais fonctionné, je me compose l'expression radieuse du gentil petit reporter, façon Tintin ou *Charlie Hebdo*. Trois secondes passent, le temps de me sentir pousser des culottes de golf, et la porte s'ouvre. Dans son peignoir de velours rubis, il a plus que jamais l'air d'un décadent du Bas-Empire. Je m'attends à ce que mon nom aille s'ajouter au martyrologe des journalistes expulsés, mais non, la voix de rogomme se fait engageante et me prie d'entrer. Du coup, interloqué, je flaire un traquenard.

Deux heures de l'après-midi viennent de sonner. L'Attila des ondes n'est pas levé depuis longtemps. Il traîne les pieds chaussés de mules en cuir rose, et ses yeux bleus pas clairs larmoient (une grosse grippe lui a fait interrompre sa tournée en province). C'est aussi mercredi ! Il regarde les oiseaux dans le parc, et les fils du La Bruyère du 14e, Marius et Romain (pas Bouteille), regardent la télévision vautrés par terre. Dans un autre angle est assis Paul Lederman, l'imprésario de Coluche, son «découvreur» du temps du *Schmilblik*.

Il a plaqué sur sa figure un air suave et, mine de rien, cherche à me situer (je ne suis pas passé par lui pour obtenir audience). Au mur, enfin, est accroché un grand tableau, de style vaguement pompier, qui représente un cirque ambulant, des romanichels et un ours brun qui danse sur ses pattes arrière. Mais le sujet central, c'est Coluche, accoudé à une table de bistrot, vaguement intimidé, et se gavant de confiture de mirabelles avec force clapotis de babines. Vulgaire, Coluche ?

«Le dictionnaire, il dit : la vulgarité, c'est ce qui est populaire… Ben je suis populaire… Pour le reste, c'est affaire de goût. Y en a qui trouvent ça beau et d'autres qui trouvent ça moche… Moi, je suis plutôt avec ceux qui me trouvent vulgaire au sens moche parce que ça m'intéresse effectivement plus de jouer avec le moche qu'avec le beau… D'abord, y a le choix, et puis je ne veux en aucun cas m'amuser à trouver belles des choses qui le sont pas simplement pour faire croire – à qui ? Je me le demande – que tout va bien et qu'on est content… Ça vous va comme ça ?»

Il en profite pour broyer quelques noix. Il y en a une corbeille pleine sur la table et le niveau baissera sérieusement (celui des noix) au cours de l'entretien. Coluche, donc, c'est la revanche de l'humour du livreur, mais aussi le triomphe (les courbes d'audience l'ont prouvé à

Europe 1 et si l'expérience n'avait pas été prématurément court-circuitée à Radio Monte-Carlo, qui sait…) de l'impertinence. Le despote du rire se sent-il vraiment invulnérable ? A-t-il le sentiment qu'on l'attend au tournant ?…

« Y a personne qui m'attend au tournant, vu qu'on sait pas où je vais tourner primo… Voyez Louis Pauwels, il a un problème qu'il peut pas résoudre. Il s'indigne du fait que je lui ressemble pas. C'est pourtant normal puisque j'ai passé ma vie à essayer de pas lui ressembler. Lui, il pense que les gens qui viennent me voir sont pas des Français… Pour lui, la France, c'est pas ça… Rigolo, non ? Remarquez, excepté qu'il a oublié de dire que mon imprésario était juif, il m'a rendu un grand service avec son article, Louis Pauwels… »

Devant mon air dubitatif, il explique, un ton plus haut, sous le regard pervenche de son imprésario qui le surveille comme un bébé malade :

« Y a des gens qui vont dire : "Qu'est-ce que c'est, ce vieux facho ? Coluche, c'est rien qu'un comique… Il est vulgaire, peut-être, mais c'est pas une raison d'écrire des choses pareilles…"

À cause d'articles comme ça, j'aurai droit plus vite aux médailles, c'est-à-dire avant d'être mort… Ben oui, quoi, dans mon métier y a que le mec mort qu'a du talent… Le mec malade, c'est déjà bon… Mais le mec en exercice, lui, c'est qu'une merde… Ouais, mort, c'est le mieux… D'abord parce que mort, c'est vieux, et que vieux et talent, ça marche ensemble… »

Là-dessus, Véronique verse du café dans les bols. Elle a l'allure délicate des petites jeunes femmes que l'on peut croiser avenue Victor-Hugo par un bel après-midi ensoleillé. Véronique est l'épouse assez inattendue de l'ennemi public. Mais lui, est-il grisé par sa réputation de croquemitaine ?

« Tant que je suis sur scène et que je fais des sketches, je suis un clown. Bon, évidemment, je dis des choses, mais ça, c'est pas tellement parce que j'en ai à dire, c'est surtout parce que si j'en disais pas, les gens se tireraient… Je parle de politique uniquement parce que ça intéresse tout le monde, et ça fait beaucoup marrer le public de voir qu'on peut se moquer de la politique alors que, dans l'ensemble, c'est surtout la politique qui se fout de nous… »

Et la radio ?

Alors là, c'est une autre chose… À partir du moment où on a la radio à soi, pendant six mois comme à Europe, on a vraiment un pouvoir… Tous les jours, des gens importants, des gens qui travaillent dans des ministères écrivent – pas à moi, bien sûr, à la radio – pour dire : « Faudrait peut-être le faire taire, maintenant, il a encore dit que Lecanuet était pédé et c'est pas vrai… » Moi, je pars du principe qu'on a le droit de mentir sur eux puisque eux mentent sur nous…

On peut ne pas priser son humour rarement délicat ; on peut être horripilé par ses relents poujadistes ; mais on est bien forcé d'admettre qu'il a créé, pour le meilleur et pour le pire, un style radiophonique. Après s'être mouché fort bruyamment, Coluche, modeste ou magnanime, rectifie cette idée communément répandue.

« Attention, faut pas dire ça. D'abord, il y a eu Maurice Biraud. Faut pas l'oublier, c'était le plus grand… et puis Jean Yanne et Jacques Martin. C'est eux qui ont ouvert la porte… et moi, j'ai plus eu qu'à passer… »

Un peu en force, quand même, non ?

C'est pas mon genre. Moi, si ça passe, tant mieux. Autrement tant pis. Je considère qu'il faut pas lutter avec le public. On lui doit tout. D'ailleurs, en province, tous les jours, des journalistes me disent : « J'ai été un peu déçu... je ne vous ai pas trouvé très virulent... » Vous voyez ce que c'est, les réputations !

Un responsable d'Europe 1 a estimé, du temps où Coluche y sévissait l'après-midi, que le comique avait trois catégories de fans :

1. Le très grand public qui le tient pour un raconteur de bonnes histoires.

2. Les gens qui apprécient sa verve satirique.

3. Une frange très étroite qui s'identifie à lui comme à un marginal...

L'intéressé, qui s'est levé pour se dégourdir les mollets, revient s'asseoir et tord le nez en reniflant, sceptique et goguenard.

« Le mec qu'a dit ça, c'est un balèze... parce qu'en fait même moi j'en sais rien qui c'est mon public... C'est un spécialiste, le mec qu'a dit ça... et sa spécialité, c'est de gagner sa vie, comme moi la mienne, quoi... »

Mon interlocuteur broie une noix, pensif. Soudain, il se relève et colle brusquement son nez à la fenêtre en glapissant : « Magne-toi, magne-toi, Véronique... » Un homme en bleu fixe un sabot de Denver sur la roue d'une Rolls-Royce imposante, garée à cheval sur le trottoir et coiffée d'une antenne de TV. L'épouse fidèle accourt, prend les clefs de contact et sort.

« Ben où qu'on en était ? Ah ouais, le public... C'est comme l'humour, tout le monde en parle et personne ne sait ce que c'est… J'en ai marre d'entendre parler du public, personne l'a rencontré le public. Et puis il faudrait ne plus penser que les artistes ont un public. Celui qui va voir Sardou va voir Le Forestier, bien que l'un soit de droite et l'autre de gauche. Ça pose vraiment un problème qu'aux intellectuels merdeux, cette histoire de public… »

Quant aux méprises, aux malentendus, aux abrutis qui applaudissent dans la salle lorsqu'il joue ces mêmes abrutis vitupérant les Arabes… « Il y a de tout dans le public », tranche Coluche qui a quelque expérience des Français étriqués qu'il vitriole dans ses sketches. Pourtant, depuis qu'il est riche et célèbre, Michel Colucci, fils d'immigré italien, orphelin de père à 2 ans, pupille de l'État et jadis prolétaire anonyme, ne peut plus passer inaperçu au comptoir d'un café.

Sa vie antérieure lui a laissé tout le temps d'engranger un fonds de commerce. Il devait être successivement fleuriste, garçon de café, télégraphiste, marchand de légumes, et même « inquiéteur » d'immeubles…

« On était toute une équipe. On sonnait à une porte et on demandait : "Heu, monsieur Berthier ?" Alors la personne répondait : "Non, c'est pas ici…" Alors je mettais un pied dans la porte et j'insistais : "Vous êtes bien sûr, c'est pas ici, chez monsieur Berthier ?" Les gens crevaient de trouille sans qu'on fasse rien de répréhensible. Ensuite, un mec de la boîte passait leur vendre une porte blindée… »

Et puis, un jour, c'est la révolte. Coluche décide de sauter le pas, le premier vers la vie d'artiste. Il plaque la boîte qui l'emploie, le patron qui l'emmerde et qui le considère moins que son chien et s'en va « faire la manche », une guitare à la main, aux terrasses des restaurants. 1968 est l'année charnière. Il chante dans un restaurant des Halles, gagne déjà correctement sa vie, et va surtout rencontrer Romain Bouteille. Quant aux événements de mai :

« J'ai pris un pied terrible aux réunions de comédiens à la Sorbonne. J'ai vu des mecs qui sont devenus des révolutionnaires en trente secondes… Y avait des spectacles gratuits pour le peuple, et la caractéristique de ces spectacles, c'était le nombre de ringards… des mecs qui avant la révolution ne chantaient nulle part, on pouvait plus les sortir de scène. Ils y tenaient des heures et des heures… Y chantaient tout, les mecs… » (…)

À ce moment, passe par la porte de la cuisine la tête hirsute d'un grand type en survêtement, mal réveillé, qui allonge le bras pour rafler le sucre. Un des copains qui vivent chez Coluche. Il y en a toujours quelques-uns. Plus nombreux sont ceux qui viennent au déjeuner dominical. Coluche me montre leurs ronds de serviette. En revanche, il ne voudra pas me montrer la salle de jeux du sous-sol, avec flippers, billards et table de poker : sa revanche de gosse privé de jouets. Qu'aurait-il aimé être, Coluche, à l'âge des grandes espérances ? […]

« Moi ? Chanteur de rock'n roll… Eddy Mitchell, lui, aurait préféré être comique, à une échelle professionnelle s'entend. On fait pas toujours ce qu'on veut… »

Eddy Mitchell, un des amis de Coluche. Il n'en a pas beaucoup parmi les gens du spectacle. Serge Gainsbourg, Julien Clerc… peut-être à cause de son caractère peu… mondain.

L'interview commence à lui peser. Ses réponses sont plus sèches. Je sens qu'il faut parer au plus pressé. Je sais que depuis son échec de *Vous n'aurez pas l'Alsace et la Lorraine*, le film dont il était le réalisateur, le scénariste, le dialoguiste, l'interprète, et donc le grand coupable, Coluche, en qui Louis de Funès a trouvé un fils spirituel, voudrait bien réussir son virage au cinéma. Il m'apprend qu'il a signé plusieurs films, dont un, surprise, avec Jean-Luc Godard :

« J'ai seulement vu *À bout de souffle*, comme tout le monde. Ce qui m'intéresse chez ce mec, c'est sa démarche. Il veut pas faire un film qu'on a déjà vu. Il est ambitieux. J'aime pas les gens qui ont que des qualités. J'aime bien qu'ils aient un peu de défauts, et que ça soit net. »

Il l'a dit, claironné : après son spectacle de l'hiver prochain, au Gymnase (où il a tenu un an et demi déjà, salle archibourrée chaque soir), Coluche prend sa retraite. Il a 35 ans. Il a gagné beaucoup d'argent : son dernier disque, sorti il y a trois mois, s'est déjà vendu à plus de 300 000 exemplaires, et lorsqu'il passe à Toulouse ou à Saint-Étienne, 3 000 personnes se déplacent pour l'écouter… Même s'il ne dit adieu au music-hall que pour dix ans, son dernier spectacle doit être une apothéose. Qui va en faire les frais ?

« Les écologistes m'intéressent beaucoup, mouais. J'attends qu'ils s'enfoncent un peu plus pour les charrier vraiment. Y sont pas encore assez connus, mais le terrain est bon. Ils ont trouvé une idée sérieuse à défendre : le nucléaire. Et tout ce qui est drôle, malheureusement, c'est ce qui était sérieux au départ. »

Je l'oriente vers les premières candidatures à l'élection présidentielle. Il aimerait bien se présenter, lui, mais il pense que les autorités ne le laisseront pas faire. Oui, bien sûr… le précédent Mouna… Mais Mouna n'avait pas son audience. Quant aux autres…

74

« Garaudy, lui, c'est clair : c'est pour vendre son livre… Moi je vais écrire un livre qui s'appellera *Achetez mon livre* et je me présenterai comme candidat du groupe Achetez mon livre… »

À ce moment-là, la sonnette de l'entrée retentit. Ce sont trois journaloups de Cognacq-Jay, fringants et pomponnés, qui viennent discuter avec le hors-la-loi des ondes un projet intrépide : lui confier la haute main sur un journal de 13 heures. En m'en allant, j'ai entendu Coluche leur dire : « Attention les gars, j'ai déjà fait le ménage dans pas mal de boîtes, alors méfiez-vous… Ah ! qui j'aimerais comme invité ?… J'aimerais bien un grand militaire, mouais… ou un policier… Quoi ? Gévaudan ? Il a fait quoi, lui ? Un livre… Non, pas ce mec, personne le connaît… Qui d'autre ? Soisson ? Non, il viendra pas, je le traite de pédé dans mon disque… mouais, peut-être un imbécile dans le genre de Jean Cau ou Dutourd… ou alors Mireille si elle chante *Comme-un-torrent-qui-vient-tout-droit-de-la-montagne*… mouais… Et puis faites gaffe les mecs… Prévoyez-moi un remplaçant… Des fois que le pape y mourrait… Sinon, y aurait plus qu'à envoyer la mire… »

En sortant de chez Coluche, une fourgonnette a manqué me renverser. Son conducteur m'a agoni d'injures. J'ai sursauté pour autre chose : il avait exactement la même voix que Coluche.

« La politique me fait rire »
Le Monde, le 27 mars 1980, Claude Fléouter

Coluche n'a jamais été aussi populaire. Après avoir été à l'affiche du théâtre du Gymnase à Paris pendant deux ans, il tourne en province depuis octobre dernier et souvent dans telle et telle ville, à Lille comme à Bordeaux. Il reste trois ou quatre jours et y donne plusieurs représentations. Fringué de sa salopette rayée, la bouille ronde et le nez rouge surmonté de lunettes, la voix éraillée, grinçante, Coluche dialogue, monologue, joue avec le réel, le concret, les choses vues et entendues, exprime le langage et la sensibilité de beaucoup de gens d'aujourd'hui – des jeunes comme des moins jeunes. Et il y a dans ses portraits, dans les mots comme dans le comportement, une vérité profonde, criante. C'est sans doute pourquoi, pour la première fois dans le marché du disque, un comique « vend » des albums : Les Interdits de Coluche a atteint aujourd'hui 30 000 exemplaires. Ces dernières semaines, le nom de Coluche a, en outre, été évoqué plusieurs fois dans l'actualité du fait de ses déboires avec les radios périphériques et de la violence de certaines réactions à son comique de dérision, notamment celles de Louis Pauwels considérant le succès de Coluche comme le « snobisme de l'avi-

lissement » et rêvant d'un « secrétariat d'État de la qualité de l'esprit » !

Louis Pauwels, qui a eu la gentillesse, la grâce d'écrire sur moi un article injurieux, m'a fait une publicité monstrueuse. Moi, je ne le connaissais pas, Louis Pauwels. Il a écrit *Le Matin des miliciens*, il paraît que c'est un homme d'extrême-droite… À mon avis, Pauwels a commis une seule erreur : il a mis sa photo. Il aurait mis la mienne, il aurait eu plus de lecteurs. Après avoir lu l'article, je lui ai envoyé des fleurs, car tout de même je sais combien ça coûte une page de publicité dans *Le Figaro magazine*. Pauwels trouve que je suis vulgaire. C'est possible. Moi j'aimais bien Dalida quand elle était chanteuse. En strip-teaseuse, je l'aime un petit peu moins. C'est peut-être ça justement la vulgarité. J'ai dix ans de métier et je n'ai jamais eu le sentiment d'aller chercher les gens en montrant mon cul.

Mais tous ces bruits ne me concernent pas. Ce qui est important, c'est la quantité de gens qui viennent me voir. J'entre en scène avec *Le Figaro* et *L'Aurore* et je tourne les pages pour montrer que c'est le même journal. Et puis je fais comme les chansonniers autrefois : je raconte ce qu'il y a dans les journaux. Et ce qui m'intéresse dans la politique pourrait se résumer en quelques phrases : où va notre argent ? c'est-à-dire celui de l'État. Pourquoi des mecs élus par nous pour faire ce qu'on veut, au lendemain des élections, font ce qu'ils veulent ? Les seuls hommes politiques que j'utilise dans mon spectacle sont ceux qui ont le pouvoir. Mais Georges Marchais commence à me passionner parce qu'il est le seul à avoir été prisonnier huit ans alors que la guerre n'a duré que cinq ans. En plus, il est revenu de Moscou. Il s'est fait engueuler. Ils sont en train de le virer, c'est épouvantable ce qui lui arrive. Après les élections, il saute… La politique me fait rire. Et il y a quelque part une poésie dans la bêtise.

Quand j'ai animé des émissions de radio, j'ai senti le pouvoir. J'arrangeais certains, je dérangeais d'autres et, finalement, j'ai été viré. Par exemple, en m'engageant à Europe 1, ils espéraient faire augmenter l'audience. Ils m'ont payé un prix exorbitant. En outre, une marque de chaussures de ski m'a donné une somme importante chaque jour également, pour en dire ce que je voulais, y compris du mal…

Je vais probablement me présenter aux élections présidentielles. Comme candidat nul, pour faire voter les non-votants. Mon argument principal sera de ne pas être élu. Mais j'ai bien peur que ma candidature ne soit pas recevable.

D'où vient l'idée de la salopette ?

Je suis un petit gros, alors j'ai toujours porté une salopette. L'idée du nez rouge m'est venue après une balade à mobylette avec Bouteille. C'était le plein hiver. Il faisait froid. Et Romain était blanc, blanc glacé et il avait le nez rouge. Et j'ai trouvé que c'était vraiment un beau truc pour un spectacle. (…)

Votre spectacle a beaucoup évolué depuis deux ans.

Avant, je me contentais de brosser des personnages existants, de faire des caricatures. Maintenant, il y a Coluche qui est un ramassis de personnages types du Français – le râleur, le raciste, le jeune, le pédé, le drogué – et qui traite de tous les sujets en général. Mais le music-hall, c'est pas toute ma vie. J'en fais depuis six ans. Je reprends au Gymnase en automne prochain. Je ferai ensuite une autre tournée et puis j'arrêterai de travailler tous les jours. Depuis le mois d'octobre dernier j'ai roulé sans arrêt en voiture : 42 000 kilomètres. Moi, ce qui m'intéresse, c'est de réussir ma vie. J'en aurai pas d'autre. Dans deux ans, je limiterai à trois mois mes passages sur scène. Et de temps en temps, je ferai l'acteur au cinéma. Pour me reposer.

« Je plaque tout »
Le Matin Magazine, les 27 et 28 septembre 1980,
Richard Cannavo

Le roi de l'impertinence révèle en exclusivité au Matin Magazine *ses intentions : cent dernières représentations, un film... et la belle vie sur une île aux Caraïbes.*

Voilà ! Michel Colucci, 35 ans, fils d'immigrés italiens, orphelin de père à 2 ans et pupille de la nation, ex-enfant de Montrouge et de misère, tendre baladin sous son masque grimaçant de pourfendeur de la sottise. Michel Colucci donc, dit Coluche, marié, deux enfants, comique et ennemi public numéro un, Coluche « l'Attila des ondes », le « La Bruyère du 14ᵉ » (arrondissement), le « Hussard au nez rouge », Coluche qui aura fait hurler de rire tous ceux qui un jour ont assisté à ses spectacles, depuis les QI écrasants jusqu'aux enfants, Coluche, donc, va disparaître demain de notre univers qui d'un coup semblera plus terne encore. Il décroche.
Il m'a reçu dans son pavillon du parc Montsouris, en short et tee-shirt blanc, l'œil allumé et un rien soupçonneux, avec Véronique, sa femme, ravissante, ses enfants, ses copains, il était là sans mélancolie – dame ! Mais

80

sans agressivité non plus. Moi, je me disais : « Coluche plaque tout, ça va être un festival, il va régler ses comptes, massacrer tout le monde... » J'ai rencontré un homme d'une rare lucidité, et d'une impressionnante sérénité. Celui qui dit : « Il y a quelque part une poésie dans la bêtise », qui depuis dix ans traque tous les pas beaux, les ratés, les racistes, les mesquins, les aigris, les vaniteux, celui qui depuis toujours ne fait rien d'autre que nous tendre un terrifiant miroir, celui qui dans son jeu de massacre de cinquante millions d'âmes n'épargne personne possède sans doute en lui plus de pudeur et de respect que quiconque. Il y avait jusque dans ses personnages les plus outrés de Français des profondeurs qu'il vitriolait à plaisir, une vérité farouche, saisissante, et cette vérité-là demain assurément va nous manquer.

Cette fois, oui, c'est décidé, j'arrête. Ben ouais... Faut bien que ça arrive, hein !

C'est peut-être un peu tôt non ?
Oui, mais le pire, c'est quand même de s'arrêter trop tard. Trop tôt, c'est pas très grave. Par contre, un artiste qui se retire quand personne ne veut plus de lui... J'arrête parce que j'ai envie de plus rien branler. Je comprends pas pourquoi ça paraît toujours effarant aux gens auxquels j'en parle. Stopper en plein succès, c'est le meilleur moment. Ça semble délirant et pourtant c'est tout ce qu'il y a de plus normal. Le travail, c'est pas un but dans la vie : le but, c'est quand même d'arriver à rien foutre !

On peut vivre sans rien faire ?
Bien sûr ! on peut vivre sans rien faire qui nous fasse

vivre. Si on a de l'argent, on n'est pas obligé de travailler pour en gagner. Moi maintenant j'en ai. J'y pense depuis longtemps. Depuis que j'fais ce boulot pour gagner ma vie, je sais qu'un jour j'aurai assez de fric pour m'arrêter. J'ai d'ailleurs fait ça parce que j'ai compris que c'était le boulot qui pouvait me rapporter le plus de pognon sans aucune qualification au départ, puisque j'ai pas fait d'études, j'ai pas vraiment appris de métier. Alors, à part gangster ou homme politique, des choses qui se font sans qualification, y a quasiment qu'artiste… C'est pourtant simple : les mecs bossent tous onze mois dans l'année et le douzième, ils essaient d'aller au soleil. Ben moi, j'essaie d'aller au soleil onze mois de l'année : je fais comme eux, sauf que j'inverse les proportions. J'ai trouvé par hasard une combine pour me faire du pognon, j'en ai fait, j'en ai placé un peu pour avoir une petite rente, et ciao ! Elle est pas grosse ma retraite, mais elle me suffit. J'ai acheté une maison dans une île, et voilà… Je pars avec des copains, et puis on va rien branler, on va avoir un bateau, on va faire les cons, tout ce qu'on a envie. Je vais aussi m'occuper de mes enfants, j'avais pas le temps avant. Ils m'ont surtout vu à la télé, mes gosses ! C'est une vie de fou que je mène depuis dix ans. Attention, sûr, je me suis pas emmerdé, je regrette pas ! Mais tout ça m'est tombé dessus, sans prévenir. J'ai eu de la chance, oui. Mais la chance, ça vient en plus : il faut, de toute façon, du talent. Aujourd'hui, je suis arrivé à 35 ans, c'est-à-dire en principe à la moitié de ma vie, j'ai bossé jusque-là et maintenant je vais redescendre vers la mort. Le but de la manœuvre étant de ne rien branler dans la vie en général, j'arrête. Je dis pas que je travaillerai plus. Seulement, je travaillerai plus pour vivre. Parce qu'il y a avec ce boulot une escalade absolument infernale. On s'en soucie pas. Le succès entraîne le succès, et ça tourne au délire : par exemple, plus un disque se vend plus on a de galas à faire, et plus on fait des galas plus on vend des disques, et ainsi de suite. On peut pas contrôler ça parce que c'est un phénomène lié au public. Plus il est nombreux, plus les problèmes augmentent : les salles grandissent, ensuite il y a plus de salles, il faut monter un chapiteau, faut des sonos, des camions, etc. On se retrouve chef d'entreprise et c'est vraiment pas un boulot d'artiste !

Alors, fatigué de ce milieu du show-biz ?

Le show-biz, c'est pas un milieu, en fait. Les gens qui vivent dans le show-biz, c'est ceux qu'en font pas ! Parce que les artistes, ceux qui bossent, ils sont sur la route, au théâtre, ils sont au boulot… Si je vais manquer ? Mais non ! Les gens trouveront autre chose à la place. Et si jamais ils trouvent pas aussi bien, tant mieux pour moi ! C'est vrai qu'il y a peu de comiques, et beaucoup plus de chanteurs. Parce que les jeunes de 15 ans, ils veulent chanter avec une guitare, et pas se mettre du rouge sur le nez pour faire le clown. Ils veulent emballer, les mecs à 15 ans, alors ils achètent une guitare. Ils veulent être chanteur de rock'n roll. Moi aussi d'ailleurs, je voulais être chanteur de rock'n roll. Mais j'étais pas doué…

Pourquoi dresser des portraits toujours un peu cruels, caustiques, sans tendresse ?

Vous trouvez ? Ça je suis pas d'accord, mais chacun sa façon de voir. Moi je suis le personnage central que je décris. C'est la profession de comédien qui veut ça :

on fait tout passer par soi-même. Donc chaque fois que je décris un imbécile, c'est moi. Et puis, pour dire du mal de quelque chose sans se tromper, il faut bien le connaître, et pour bien le connaître, il faut l'aimer, en tout cas s'y intéresser. Alors des portraits durs ? Mais la vie est épouvantable, c'est la guerre maintenant dans la rue ! Moi je parle des choses comme elles se passent. Alors, que je dise que les Français sont des cons, d'abord c'est de ça qu'ils rigolent, et puis c'est vrai en plus. C'est vrai surtout. On est des cons. Mais moi j'aime bien. Si on me donnait à choisir, j'préférerais rester comme ça, un peu con. J'trouve ça bien, moi.

C'est quand même une vision pessimiste des choses ?

Comment, pessimiste ? Mais non, pas du tout ! D'abord je vois pas pourquoi on aurait une vision optimiste ou pessimiste des choses. On ne peut avoir que le reflet de la réalité. Il suffit de pas être aveugle et de regarder. T'as pas à penser, t'as qu'à regarder ! Et les mecs qui pensent que le monde est autrement que ce qu'ils voient, c'est des cons !

Et la radio ? Plus envie de faire de la radio ?

Ah ! ça, c'est pas tout à fait exact. C'est surtout le contraire. C'est surtout la radio qu'a plus envie que j'en fasse. Ils m'ont jeté. Moi, je m'en fous complètement : ils font ce qu'ils veulent. Moi, ce qui m'étonne, c'est pas qu'ils m'aient jeté, c'est qu'ils m'aient engagé.

De toute façon, c'est pas pour ce qu'ils paient que ça va m'empêcher de vivre ! Bien sûr, c'était rigolo, la radio, c'est même très, très rigolo. Et puis c'est un moyen d'expression formidable, c'est un peu le pouvoir : tu organises une manif en un quart d'heure ! Mais ça m'a amusé, je l'ai fait, et maintenant que je le fais plus, j'm'en fous. De toute façon, j'm'intéresse pas aux choses que j'peux pas faire… Si on me proposait une émission demain ? À quelle heure ? Non, j'crois pas. J'veux vraiment plus rien foutre. J'ai toujours été feignant, comme tout le monde d'ailleurs. Depuis dix ans j'ai trimé, oui, mais n'importe qui est prêt à travailler autant que moi pour le même argent, la question se pose pas comme ça. Y a toute cette aventure du succès… Ça serait arrivé à un de mes copains, déjà, j'aurais trouvé ça bien. Alors à moi, évidemment, j'ai trouvé ça super ! J'dis pas qu'je me suis emmerdé, je dis que le travail n'étant pas un but dans la vie… C'est la vie qui est un but dans la vie. Alors, à partir du moment où on a assez de pognon pour pas travailler, j'vois vraiment pas pourquoi on bosserait ! Même si on fait un truc formidable. Par exemple, faire rire, j'suis pas obligé d'en vendre pour que ça m'amuse. J'peux faire rire qui j'veux, j'peux m'faire rire tout seul ! Déjà pour commencer c'est pas moi qui me fais le plus rire dans la vie, c'est les autres.

Donc j'ai besoin de rien, si j'ai le minimum matériel, j'suis très bien. Dans une île des Caraïbes, avec très peu de revenus, on fait vivre tout un tas de gens, peinards, sur un bateau, avec un petit terrain, une maison… Il fait 30 °C le jour et la nuit, toute l'année, y a donc pas besoin de pognon pour s'acheter des couvertures l'hiver, ou un manteau de fourrure, rien. Avec un short et un tee-shirt, voilà, là je suis prêt, je pars. Et là-bas, ce sera ce que je fais ici dans ma maison, c'est-à-dire glander énormément d'abord, ne rien foutre, et puis, quand j'ai envie, j'prends un papier, un crayon et j'écris ce que j'ai envie d'écrire, et le jour où j'en ai suffisamment, je le fourgue : ça me fait un peu de blé pour rester là. Oui, je continuerai tout doucement, un peu, peut-être un disque de temps en temps. C'est le travail forcé que j'arrête. Y a pas de raison de continuer en fait, c'est surtout ça, le problème. La question qu'on me pose toujours, c'est pourquoi j'arrête, et moi, ce que je me demande, c'est pourquoi je continuerais surtout. C'est bien, j'l'ai fait, j'suis content. On me parle de Brel. Brel, il était mourant, il s'est dit que s'il s'arrêtait pas, il allait mourir en travaillant, c'était quand même nul comme résultat ! Moi j'm'arrête pendant que j'suis pas malade. C'est pas compliqué : on fait des heures et des heures de boulot, y a déjà des mecs qu'ont eu des accidents, moi j'ai rien : j'ai pas de maladie, j'ai mal nulle part, j'ai pas le cancer – pour une raison simple, c'est que j'ai pas vérifié –, donc j'suis en pleine forme, j'suis à la moitié de ma vie, j'ai bossé jusque-là. Mais je suis sûr que si on fait rien, on doit tenir mieux, on doit vivre plus vieux…

Pour l'heure, il me reste mon dernier spectacle, à partir du 2 octobre, après j'embraie sur un film et, en septembre prochain, je fais mes valises. Pour le spectacle on fera cent représentations, j'espère pas une de plus. La dernière fois je l'ai fait un an et demi, j'ai pas besoin de prouver que je peux le faire deux ans. Le spectacle ? Entièrement nouveau, bien sûr. Des problèmes d'inspiration, j'en ai jamais eu, y a tellement de matériel maintenant dans le monde entier, il se passe tellement de trucs, c'est quand même très, très bien, c'est la guerre partout, la gare de Bologne qui saute, les Iraniens qui s'entretuent dans les faubourgs de Paris, le merdier autour des Jeux olympiques, l'ayatollah, tout ça, c'est formidable ! Reagan, le vieux cow-boy qui se présente, c'est quand même pas rien ! J'pense que bientôt y aura un pédé qui se présentera aux élections américaines, et qui fera un paquet de voix.

Et Coluche candidat ?

Moi, me présenter ? ça m'aurait fait surtout une pub formidable ! Mais c'est interdit maintenant, par les lois : il faut beaucoup plus de signatures qu'avant, et dans des conditions draconiennes, ce qui fait que matériellement on ne peut plus se présenter. Mais je vais essayer quand même, hein ! Comme «candidat nul», avec pour argument principal de n'être pas élu. J'vais lancer un appel aux élus dans *Charlie Hebdo*, et peut-être dans d'autres journaux. Parce que moi je veux réunir les voix des abstentionnistes. C'est simple : y a 30 % de mecs en France qui ne votent pas du tout, ils ont l'âge et la possibilité de voter, mais qui n'ont jamais pris la carte d'électeur. Sans compter les 6 % d'abstentionnistes habituels, qui ne se dérangent pas ou qui votent blanc. Moi j'voudrais que tous ces mecs-là prennent une carte pour voter pour moi au premier tour, de manière à montrer à ceux qui font la politique qu'y a plus de gens qui s'en foutent que de gens qui ont voté pour eux. Parce que celui qui totaliserait 36 % des voix, il serait balèze ! Or ça fait potentiellement 36 % des Français qui devraient pouvoir voter pour un mec qui se présenterait pour comptabiliser les abstentionnistes. Normalement, j'suis en tête au premier tour !... Mais j'me présente pas au second, par contre. Au second tour, c'est le bras d'honneur. J'vais essayer, oui. Toute façon, ça peut pas me faire une mauvaise publicité. Et puis ça va pas me prendre beaucoup de temps : j'vais écrire deux ou trois conneries dans *Charlie Hebdo*, et voilà. Mon programme, c'est drogue, sexe et rock'n roll. Donc c'est très vite fait... Ah ! Si j'pouvais passer entre Giscard et Chirac, avec le nez rouge, dans le quart d'heure ! Seulement le mec qui serait élu, il l'aurait été contre un clown, c'est ça qui est embêtant. On pourrait toujours lui dire, historiquement, c'est ce jour-là que vous avez gagné contre cet imbécile au nez qui clignotait…

En tout cas je vais remuer la merde, oui. De toute façon, elle est déjà drôle la merde puisque Debré se présente. Normalement, je devrais avoir plus de voix que lui, puisqu'en galas j'ai dû faire plus de monde qu'il n'en verra jamais aux urnes ! Ça déjà, c'est une certitude mathématique : j'ai déjà fait plus d'entrées dans une seule maison que des mecs qui s'étaient présentés aux présidentielles, comme Lecanuet ou bien d'autres. Y a donc des mecs qu'ont eu moins de voix que moi j'ai eu de clients dans l'année ! C'est ça qui est rigolo, mettre ces chiffres en parallèle. Mais tout le monde devrait se présenter, Sardou, Lama. Au départ, j'm'étais dit que finalement comme j'en avais pas besoin, que je le faisais uniquement pour me faire marrer et que ça représente quand même un petit boulot, je n'allais peut-être pas le faire. Mais maintenant que ça approche, ça m'chatouille, et j'me dis que j'vais quand même trouver une combine pour que ça me fasse pas trop de travail, mais que j'arrive quand même à semer le maximum de bordel. Mais je pense que j'pourrai obtenir cinq cents signatures d'élus qui me permettront de faire campagne. Alors ce que je comptais faire, c'était recueillir cinq cents signatures d'intellectuels, enfin des gens connus pour leur intelligence, de manière à pouvoir dire que les autres sont désignés par des cons et que justement, moi c'est le contraire !…

Marchais-Coluche ou Debré-Coluche ! Ils voudraient

pas, y en a pas un qui accepterait la confrontation ! C'est normal, je vais les clouer par terre, les mecs ! Ils peuvent pas tenir, parce que ce qu'ils ont, eux, c'est sérieux. Alors ils peuvent pas tenir en face d'un mec qui s'en fout… Tu peux toujours dire exactement le contraire de ce qu'ils diraient. Et d'abord tu peux les traiter de menteurs, ce qu'ils se font pas entre eux : « Non, vous êtes un menteur, c'est pas vrai ça ! Vous mentez !… » Là ! ça va pas, ça va plus du tout !…

Alors, heureux, Coluche aujourdhui ?

Ben oui, c'est sûr, j'suis plus heureux que ceux qui sont au chômage ou qui s'emmerdent pour gagner trois ronds ! Évidemment j'pourrais encore faire ça pendant dix ans, mais d'abord ça m'intéresse pas d'essayer de tirer sur la corde pendant dix piges encore, et surtout j'ai la possibilité de plus bosser. Alors ça, on l'offrirait à n'importe quel mec qui fait pas un métier artistique, tout le monde trouverait ça normal qu'il se précipite. Oui, j'ai un contrat de disques, j'devrais en faire, mais on peut pas forcer quelqu'un à faire ce qu'il veut pas faire. Et c'est pas leur intérêt… Moi, s'ils veulent, je vais leur en faire des disques ! C'est combien chaque face ? Vingt minutes ? Alors j'vais me mettre quarante minutes devant un micro à faire : « Ah la la la. Ah la la la ! » Voilà, c'est ce que j'trouve le plus drôle en ce moment. Quarante minutes de ça… « C'est invendable ? Ben merde alors !… »

J'ferai peut-être un peu de cinéma, un film de temps en temps. Le ciné, oui, ça m'amuse. C'est-à-dire qu'on n'y fout rien surtout, et on est très bien payé. C'est un rêve. Être vedette de cinéma, c'est un conte de fées, c'est formidable. Le matin, t'arrives, ils te mettent un costume qu'est pas à toi, faut pas le salir mais tout le monde s'occupe du costard à ta place, après ils te maquillent, ils te mettent des kleenex en attendant que tu tournes, on te tend ta chaise et c'est bon, tu t'assois. Tout d'un coup on te dit : « C'est à toi. » Tu dis trois mots, ça dure trente secondes, ce qu'on tourne, et la chaise, tranquille… Dans une journée de huit heures, on fait deux minutes utiles du film, pas plus ! Le music-hall, il faut y aller en bagnole, répéter, monter le chapiteau, toute la technique, et puis tenir deux heures sur scène, seul, et même si c'est un beau métier, c'est un boulot énorme. Alors oui, j'ai eu de la chance que ça marche si bien, et je me suis bien amusé. Mais en réalité j'ai jamais rien fait d'extraordinaire, j'ai seulement parlé comme on doit parler, comme on parle dans la vie, ce qui évidemment est interdit puisqu'on doit toujours masquer un petit peu… et surtout, le plus souvent possible, je me suis efforcé de dire vraiment la vérité, sans jamais penser : « Le public n'aimera pas ça… » Et maintenant j'm'en vais. Je m'sens déjà privilégié, alors sur mon île ! J'vais pêcher, vivre sur mon bateau, je vais vivre. Vivre un peu comme on rêve, quoi ! C'est simple…

C'est simple et c'est dommage. Pour nous. Coluche va partir couler des jours paisibles sur un carré de terre perdu aux Caraïbes. So long ! *Coluche. Bien sûr, on ne peut que lui souhaiter bon vent. Mais qui désormais nous dira nos vérités ?*

« Les adieux de Coluche »
L'Express, le 11 octobre 1980,
Danièle Heymann

« C'est l'histoire d'un mec... Vous la connaissez, non ? » Vous ne connaissez peut-être pas si bien que ça l'histoire du « mec », Coluche, qui, à 35 ans, a décidé de faire ses adieux au music-hall. En pleine gloire, comme on dit, n'est-ce pas suspect ? Cela ne sent-il pas son opération de promotion ? Eh bien, non ! Coluche n'a pas besoin de promotion. Lors de son dernier passage en scène, il a fait salle comble pendant dix-huit mois au Gymnase (il s'y produit actuellement pour cent représentations) et a réalisé 17 millions de francs de recette, avec, comme il dit, « une salopette pour seul décor ». Dans un entretien avec Danièle Heymann, « l'Attila des ondes », « le pourfendeur de la bêtise », « l'affreux Jojo » qui joue du violon avec des gants de boxe et ne respecte rien se révèle. Très drôle (c'est la moindre des choses), très lucide, et aussi très tendre. Pourquoi la méchanceté et la grossièreté sont-elles de bonnes armes ? Pourquoi y a-t-il si peu de comiques ? Michel Colucci répond. Coluche s'en va. Il nous manquera.

Pourquoi faites-vous vos « adieux » au music-hall ?

À Montrouge, on parlait que de ça, les vacances au soleil, la retraite. Et puis les gens, quand ils y arrivaient, à la retraite, ils étaient morts. Moi, je prends de l'avance, tout ensemble, les vacances, le soleil, la retraite. À 35 ans. C'était ça, mon but dans la vie. En gros. Voyez, pour moi, l'important, ce n'est pas d'avoir plus d'argent, c'est d'en avoir assez. La folie naît de l'argent. Moi, la première année où ça a vraiment marché, j'ai gagné 700 000 francs, alors que, l'année précédente, j'avais gagné 5 000 francs par mois. Alors, évidemment, j'ai tout acheté, j'ai tout bouffé. J'ai acheté quatorze voitures, la première année… Et même aujourd'hui, oui, ce matin, j'en ai acheté deux. Une vieille Jaguar et une vieille Buick. Je vais vendre la Rolls. La Rolls, c'est un réflexe de pauvre, aussi. Parce que, pour un riche, avoir une Rolls, ça n'a pas d'intérêt. Je tiens à les rassurer, les mecs qui en rêvent : c'est bien. C'est pas une voiture, c'est une Rolls. Bon, je m'arrête. Si n'importe qui avait gagné autant d'argent que moi en faisant son boulot à lui, il se serait arrêté de travailler.

Vous considérez votre carrière comme un « travail » ?

C'est un travail. Effectivement, pas un travail ordinaire… Le métier d'artiste, c'est, au départ, une escroquerie monstrueuse. Dire que j'ai fait en un an et demi, au Gymnase, un milliard sept cents millions de centimes de recette avec, pour unique décor, une salopette !

Oui, mais, à l'intérieur de la salopette, il y avait quelqu'un.

D'accord. Mais, tout de même, pour faire un mauvais musicien, faut au moins cinq ans d'études, tandis que, pour faire un mauvais comédien, il faut à peine dix minutes… (…)

Vous dites fièrement : «Je me fous de tout», c'est suspect.

Je me fous, en tout cas, de ce qui est important, pour une raison simple : il n'y a que les choses sérieuses qui sont drôles. Dès qu'un mec dit quelque chose de sérieux, on peut déjà se foutre de sa gueule…

C'est la recette de votre succès?

Du rire, en général. Il n'y a pas de recette. Retirez ce mot. Disons qu'il y a un chemin que tout le monde emprunte. Ce qu'on appelle aujourd'hui le second degré. Au premier degré, personne ne rit, une plaisanterie est beaucoup plus amusante à raconter qu'à vivre. Si vous recevez un seau d'eau sur la gueule, ça ne vous fait pas rire. Si on raconte à quelqu'un comment vous avez reçu un seau d'eau sur la gueule, il rira. On fait tout un sac de ça, tout le monde fait rire au second degré.

Admettons que je n'aie jamais vu Coluche en scène, que je n'aie jamais entendu un de ses disques…

Je vous demanderais ce que vous foutez là !

… Je m'étonnerais que cet homme ne cesse de se déprécier.

Ne croyez pas ça, je suis très fier de moi. Je sais que je vous fais rire parce que c'est bien fait. Bien fait pour vous, en tout cas.

Quel est le matériau de base de votre comique ?

C'est moi. Tout ce que je décris, je le ressens. Même quand je joue un ancien combattant qui dit : « Faites pas chier avec la guerre, la seule chose que j'ai rapportée comme souvenir, c'est une jambe de bois, merci pour le bois », l'ancien combattant, c'est moi. (…)

Vous êtes né dans un milieu ouvrier ?

On était même pas ouvriers… On était pupilles de la nation, mon père est mort à ma naissance. On était vraiment pauvres. Une pièce pour trois, à Montrouge. Quand on regardait l'horizon, on voyait que des cheminées au-dessus des toits, des cheminées d'usine.

Vous avez craint d'être happé par l'engrenage, d'entrer, vous aussi, à l'usine ?

Non. J'ai quitté l'école à 14 ans, après avoir raté le certificat d'études. J'ai fait quatorze métiers. J'ai été quatorze fois apprenti, ne restant parfois qu'une demi-heure dans une place.

Malgré votre bonne volonté ?

Y avait pas de bonne volonté. Ça n'a jamais été mon truc. La bonne volonté n'a jamais remplacé le talent. J'ai tout de même été cinq ans fleuriste. Parce que ma mère l'était. Enfin, je livrais à vélo et je vidais les vases. Tout ce que je connaissais, c'était quatre fleurs, roses baccara, glaïeuls, œillets, les chrysanthèmes à la Toussaint. Ma pauvre dame, vous avez un deuil… oh là là ! On va vous faire une belle couronne, à 40 000 ! On a mieux, à 60 000, ça dépend comme vous l'aimiez… C'est un bon terrain d'observation, le commerce. Sur mes quatorze métiers, j'en ai quand même exercé huit en rapport avec les clients : vendeur, télégraphiste, garçon de café…

Quand avez-vous décidé d'être comédien ?

À 22 ans. C'est alors que j'ai commencé à aller au cinéma. Et à faire quelques constatations. Jean-Paul Belmondo, quand il est sur l'écran, tout ce qu'il fait est intéressant. Le gars qui lui donne la réplique, tout ce qui lui arrive, on s'en fout. Donc, Belmondo est une vedette, et l'autre gars n'est qu'un comédien.

Votre ambition était de devenir vedette ?

Évidemment. J'ai donc cherché ce qui différenciait la vedette du comédien. Les yeux étaient très importants… Et je me suis dit : faut essayer de copier une vedette, de lui piquer ses trucs. Pas Belmondo, bien sûr, avec ma tête… Alors une autre. Et comme j'avais trouvé les yeux très importants, je suis allé, tous les jours, voir tous les films de Liz Taylor, et je lui ai absolument tout piqué. Évidemment, c'est impossible à voir, surtout aujourd'hui où je l'ai beaucoup transformée, mais tous les tics, je les ai gaulés. Après, j'ai enchaîné sur des jeux. Par exemple, je faisais le sourd, toute la journée j'étais sourd, un tout petit peu. Un peu plus. Je faisais répéter : « Comment ? » Puis des fois j'insistais. Alors les gens disaient : « T'es sourd ? » Je répondais : « Non. » Le lendemain, j'faisais le gai. Voilà, des exercices de style. Comédien, c'est un métier qui s'apprend à partir de soi-même. Ça a un nom de maladie : égocentrisme.

Votre trajet a été assez solitaire.

Être vedette aussi, c'est solitaire. Ça rend solitaire. Justement parce qu'on vous regarde comme une vedette.

Moi, ça me sidère. Déjà, quand on a réussi quelque chose, on a tendance à avoir la grosse tête, à croire qu'on est mieux que les autres, mais lorsque les gens autour de vous, les journalistes, viennent vous voir et vous déclarent : «Ce que vous dites est très important…», faut quand même pas charrier.

Le vedettariat, sans parler en termes de gros sous ou de grosse tête, cela ne donne-t-il pas le vertige?

Il y en a plein, de vertiges. Plein. À tous les niveaux. Ça change la vie, d'être vedette. Énormément. Vous n'avez pas moins d'amis, mais davantage d'ennemis. Quand même, avec un billet de 2ᵉ classe, vous voyagez en 1ʳᵉ partout. Dans le métro, vous n'y voyagez même plus, c'est vous dire. Il y a aussi pas mal d'avantages.

Comment avez-vous croisé le chemin de Romain Bouteille?

J'faisais la manche dans les restos. On finissait tous les soirs dans une boîte où y avait plus jamais personne, plus de clients. La dame qui s'en occupait nous a dit : «Puisque vous êtes tous là à traîner, venez un peu plus tôt, et puis faites du cabaret.» J'ai fini par prendre la direction artistique, c'est-à-dire par m'engager vis-à-vis de la patronne – pour 15 francs, un sandwich et un ticket de métro – à ce que tous les soirs il y ait un programme. Je disais à des mecs : «Allez, viens!» Les mecs disaient. «Non. J'veux pas y aller.»

Mais Romain Bouteille, il est venu, devant six personnes. Je lui ai collé aux bottes. J'avais rencontré Romain Bouteille et j'étais content. Si j'avais rencontré Picasso, j'me serais sûrement mis à la peinture à ce moment-là… Mais j'ai rencontré Bouteille. Je m'intéressais tellement à lui, je le suivais partout, dans ses beuveries de bout de la nuit, partout, j'ai fini par l'apprendre par cœur. J'étais sûr d'en avoir besoin. Des comme lui, il n'y avait que lui, ça se comptait sur les doigts du pouce, et quand il a dit : «J'voudrais faire un truc, autre chose qu'un cabaret», j'ai dit : «J'vais t'suivre.»

Et on s'est mis en marche. Avant qu'on fasse Le Café de la Gare, on a marché un an et demi. On a fait tout 1968 en cherchant un local.

Ça a été un détonateur, un branchement...

Non, 1968, pour moi, ça a été une période où j'ai vu des tas de spectacles ringards dans des tas de lieux occupés... Si je vous dis des noms... Philippe Gilles, par exemple, il a chanté tous les soirs, en Mai 68 ; avant, il ne trouvait jamais d'engagements. Jamais, jamais. C'était un ringard. Après 1968, il a disparu. Je l'ai retrouvé dix ans plus tard à la télé. Je devais tourner un sketch chez les Carpentier pour le numéro un Eddy Mitchell. Il est venu et m'a dit : «Coluche, tu ne peux pas jouer, les comédiens sont en grève. – T'es devenu comédien ?» Il était devenu comédien. Il était toujours ringard. Et pourquoi il y avait grève ? «Les comédiens font grève parce qu'ils voudraient que la télévision française produise plus de dramatiques.» Or, s'il y a quelque chose qui porte bien son nom, c'est bien les dramatiques à la télévision. C'est de la télé et c'est dramatique. Tellement c'est mauvais.

Le type dont vous ne connaîtrez jamais le nom, je l'ai envoyé balader. Lui, il travaillait pas, et c'était justice. D'autres comédiens qui ont du talent et qui ne travaillent pas assez, la plupart du temps pour des raisons extra-professionnelles, et la plupart du temps par leur faute (ils se sont mis à picoler, ou ils ont joué aux cartes, ou ont fait une connerie), si je peux les imposer dans les films que je vais tourner, je les imposerai. Mais cela n'empêche pas que je ne sais pas où ils trouvent le toupet, les comédiens, de se syndiquer. Des mecs qui ont une profession tellement privilégiée, ça va pas ! Comme lorsque les patrons se syndiquent, c'est un moyen de tourner la loi, parce que le syndicalisme, c'est pas fait pour les patrons, c'est fait pour les ouvriers. D'ailleurs, c'est mal fait pour les ouvriers.

Et vous avez ouvert Le Café de la Gare en 1969 ?

On a ouvert Le Café de la Gare sans argent, dans les plâtres, c'était impensable que les gens puissent venir s'asseoir là… Des gens ont plié leur vison pour s'asseoir et se sont battus devant la porte. Ils ont cassé la porte plusieurs fois, des gens très chic. Un soir que Romain Bouteille lui-même tenait la porte, un mec lui a dit, à lui : « Laissez-moi entrer, je connais personnellement Romain Bouteille. » Et il a répondu : « Il est mort. Il vient plus. » C'était vrai, il était mort, Romain Bouteille, à cet instant précis, c'était Le Café de la Gare qui était vivant.

Avez-vous eu du mal à écrire vos premiers sketches ?

Non seulement j'savais pas écrire, mais j'avais jamais écrit. Et jamais lu. J'ai fait autrement. Encore un truc que Romain Bouteille m'a indiqué, qui consiste à accumuler tout ce qu'on dit. Un papier et un crayon. Si je dis une connerie, par exemple : « Au bout d'un moment la boule de neige fait tache d'huile », ça m'fait rire, alors j'le note. Ce sera dans un sketch. Dont j'ignore encore le sujet. (…)

Docteur Coluche, vous qui auscultez la France profonde…

Ça va pas, non ? Il y a en France environ 40 millions de personnes susceptibles d'aller au spectacle ou d'acheter un disque. Divisons par trois en considérant qu'un seul disque suffit pour une famille, ça fait encore une douzaine de millions de gens qui pourraient acheter cet enregistrement. Or, quand on vend un million de disques, on est vedette, une énorme vedette. Ça veut dire qu'il y a 11 millions d'acheteurs potentiels que votre disque n'intéresse pas ! Ça veut dire que, par rapport à la France réelle, on n'intéresse personne !

Faire rire ne serait-ce que 5 000 personnes à la fois doit procurer un certain sentiment de puissance ?

En France, faire rire 5 000 personnes à la fois, ça frise la malhonnêteté. Il n'y a pas de salles prévues pour, seulement des plein air, des stades, des hangars. Les mecs reçoivent un son pas possible. Moi, je ne suis pas trop engagé dans la malhonnêteté parce que je prends pas beaucoup d'argent. Je suis le moins cher.

Comment ça ?

J'ai toujours été payé au cachet. Quand, aux autres vedettes, il leur restait 40 000 ou 50 000 par gala, moi, il m'en restait 20 000. Je n'ai jamais voulu être au pourcentage. C'est pas bon. Il faut pas rentrer dans la salle en se disant : « Combien ils sont ? Combien je vais gagner ? » Un soir, on se surprend à compter les pompiers de service.

La foule, même si vous n'en touchez qu'une partie, n'est-elle pas angoissante quand elle est rassemblée ?

Moi, je la trouve très sympathique. Il ne faut pas avoir peur de la foule. Des gens se réunissent parce qu'ils ont quelque chose en commun, sans savoir qu'ils avaient ce quelque chose à partager. Ça vient du fait que les gens ne se parlent pas assez. S'ils se parlaient davantage, ils auraient moins besoin de moi... Mais j'ai quand même beaucoup plus besoin d'eux qu'ils n'ont besoin de moi.

Une soirée avec Coluche, c'est une thérapie...

On essaie de donner un nom de maladie à tout.

Le public vous apporte-t-il quelque chose, modifie-t-il votre spectacle ?

Le public fait tout. Moi, j'me présente devant le public pour la première fois très imparfait, puisque j'ai tout à apprendre. Et où j'vais l'apprendre ? Devant le public, qui va me faire un succès suffisant pour que le lendemain je puisse revenir.

Vous donnez là une définition très modeste — et très belle — du talent.

Le paradoxe du comédien (je ne sais pas ce que cela veut dire, mais j'en ai toujours entendu parler), pour moi, c'est ça. Ce culot qu'il faut pour monter sur la scène et dire : « Maintenant, vous m'écoutez, vous me croyez et vous vous marrez. » Cette prétention fabuleuse, cet exhibitionnisme (encore un nom de maladie) mélangé à la simplicité qu'il faut pour se dire : « Demain, si je fais pas mieux, je suis mort », voilà le paradoxe.

On vous a traité de gauchiste, de poujadiste, vos sketches n'épargnent rien ni personne. Où vous situez-vous ? Peut-on être un comique sans étiquette ?

Droite, gauche, une, deux. Petit, j'étais inscrit aux jeunesses communistes, j'étais pauvre, donc, pour moi, c'était logique. Je pensais que de là viendrait le changement… À l'époque, ma mère me disait pourtant : « Si tu sors dans la rue, fais bien attention qu'il ne t'arrive rien. » Mais s'il ne t'arrive rien, c'est ce qui peut t'arriver de pire quand t'es môme… Et même plus tard. Parce que, avec la gauche, il n'est rien arrivé.

Les hommes politiques…

On a trop tendance à croire que celui qui est le plus fort, c'est celui qui est élu. Moi, je sais quel métier ils font. Les hommes politiques, je connais leur métier. Je fais le même. Ils font des meetings comme moi je fais des galas. Et dans leurs discours, il n'y a jamais que trois phrases à tirer, celles qu'on entendra à la télé. Certains, quand même, sont bien. Mitterrand, il est bien, mais pour ce qui est de la présidentielle, il a déjà été recalé à l'examen, et puis il ne faudrait pas qu'il sourie. Giscard aussi il est bien, d'ailleurs, le seul problème, c'est qu'il donne trop d'argent à l'armée, à mon goût. Enfin, il a ses raisons, qui ne sont pas idiotes. Mais les mecs qui sont autour de lui, c'est quand même des gens qui ont été élevés dans le pognon, dans le polo, dans le tennis, ils se rendent pas bien compte que la pyramide, elle a une base. Comme candidat sérieux à la prochaine élection présidentielle, je ne voyais que moi. J'aurais fait campagne auprès de tous les abstentionnistes. Ils sont plus de 30 %. Mais je ne peux pas les forcer à voter pour moi qui n'ai jamais voté, qui suis absten-tionniste de métier. Je ne vote pas, parce que, si je votais, je voterais à gauche. Et je reproche personnelle-ment à la gauche d'avoir été inactive pendant trente ans.

Vous êtes donc anarchiste ?

Dans la vie, oui. Si vous voyiez le bordel qu'il y a sur mon bureau !

Est-ce qu'on peut donner des conseils à un comique ? En avez-vous jamais écouté vous-même ?

Ah oui ! Lorsque j'ai débuté à la radio, Jean Yanne m'a dit : « Tu as le droit de tout dire. Ton seul risque, être viré. Et tu ne dois travailler que dans cette pers-pective : aller assez loin pour qu'on te foute à la porte. Si tu commences à te fixer une limite, tu ne diras plus rien, tu seras un vendeur de publicité ordinaire. »

Tous les matins, vous vous disiez : « Tu peux être viré » ?

Ah oui, tous les jours ! Tous les jours j'amenais du matériel assez fort pour mériter le renvoi. On m'avait tellement répété que ce que je faisais ne pouvait passer qu'au café-théâtre. Eh bien, j'ai été le balancer jusqu'à la télé, c'est passé ! Mes trucs impliquaient des grossiè-retés, des calomnies, j'ai dit que les ministres étaient pédés, je les connais même pas… Mais tant qu'on fait rire, c'est des plaisanteries. Dès que c'est pas drôle, c'est des insultes.

Il n'y a pas de limites, pas de frontières ?

On peut tout dire, on peut dire c'qu'on veut. Ce qu'on n'a pas le droit de se tromper, c'est sur la forme. Quelquefois, j'arrivais au spectacle avec une idée que j'avais eue en venant, dont j'avais pas trouvé la forme définitive. Je l'essayais, les gens faisaient : « Oh ! » Le lendemain, je trouvais la forme, je disais la même chose, les gens faisaient : « Ah ! ah ! ah ! » L'intérêt de la forme, c'est que ça permet de faire passer le fond. Mais si on considère que le fond n'a pas d'importance, on peut pas exister. C'est-à-dire que quelqu'un qui chante des chansons d'amour, il faut qu'il soit sentimental. De nature. Sans ça, il l'a dans le cul.

Vous êtes-vous attiré de réels ennuis pour « vices de forme » ?

Et comment ! À la radio, le seul instrument qui donne l'impression du pouvoir parce qu'on peut y provoquer une manif en un quart d'heure. On y avait eu une première plainte d'un ministère, Anciens Combattants ou Guerre, ou Défense, je ne sais pas comment cela s'appelle… En recevant cette plainte, j'ai dit merde, ce qui fait que comme j'avais pas mis la forme, et que j'avais mis le fond, j'ai été viré. Démonstration. (…)

Vos armes absolues : la méchanceté et la grossièreté…

La méchanceté et la grossièreté sont des partis pris. Accessibles à tout le monde, qui soulagent tout le monde. La méchanceté et la grossièreté sont les armes de la simplicité. Pour moi, ce qui est drôle doit être simple, doit permettre de parler de choses trop compliquées, de rire simplement.

Qui vous fait rire ?

Tout le monde me fait rire. Ceux que j'admire,

Devos, Bedos. Mais d'autres aussi, qui ne savent pas l'affection que j'ai pour eux. Denise Fabre, Danièle Gilbert qui, paraît-il, est moins con qu'elle en a l'air. Y a pas d'mal hein ? Et Léon Zitrone, il me fait tellement rire ! S'il rajoutait des chevaux dans le tiercé, je les jouerais…

Vous avez fait beaucoup de scène mais peu de télé, pourquoi ?

Parce que la télévision, pour les gens, ça reste une maison de retraite. C'est-à-dire que ça ne débouche nulle part. Nulle part ailleurs.

J'ai peur que ça vous manque, de faire rire…

Moi aussi, j'ai peur que cela me manque. Mais je peux très bien continuer à faire rire les gens de temps en temps. Là-bas, où je vais vivre, il y a un Club Méditerranée où c'est bien, parce qu'on y trouve le bonheur pour pas trop cher. Eh bien, un jour, je vais peut-être craquer, et y débarquer, clac !

En attendant, et bien que vos premières expériences dans ce domaine n'aient pas été très concluantes, vous allez faire du cinéma ?

Oui. Malgré mes premières prestations cinématographiques désastreuses, je vais faire mes débuts au cinéma, sans avoir encore réellement vérifié sur le public si ça va, en vedette… C'est l'intérêt de l'affaire ! À partir du moment où j'ai décidé de me libérer du music-hall, les mecs de cinéma sont venus, des propositions plein les bras… J'ai choisi, j'ai signé. Et puisque j'ai le choix, j'adorerais jouer une ordure, parce que, moi, j'en connais des ordures, je les ai étudiées, j'ai eu des patrons, des maîtres. Ce qui fait les fines ordures, je sais ce que c'est : des principes, des croyances, la guerre, le devoir, le bien, le mal. Ils puent, je les connais bien, et ceux-là, je voudrais bien les faire. Les mecs qui magouillent, les premiers de la classe, j'adorerais des rôles comme ceux que jouaient Pierre Brasseur ou Jules Berry. Ça paraît prétentieux de dire ça. Mais Jules Berry, c'est le plus grand acteur que j'aie jamais vu…

C'est vrai, vous êtes un peu de la famille, cette espèce d'improvisation, d'insoumission au texte…
Oui, il faut dire le film, il faut pas dire le texte. Le film appartient au metteur en scène, mais l'acteur, son rôle lui appartient.

Pour vos «adieux» au Gymnase, vous avez écrit beaucoup de nouveaux sketches?
Oui. Sur la guerre, c'est un bon sujet. Sur le show-biz aussi. Ce sketch-là, je l'ai appelé : «Pour être fâché avec tout le métier». Pour dire que j'aime pas Sardou et que je trouve qu'il chante comme Alain Barrière alors qu'il espère chanter comme Hallyday… des insultes directes. Le truc qui soulage. J'ai également écrit un truc sur les vacances à l'étranger où je fais le gros con qui est parti avec sa caravane à poutres apparentes pour faire rustique… J'y ai ajouté ce que je pense sincèrement. Le mec, par exemple, qui va en vacances en Turquie, c'est un fou complet. Déjà que les Turcs qui y restent, c'est pas normal… Y aller quand on n'est pas obligé ! Surtout que là-bas il n'y a rien à becqueter, c'est un pays tellement pauvre… Vraiment, économiser onze mois de l'année pour passer le douzième là, je trouve ça nul. Nulle comme idée. La beauté du paysage ? Mais, en

général, dans ces coins-là, c'est la misère qui est belle, et c'est pour ça qu'ils y vont. Voilà ce que j'ai voulu faire, des sketches sur la connerie qu'on subit tous les jours et qui nous gonfle. Je parle pas pour moi, qui suis privilégié, mais je parle pour les mecs dont je me sens…

Solidaire…

Non, pas solidaire. Ça, ça serait de la démagogie. Je me sens originaire. Je suis l'un d'entre eux. Je ne suis et ne serai jamais que l'un d'entre eux. Aujourd'hui, si on me disait : « Tu vas être tout le temps milliardaire, même si tu travailles plus », je pourrais pas être milliardaire. C'est comme les Italiens, même quand ils sont riches, ils ont quand même douze mômes qui pleurent autour, des nouilles qui cuisent sur le feu, une mamma, etc. J'suis né comme ça. J'vis comme ça. Voilà.

Vous vivez comment ?

Eh bien, à Paris, on ne fréquente que ceux qui sortent ! Donc, comme je ne sors pas, je ne vois que ceux que je reçois… J'ai établi un peu le système de cantine ici, à la maison, il y a toujours dix personnes à table, ils ont leurs ronds de serviette, ce qui fait que même si je ne suis pas là, il n'y a pas de problème. Je ne peux pas me passer de copains, c'est vital… Moi, de toute façon, j'ai jamais l'intention de devenir un homme, j'ai l'intention fermement de rester un enfant. Qui se marre. Je me suis bien marré.

Le public ne va pas vous en vouloir un peu de l'abandonner ?

Je ne vois pas pourquoi il commencerait à me détester. Ils vont commencer à m'oublier, c'est autre chose…

Maintenant que vous quittez le music-hall, diriez-vous qu'on peut faire ce métier impunément ?

Non, on est très puni. On est puni d'avoir du succès, parce que gagner de l'argent, c'est mal. Les impôts, ils vous regardent dans les yeux… J'ai toujours dit au comptable qui s'occupe de mes affaires : « Donnez-leur surtout un peu plus aux impôts, qu'on soit pas embêtés. » On est puni parce que se vendre à beaucoup de gens, c'est mal. Au Café de la Gare, c'était plein. Et les journalistes écrivaient : carrément génial. En un mois et demi, voilà que je change de rive, de trottoir. Je vais à l'Olympia. C'est plein aussi. C'est le même spectacle. Et les mêmes journalistes écrivent : carrément commercial. On est puni, mais je veux surtout pas me plaindre… Beaucoup de vedettes disent : « Oh là là, encore 5 000 personnes ! faut que j'aille chanter, ça me fait chier ! » Moi non. Moi, j'ai trouvé ça formidable. Prenez l'exemple d'un plombier. Quand il a fini sa soudure, s'il y avait 5 000 personnes pour l'applaudir, et qu'en plus il soit payé 20 000 francs, il ferait des soudures tout le temps !

« Coluche, nous voilà ! »
Charlie Hebdo, le 26 novembre 1980

On n'en peut plus douter, Coluche sera le président des Français. C'est maintenant une certitude absolue. Le raz-de-marée populaire est en route, rien ne pourra l'arrêter. Toujours le premier à la pointe du progrès et du côté du manche, *Charlie Hebdo* s'est empressé de mettre ses pages à la disposition du président Coluche contre l'assurance qu'il sera promu seul journal officiel de la république coluchienne française dès l'intronisation du président Coluche.

Vous trouverez donc ici même, chaque semaine, tous les éclaircissements que vous pouvez souhaiter sur le programme de gouvernement du président Coluche.

Nous présentons successivement de façon détaillée les impacts de la révolution coluchienne sur les divers secteurs de l'activité française. Vous pourrez poser des questions. Vous verrez bien si on y répondra.

Social

Le social a toujours été le grand souci du président Coluche. Il s'est penché avec sollicitude sur ce domaine si cher au cœur de l'homme de ce temps et il est rapidement arrivé à une décision. Cette décision tient en deux points :

1. Plus de pauvres. Tout le monde riche.

2. Réflexion faite, après examen plus approfondi de la situation : plus de riches, tout le monde pauvre.

Religion

La religion telle que nous la connaissons est le domaine par excellence de l'arbitraire et du favoritisme. Le président Coluche a donc décidé d'apporter, là aussi, les bienfaits de la démocratie. Sa doctrine tient en une formule :

Fini, les dieux autocrates et imposés ! Un seul dieu pour tous, démocratiquement élu au suffrage universel : le président Coluche.

D'autres améliorations de moindre importance seront développées en temps utile. Cueillons au hasard : la messe sans quitter son lit, les hosties apportées toutes chaudes par le facteur, goût de Coluche garanti.

Politique

Le président Coluche, ayant remarqué que la politique, extrêmement utile pour assurer l'élection du président Coluche, devenait tout à fait inutile une fois cette élection assurée, a donc en sa sagesse décidé de ne pas contrarier cette évolution naturelle.

1. La politique est supprimée.

2. Messieurs Giscard, Mitterrand, Chirac et Marchais, privés de raison d'être, se verront offrir une place de figure de cire au musée Grévin.

Gouvernement

Création d'un ministère des Affaires pas propres où seront regroupées l'administration des Diamants et Pots-de-vin, celle des Assassinats de ministres pas réglos,

celle des Tripotages immobiliers, etc. Jusqu'ici disper-
sées dans les divers ministères.

Armée
Il n'a pas échappé au président Coluche que, la France
étant dotée de la force de frappe, toute autre arme apparaît aussitôt caduque, dérisoire et dévore-budget. Le
président Coluche a donc mis au point ce programme en
deux phrases :
1. Il appartient au président Coluche et à lui seul de
décider de l'utilisation de l'arme suprême et du choix
de qui la recevra dans l'œil.
2. Le président Coluche n'a besoin de personne
d'autre. En conséquence, l'armée française est supprimée. Tous les militaires, à tous les grades de la hiérar-
chie, sont appelés, à partir de ce jour, à faire valoir
leurs droits au chômage.

Santé
Le président Coluche classe les maladies en trois
catégories :
1. Les maladies honteuses.
2. Les maladies répugnantes.
3. Les maladies marrantes.
Il ne voit pas bien encore où ça va le mener, mais en
sept ans renouvelables, il aura le temps d'y penser.

Agriculture
Afin de venir en aide à l'agriculture française grave-
ment menacée par les lentilles japonaises en acier trempé,
le président Coluche envisage d'encourager dans les
écoles maternelles l'art de confectionner des portraits du
président Coluche en légumes secs collés sur roufipan.

110

Transports

La querelle des deux-roues et des quatre-roues au sujet de la vignette n'a pas manqué de stimuler l'imagination créatrice et le sens de la justice sociale du président Coluche. Il a donc décidé que seules les trois premières roues d'un véhicule quelconque seront assujetties à payer la taxe. La quatrième est gratuite.

Sexe

Libération totale. Les pédérastes, homosexuels, homophiles et autres enculés pourront s'embrasser sur la bouche en s'enfilant.

Femmes

Égalité totale. Suppression du féminin dans la langue et la grammaire françaises. Suppression du mot infamant « femme ». Suppression du mot sexiste « homme ».

Et maintenant, démerdez-vous.

Émission de Pierre Bouteiller,
France Inter, 1980

Comment ça va?

Ça va bien, et vous? On fait semblant de se vou-voyer? On joue le jeu?
Non, non. Moi, je suis pas d'accord. Non. On n'a qu'à faire semblant de se tutoyer puisque de toute façon on se connaît pas non plus énormément.

Absolument.
On se connaît depuis longtemps par contre, mais on se voit pas souvent. (…)

On va parler de tout… puisqu'on est en direct.
On va parler de tout! Ouh! lala!

Enfin de tout. De tout ce qui vous concerne parce que…
Mais moi, je suis libre que jusqu'à mardi, hein!

… Lorsque j'ai émis le désir de vous recevoir…
C'était en mars 1978!

Oui, c'est ça. Justement, j'ai été l'objet de remarques toutes affectueuses du genre : « Mais, comment ça se fait ? Pourquoi maintenant ? » Et j'ai dit la vérité, on va la dire aux auditeurs : c'est qu'il y a très longtemps que j'ai demandé à vos collaborateurs cette interview, or, curieusement, c'était aujourd'hui. Alors, est-il exact que vous vous servez des médias pour imposer vos dates pour venir à la radio quand vous le décidez ?

Ben, je vais vous dire un truc : si c'est pas moi qui décide de ce que je fais avec les médias, c'est eux. Alors, tant qu'à faire que ça profite à quelqu'un, j'aime autant que ça soit à moi.

Vous pensez donc qu'il y a un échange : moi, ça m'arrange d'avoir Coluche à l'antenne, et lui, ça l'arrange de passer à la radio au jour qu'il veut.

Je sais pas si ça vous arrange, je sais que moi, ça m'arrange, ouais. En quelque sorte.

Mais c'est pas du tout pour remplir votre théâtre, qui est plein ?

Ah non, ça, le théâtre, on le remplira pas plus. (…)

Ce n'est pas pour la sortie du film Inspecteur la Bavure *?*

Non, parce que ça, on s'en occupera un petit peu plus tard.

Donc, vous avez choisi cette date par hasard, ou quoi ?

Non, non, pas du tout. Ben, je vais vous dire la vérité, elle était libre, et puis, je me suis dit, quand même, Bouteiller, qu'est pratiquement le responsable du bordel que j'ai semé…

Euh, oui… J'crois qu'il faut expliquer, là, aux auditeurs.

Oui, je disais tout à l'heure que quand même les deux responsables principaux étaient là, c'est-à-dire Lederman, le mec qui me produit, qui compte l'argent qu'on gagne comme si c'était le sien…

Puis qui en garde un peu…

… et qui en garde un petit, oui, comme on dit… mais enfin, j'aime autant qu'il garde 90 % d'une grosse somme, que 10 % d'une petite. Et puis alors Bouteiller, évidemment, c'est celui qui nous a fait faire la première radio à l'époque où j'étais avec les camarades du Café de la Gare et puis après, dès que j'ai été tout seul, le premier – je peux te dénoncer ? Ça te fait rien ?

Pfff. Au point où j'en suis !

Alors donc, s'il y a un mec qui est responsable, entre autres choses, c'est bien Bouteiller. Donc, ça me fait plaisir de revenir te voir de temps en temps, déjà. Même que si je te voyais ailleurs que dans les studios, par exemple, ça me dérangerait pas non plus.

Non, mais je viens te voir, quelquefois, au théâtre.
Oui, d'accord. Mais même, ailleurs, je veux dire.

Oui, mais j'aime pas déranger, moi. Tu dois avoir tellement de groupies, puisqu'on se tutoie, de fans, de parasites.

Quand on a peur de déranger, c'est qu'on risque de déranger. Mais en fait, bon, tu risques rien.

Bien, donc, ce sont des retrouvailles. Est-ce que tu t'es senti obligé de venir chez moi, puisqu'on-se-tutoie-on-se-dit-tout, parce que, effectivement, je t'ai un peu porté bonheur en te découvrant dans un café-théâtre ?

Ah non, pas du tout, non, non. Pas du tout.

C'est pas la reconnaissance ?

Ah, non, non. Je marche pas à ça.

Ah bon ?

Non, non. C'qui fait que je suis venu, c'est parce que je pense que ton émission est écoutée, et que pour moi, c'est bien. Parce que tu vois, par exemple, quand un mec me dit : « C'est gentil que vous m'aidiez, parce que jusque-là, j'ai pas eu de chance », je lui dis que s'il a pas eu de chance jusque-là, je vais pas l'aider. Parce qu'il faut avoir de la chance quand même. On peut être aidé dans la vie, mais faut quand même avoir du bol, parce qu'un mec qu'a pas de bol, tu peux rien pour lui. Tu vois, je veux dire, je viens ici, parce qu'il y a sûrement du monde qu'écoute.

Oui. Il y a d'autres émissions aussi.

Ouais, mais les autres, je les blaire moins, quoi. J'sais pas, j'peux pas te dire. T'es... tu veux que je te fasse les pompes ? T'es plus sympa, quoi.

Oh, non, non. Ça va comme ça. J'ai ce qui faut. Mais enfin au cas où...

T'es quand même plus sympa que les autres, et donc, bon, si tu veux, je me pose même pas la question de savoir si y a du monde qui écoute ton émission, je me dis que moi, volontiers, je l'écouterai, donc à partir de ce moment-là, j'y vais, quoi.

Oui, c'est logique.
Voilà.

Bien, alors on va parler maintenant – pas la peine de tourner autour du pot, ce serait quand même hypocrite de se demander pourquoi Coluche est là, avec la conjoncture que j'ai sous les yeux, sous la forme par exemple d'un hebdomadaire qui paraît en fin de semaine, Le Nouvel Observateur, *avec en titre la* France de Coluche. *On te voit avec une écharpe tricolore. Bien. Tout le monde en parle, il y a plusieurs interprétations. Ça suscite beaucoup…*
J'ai même peur que ça finisse par se savoir, moi !

Oui, j'ai peur qu'on en parle un peu trop. Mais alors avant de t'interroger sur le fond, je voudrais d'abord qu'on écoute ensemble un rapide sondage – puisque la mode est aux sondages, c'est très important les sondages, à la radio –, celui-là n'a pas la prétention d'être exhaustif…
Qu'est-ce que ça peut bien vouloir dire, exhaustif?

Ça veut dire que ça représente l'opinion tout entière. Mais c'est un sondage de bistrot, comme ça, en quelques minutes, et ça donne une sorte d'image de ce que pense le peuple parisien, une toute petite partie du peuple parisien, de la candidature de Coluche.

116

SONDAGE :

« – C'est de la rigolade, quoi. Hein ? C'est de la rigolade. Ça amuse le monde et puis c'est tout.

– Oh, je pense que c'est pas une trop mauvaise idée, mais je pense qu'à mon avis il a pas beaucoup de chance. C'est un peu idiot, je trouve. C'est peut-être un peu pour faire honte aux autres types des présidentielles...

– Il aura peut-être bien sûr quelques voix, tous les types indécis qui vont peut-être un peu rigoler, mais j'pense... ouais. Peut-être, moi aussi, si j'avais 18 ans, j'aurais voté pour lui !

– Coluche, finalement, c'est comme Giscard, Marchais, Mitterrand : c'est tous des acteurs. Ils passent à la télé, exactement... sauf qu'ils font pas payer pour qu'on les entende, hein.

– Franchement, je peux pas vous dire, mais enfin... c'est pas sa place !

– Ah, bah, disons que c'est pas mal. Ça reflète bien, disons, ce qu'on pense de nous en France. Disons que le slogan de Coluche c'est : on nous prend pour des imbéciles, et votez pour un imbécile, moi, j'pense que c'est pas mal, parce que je pense que c'est vrai, finalement.

Et si Coluche avait ses cinq cents signatures, et s'il se présentait, est-ce que vous voteriez pour lui au premier tour ?

– Oui, je pense que oui.

– Ce que j'en pense, je pense que c'est bien. Je pense que c'est marrant surtout. À part ça, euh... Ben, je sais pas exactement...

117

Est-ce que vous voteriez pour lui, par exemple ?

– Non.

– Je sais pas. Je trouve ça un peu stupide… drôle d'une certaine façon, d'autre part… Ben, je sais pas exactement.

Vous ne pensez pas que ce serait un test pour voir si les Français ont le sens de l'humour ?

– Si, mais enfin… Admettons que… Bon, Coluche se présente, mais il sait parfaitement bien que de toute manière, il n'a aucune chance. Et si jamais ça marchait, qu'est-ce qui se passerait ? Qu'est-ce que deviendrait la France ?

– Moi, je trouve que c'est amusant. C'est une idée amusante, en plus, c'est une publicité qui lui est assez gratuite et qu'il se fait.

Et s'il se présentait, est-ce que vous voteriez pour lui, par exemple ?

– Évidemment pas.

– J'suis tout à fait d'accord. Qu'est-ce que vous voulez que je vous raconte…

– Je pense qu'il est peut-être pas à la hauteur… Non. Il est pas à la hauteur. Oh, non, je pense pas qu'il soit à la hauteur. Il est artiste, mais il faut pas qu'il se mette à faire de la politique.

– Pour moi, il n'est pas l'homme le mieux, mais il est préférable de Giscard, je crois (accent américain).

Et vous pensez que Coluche aurait autant de chance de faire aussi bien que ce que fera Reagan, par exemple ?

– Pour moi, n'importe qui peut faire mieux que monsieur Reagan.

118

Et Coluche, c'est n'importe qui ?

– Il est plus que ça. Mais pas beaucoup plus que ça. »
(FIN DU SONDAGE)

Voilà.

C'est un sondage défavorable, ça…

*C'est un sondage honnêtement fait en ce sens que,
bien sûr, il y a un montage, mais enfin, on a conservé
l'équilibre général.*

Tu crois ?

*Oh, oui. Ben, écoute, ici, tu connais. Alors, qu'est-ce
que t'en penses ?*

Ben… Qu'est-ce que tu veux que j'en pense ? Moi,
j'm'en fous, moi. J'ai pas été sondé en ce qui me
concerne. Donc, je vais pas répondre au sondage, tu
vois ? Évidemment que je vais voter pour moi, c'te
connerie ! Ahahah !

D'abord, tu vas aller jusqu'au bout ?

Ben, évidemment ! Ben, évidemment. D'abord, dans
ton sondage y a deux trucs qui sont intéressants. Les
gens disent que ma candidature est pas sérieuse, ils ont
exactement raison. Et que d'autre part, ça me fait beaucoup de publicité, ils ont exactement raison aussi. Donc
ça fait déjà deux bonnes raisons pour que j'aille jusqu'au bout. Tu vois ? Analysons le problème, si tu veux.
On ne parle que de ça, hein ?

*Non, non, non. On ne parle pas que de ça. On par-
lera également de métier, de ce que tu fais.*

119

Bon, d'accord. Moi, ce que je veux te dire : pourquoi ma candidature, elle en est là aujourd'hui ? Tu veux que je t'explique ce qui s'est passé ? C'est pas compliqué : il se trouve que ça fait sept ans que je fais du music-hall, et que j'ai quand même un petit peu un discours politique. J'suis pas le seul, mais enfin… bon, il se trouve que je suis dedans. Dans le lot de ceux qui en ont un. Qu'est-ce qui s'est passé ? J'ai déclaré que j'étais candidat à la présidence de la République. D'abord, j'ai envoyé un télégramme aux agences de presse. Et donc, ça m'a coûté le télégramme, jusque-là, t'es d'accord. Ça aurait pu s'arrêter là… hein ?… et personne en aurait jamais parlé. Là-dessus, tous les journalistes m'ont appelé pour savoir ce que je voulais faire. Alors donc, j'ai dit aux journalistes : j'ai rien à vous dire, je ferai une conférence de presse plus tard. Et comme ils étaient très nombreux, les journalistes, à vouloir savoir ce que j'en pensais, j'ai donc fait une conférence de presse. Là-dessus, les journalistes en ont fait toute une tartine dans leur canard, et à partir du moment où y en a eu toute une tartine dans le canard, c'est devenu une candidature. Alors, qu'est-ce qu'il s'est passé après ça ? Ben, y a des mecs qui sont jamais représentés par les partis politiques parce que ça serait mal ! Tu vois ? Par exemple, les partis de gauche peuvent pas soutenir les homosexuels. Parce qu'il y a 3 millions d'homosexuels en France. Y a 500 000 mecs qui risquent de voter pour celui qui va les soutenir, et du coup, sur son électorat à lui, il perdrait 1,5 million de voix. Donc, les homosexuels ont jamais de chance de voir un candidat qui va prendre en compte leurs revendications. Bon, je te parle des homosexuels, y a les chauffeurs de taxi qui sont dans le même cas, y a les coiffeurs, y a les agriculteurs…

Il peut y avoir des chauffeurs de taxi homosexuels, d'ailleurs.

Oui, d'accord. Oui, oui. Il peut même y en avoir des candidats. La question se pose pas. Moi, j'en ai rien à foutre de ce qu'ils sont… Je trouve que le meilleur président de la République, il est pas obligé d'avoir les mœurs des autres. Le mec qui serait le meilleur président de la République, c'est celui qui servirait le mieux les intérêts des Français. Alors, qu'est-ce que je fais, moi ? En fait, je me retrouve être le candidat des minorités. Bon, si tu veux, je te tiens un discours sérieux, là…

Justement, j'écoute sans intervenir.

… Mais, je me retrouve en fait être le candidat des minorités, et il se trouve que les minorités, si tu les mets bout à bout, ça fait la majorité. Les hommes politiques parlent toujours des Français moyens en pensant qu'ils sont moyens, mais en fait y a des grands, des petits, des gros, des maigres… Y a pas de Français moyen. Ça existe pas. C'est des conneries. Ce qui fait que, qu'est-ce qui se passe ? Ben, les mecs m'écrivent en disant : on compte sur toi. Y a eu des mouvements en France, partout.

Oui, j'ai vu des signatures qui vont de Bertrand Poirot-Delpech à Michel Sardou, par exemple. Sardou, ça m'a un peu étonné. Il me semblait que… t'avais pas tellement…

Ça a rien à voir. Sardou et moi, on est d'abord très copains, et puis…

Il est pas rancunier, alors.

Il est pas rancunier, mais il a pas à être rancunier, je lui ai quand même fait que de la pub, dans l'ensemble. Et puis, il sait très bien ce que c'est que la pub, tu sais. Bon. D'autre part, on se voit pas assez pour être fâché. Tu sais ce que c'est ? Hein ? Tu connais le métier, tu vois ce que c'est. On a tous du boulot. Si on est fâché, l'intérêt, c'est d'en profiter. Si tu vois un mec tous les jours, ça vaut le coup d'être fâché avec. Mais quand tu le vois tous les ans, qu'est-ce t'en as à foutre d'être fâché avec ? Hein ? T'en profites pas. Donc, il faut pas t'étonner des signatures que tu retrouves sur cette liste…

Oui, j'en ai cité comme ça deux au hasard. Il y en a d'autres. Il y a Drucker, il y a… enfin, tu dois les connaître mieux que moi. Il y a même Sheila…

Mais je vais te dire, le problème de cette liste, c'est qu'on avait besoin de 151 noms, puisque Debré avait fait la veille 150 avec des commerçants, des anciens militaires, enfin… tout un tas de gens, ses variétés d'imbéciles à lui, et moi, j'ai mes imbéciles à moi, donc c'était très urgent de le montrer. Mais ce qui s'est passé dans le show-business, si tu veux savoir, c'est que les mecs qui sont sur la liste, c'est pas ceux-là qu'ont gueulé. C'est ceux qui y étaient pas qu'ont gueulé. Ils ont dit : « Comment, moi, tu m'as pas mis alors que je suis copain avec toi ? Ben, vraiment, t'es un salaud. »

Marie-France Garaud a également parlé de la candidature de Coluche, non ? Je me trompe, Michel Goujon ?

Michel Goujon : *Oui, elle a dû en parler aujourd'hui dans sa conférence de presse.*

122

Vous ne savez pas ce qu'elle en a dit, non, par hasard ?

Michel Goujon : *Non, non.*

Pardonnez mon indiscrétion. On ne sait donc pas encore si elle en a parlé.

J'espère pour elle, parce que comme je suis plus connu qu'elle, elle a intérêt à parler de moi si elle veut qu'on parle d'elle. (…)

Vous n'avez rien contre les femmes et la politique ?

Ah non, pas du tout. Non, non, non ! Je suis pour les deux, oui, oui.

T'as tout prévu ?

Ben, euh, tu sais, c'est pas moi qu'ai prévu, hein ? Moi, j'ai rien fait dans l'histoire. La raison pour laquelle ma candidature aujourd'hui a pris, si tu veux, de l'importance d'une part, dans la presse, d'autre part, dans la rue, c'est que les hommes qui font la politique, ils nous font chier. Ils nous font chier en vrai, tu vois, dans la vie ! Moi, j'ai rien demandé. J'ai rien fait d'autre qu'ouvrir ma gueule. Je me suis simplement dit, tiens, y a de la pub à ramasser gratuit, je vais être candidat. Les journalistes se sont dit : « On va s'attaquer à une campagne politique où on va s'emmerder » – d'ailleurs, tout le monde dit que ma candidature est pas sérieuse, ils veulent dire par là qu'elle est pas chiante. Dès que c'est chiant, alors ça va ! On peut parler politique. Dès qu'on s'emmerde, ça va. Ah ça, si vous dites des trucs qu'intéressent personne, dans le genre la querelle du PS et du PC, la querelle du RER et de l'EDF, là, bon alors là… ça va bien, tu vois. Là, ils sont contents les mecs. S'ils te parlent de ça, ils sont ravis. Mais si tu commences à dire : «Oui, d'accord, mais enfin, bon, euh… la politique pour nous, c'est pas ça, c'est à ras de terre, c'est ce qui se passe dans la rue, c'est ce qui se passe dans notre vie, tout ça… »

Les cinq cents signatures, tu les auras ?

Alors, si tu veux, parlons-en des cinq cents signatures. Les cinq cents signatures, c'est un piège, hein, qu'a été tendu par les gens qui ont le pouvoir, de manière à éviter les candidatures de rigolos.

Oui. Les candidatures fantaisistes.

Les candidatures de rigolos. Ils vont avoir le pire des rigolos, comme candidat. Parce que, évidemment, la réaction, elle est toujours plus forte. C'est-à-dire qu'il y a quand même une vingtaine de milliers de maires – dis-moi si je me trompe, hein – en France, qui sont sans étiquette, contrairement à Peyrefitte, qui en a des grandes…

Faudrait la télévision, là !

Oh, ça fait rien, t'occupes pas de la télévision. Tu l'auras… si t'es sage ! Donc, y a quand même 20 000 maires qui sont sans étiquette et qui, d'autre part, sont dans une misère épouvantable. Hein ? Il faut bien dire que ces mecs-là ont rien à attendre du gouvernement puisque leurs bleds se déplument de plus en plus et que, d'autre part, on ferme les bistrots, bientôt les épiceries, et puis après on virera les mecs de manière à récupérer les campagnes pour donner aux gens riches qui voudraient s'acheter de la terre pour chasser. Alors, euh… bon, ben, ça, ils le savent, hein !

Alors, sur les 20 000 maires, tu penses qu'il y en aura cinq cents qui… ?

J'pense qu'il y en aura plus que ça, oui. (…)

Alors, si je te repose la question maintenant : toi, tu continues, tu vas jusqu'au bout ?

Ben, évidemment.

Mais c'est vrai que tu as promis aux maires, pour avoir des signatures, que tu irais donner un spectacle gratuit dans leur commune ?

Tu crois que je vais faire cinq cents galas gratuits ? D'abord, cinq cents galas, t'imagines combien ça fait ?

Ben, ça fait presque deux ans.

Mais c'est pas moi qui l'ai dit. C'est un autre.

Donc, tu démens, alors ?

… Ben, évidemment, je vais pas faire des galas, même pas payants : j'ai dit que j'arrêtais. Alors, tu vois… C'est pas la question de la gratuité. La gratuité, c'est un autre problème. La gratuité, c'est interdit justement parce que les impôts sont faits comme ils sont faits. Aujourd'hui, si je voulais faire un gala gratuit, je pourrais pas. Alors, la question se pose pas. La seule chose qui pourrait être gratuite, c'est mon cachet. Mais pas celui des autres, ni les taxes sur les entrées. À partir du moment où tu fais un gala gratuit, ça veut dire que le bénéfice de la recette – le gala, ça veut pas dire qu'il est gratuit pour le public – ça veut dire que tu fais un gala dont les bénéfices vont à…

... une œuvre.

... une œuvre quelconque. Mais à partir du moment où tu fais un gala gratuit pour le public, qui c'est qui paye la salle ? Qui c'est qui paye les musiciens, les techniciens, les machins, les transports et toutes les charges ? Donc, ça n'existe pas ! Il faut pas parler de ça. Mais ce n'est pas de notre faute, s'il y a pas de gala gratuit.

Considérons donc le problème résolu : tu vas jusqu'au bout, et tu penses que tu fais combien de pourcentage de voix ?

Mais je m'en fous complètement de ça.

Non, mais tu te présentes ?

Mais oui, mais c'est pas ça qui m'intéresse.

Mais c'est ça...

Mais je veux pas être élu. Je me présente au premier tour.

Un malheur est si vite arrivé.

Non, mon vieux, non. La seule chose qui pourrait arriver comme malheur, et c'est ce qui arrivera de toute manière, c'est que Giscard d'Estaing va être réélu. Et donc lui, il va gagner les élections, et la France va les perdre. C'est ça le problème.

Ça, c'est ce que tu dis au Gymnase tous les soirs, je crois.

C'est ce que je dis tous les jours. Dès qu'on me pose la question, je le dis.

Bon, mais alors, toi, tu vas faire combien là-dedans ?

J'en sais rien, et je m'en fous. La question, elle est pas là. Pour l'instant, ce qui est important, c'est le bordel que ça sème. D'abord, pourquoi les hommes politiques se mettent à m'agresser alors que ma candidature est soi-disant fantaisiste ? C'est parce qu'ils savent très bien que je peux obtenir les cinq cents signatures à cause du nombre de maires qu'ils ont mis dans la merde. Et que d'autre part, à partir de ces cinq cents signatures, je peux vraiment obtenir quelques pour cent de voix, qui vont de toute façon leur manquer. Parce que je vais pas les inventer les voix que je prends, je vais bien les gauler à quelqu'un. Donc, j'emmerde tout le monde.

En parlant du bordel, nous sommes au cœur du pro-blème.

Commence pas à être grossier, non ! Alors, à ce moment-là, moi, je vais être académique !

Hier, à la télévision, j'ai vu Duhamel qui disait, très sérieusement et plutôt gentiment, que tu étais – j'ai bien noté – une statue du Commandeur...

Je sais pas qui c'est, le Commandeur, mais je veux bien, moi : ma candidature, elle est faite pour servir à tout.

... que tu allais te lever autour de la classe politique et, au fond, leur dire comment il fallait se tenir. Donc, il prend ça très au sérieux Duhamel.

J'ai quelques conseils à leur donner, d'ailleurs, parce que le show-biz, je le connais un petit peu bien.

Mais à qui profite ta candidature, c'est ce que je voudrais que tu me dises.

À moi, et à tous les mecs qui vont voter pour moi.

Est-ce que tu en es sûr ? Est-ce que tu en es sûr ? Comme dirait Marie-France Garaud : pour qui roule Coluche ?

Attends… excuse-moi, mais on se croirait au Crif d'Antenne 2 : tu as posé quatre questions, tu veux que je réponde à laquelle ?

À la dernière, tiens : pour qui roule Coluche ?

À la dernière. T'es sûr que c'est la dernière ?

Je vais reprendre les autres après.

Ah, bah, je roule pour vous, je roule pour toi. Prenons toi, par exemple, comme exemple. Ça fait combien de temps que tu fais de la bonne radio, toi ?

Ah, la bonne… Depuis ce soir !

Non ! Ça fait combien de temps que tu as une bonne émission de radio, que tu as des bonnes idées à propos de la radio… ça fait combien de temps ?

Ici, ou… ?

Non, tout en général.

Ça m'est difficile de faire de la bonne radio, parce que si je dis que j'ai toujours fait de la bonne radio… c'est très prétentieux.

Non, mais, depuis combien de temps tu fais de la radio, tout court, déjà. Moi, je vais dire qu'elle est bonne, parce que c'est mon avis. Depuis combien de temps t'es là ?

Depuis vingt ans.

Bon, t'as commencé à quel tarif et tu finis à quel tarif ? Quel âge t'as et… Voilà, c'est simple : dis-moi quel est le candidat qui peut faire changer quelque chose à ta vie ? Personne. Personne.

Toi ? Toi, tu peux ?

Non. Ah non. Moi, je veux pas être élu. Le problème, c'est qu'aujourd'hui, comme tu n'as pas intérêt à voter pour les autres, tu as intérêt à voter contre, pour montrer que tu existes. Et voter contre les autres, c'est voter pour moi.

Effectivement. Mais alors, justement, moi, j'ai lu deux interprétations de ta candidature, et tu les as lues comme moi. L'une c'était : …

Tant qu'à faire de pas avoir d'avenir, il vaut mieux…

… avoir un passé ?

Ben, oui.

C'est scandaleux, ça ridiculise les interprétations…

Ah, ça, c'est très important ! C'est très important, ça.

Attends, attends : ça porte atteinte à l'autorité de la fonction présidentielle, donc, c'est antigiscardien.

Oui ! Ben, il manquerait plus que ça !

Seconde hypothèse. Attention, tu me laisses finir, après tu répondras aux deux…

Ça enlève des voix à la gauche.

*Seconde hypothèse, et c'est, justement, dans l'*Observateur *de cette semaine...*

... qui est un journal de gauche, oui.

On dit : le message de Coluche est bien passé. Comme le dit un homme du président, un homme de l'Élysée, donc, Coluche joue un numéro de démystification de la politique. Les gens se rendent compte que les petites querelles pour le pouvoir sont mesquines. Le Président apparaît, au-dessus de ce tumulte dérisoire, celui qui doit faire face à la terrible réalité, et qui prépare l'avenir comme dans son discours d'Autun. Autrement dit, dans cette hypothèse-là, tu roulerais pour Giscard.

Ouais. Alors, attends. Moi, j'vais te dire deux trucs. D'abord, à droite, on dit que ça risquerait de faire du mal à la droite, à gauche, on dit que ça risquerait de faire du mal à la gauche, t'es d'accord ?

Grosso modo, oui.

Ça prouve que tout le monde a peur. C'est tout ce que ça prouve. T'es bien d'accord ? À gauche, ils ont peur que ça leur enlève des voix, à droite, ils ont peur que ça leur enlève des voix. Comment veux-tu que ce ne soit pas important ma candidature, à partir du moment où moi, un imbécile qui n'a pas le certificat d'études, qui ne connaît rien à la politique, qui n'a jamais fait que de dire : ils nous emmerdent, ils nous font chier, sans savoir ni pourquoi, ni comment – à partir du moment où t'arrives à faire peur à des mecs qui sont candidats à la présidence de la République, parce que tu risquerais de leur enlever des voix, qui est-ce qui donne de l'importance à ma candidature, c'est moi ou c'est eux ? D'abord, c'est eux. Première réponse.

D'autre part, le président de la République, tu dis, il va faire un discours à Autun. Tu sais quel était le sujet de son discours ? Le progrès ! Tu sais ce que c'est Autun ? C'est une ville qu'est au milieu d'une région morte ! Tous les mecs qui habitaient la région se sont cassés parce que y a plus de boulot. Les bistrots sont fermés. Alors, je vais te dire, quand, en France, les bistrots sont fermés, le quartier, il est pas longtemps plein, il est vite déserté. D'abord, se faire élire sur une idée de progrès… Parce que le progrès pour les gens dans la rue, qu'est-ce que ça veut dire ? Individuellement, pour les familles ? Ça veut dire : ma télé marche bien, ce qu'est pas le cas en France, hein ? On reçoit quand même la télé sur une jambe. Avec des rayures dans tous les sens. On peut compter les lignes, hein. Tu peux savoir si t'as le 625 ou le 929, on les compte à la télé, c'est pas compliqué ! D'autre part, même la radio dans les bagnoles marche pas en province. Même n'importe quoi marche pas. Tu vois ? Tu me diras, évidemment, on n'a quand même que le progrès qu'on mérite, puisque le progrès de la France, c'est la fusée Ariane, et elle est tombée à l'eau ! Donc, évidemment, ils se sont foutus de notre gueule sur toute la ligne, et ça coûte un blé noir.

On se disperse, on se disperse.

Non, je t'explique ! Le président de la République, il a le culot pour se faire réélire d'aller faire un discours sur le progrès que les mecs ont jamais vu ! Dans une région, Autun, qu'est naze ! Entièrement naze !

Donc, tu penses que ta candidature fait du tort à Giscard. Et tu penses qu'elle fait du tort à Marchais aussi, et à Mitterrand, et à Chirac, et à Debré ?

Non, je pense que ma candidature, si elle fait du tort à quelqu'un, ça n'est pas de ma faute, c'est de la leur ! Et c'est ça qu'est le plus important. La raison pour laquelle j'irai jusqu'au bout de ma candidature, c'est parce que c'est important pour eux ! Et pas pour moi.

Parce que je vais citer un autre passage de l'article : « En fait », selon un politologue du parti communiste…

Un politologue ! Mais moi, un politologue, qu'est-ce que tu veux que ça me foute !

Alors, un spécialiste de la politique.

Qu'est-ce que tu veux que ça me foute ?

Laisse-moi placer un mot !

Est-ce que tu crois que ça fait marcher ma R5, toi, un politologue ?

J'y arriverai pas…

Alors, les mecs y gueulent contre l'invasion des voitures jaunes. D'abord, c'est vrai qu'il y a qu'à les repeindre. Et d'autre part, c'est vrai qu'elles marchent mieux que les autres.

Je peux placer un mot ?

Attends, excuse-moi. Dès que Marchais arrive, tu places un mot, mais là, pour l'instant, c'est moi qui suis ici ! Le mec, dans le journal, tout à l'heure, il disait : Y a un plan de l'industrie automobile qui va faire des voitures moins chères et meilleures. Tu crois pas que c'est une manœuvre électorale, ça ? Pourquoi ils ont pas pensé avant à les faire meilleures et moins chères, ces cons-là. Si c'est aujourd'hui qu'ils y pensent, ils se foutent de notre gueule. C'est des manœuvres électorales, ça.

J'ai cru le comprendre.
Bon. Merci.

Alors, je vais essayer de citer cette phrase du spécialiste politique, donc : « En fait, le parti communiste est fou de joie de voir se multiplier les candidatures marginales... »
Demande-lui, tu vas voir la gueule qu'il fait !

« ... C'est autant de voix enlevées à Mitterrand. » Donc, tu roules pour Marchais contre Mitterrand, cette fois.
Ah, bah, voilà ! C'est ça, le problème. C'est ça, le problème. C'est que si t'écoutes tous les sons de cloche, d'abord, tu ne vas t'adresser qu'à des cloches, et d'autre part, tu vas t'apercevoir qu'ils disent tous la même chose : ils ont peur de ma candidature ! Et c'est pour ça qu'elle est importante. À partir du moment où ils ont peur de ma candidature, tu penses bien que comme moi, j'suis là pour faire chier, je vais aller jusqu'au bout. Parce que je considère qu'autant à droite qu'à gauche, ils nous ont fait assez chier. La droite nous a fait des promesses qu'elle a pas tenues et la gauche nous a donné des espoirs qu'ils ont pas été capables de tenir.

Ah, si tu dis ça, tu es déjà de gauche !
Mais évidemment que je suis de gauche.

Ce n'est pas du tout évident !

Mais moi, je demande que ça, être de gauche, mais à condition qu'elle existe !

Non, parce que quand on écoute ton numéro, tout le monde y passe, aussi bien la droite que la gauche.

Ben, évidemment, tout le monde y passe. Tu peux me dire un petit peu à quoi il aura servi Marchais, s'il meurt demain ? À faire rire à la télé. Alors, tu vois, c'est quand même pas lourd dans la vie d'un homme politique, qui a tenu la scène politique pendant vingt-cinq ans en France !

Et Mitterrand ?

Ben, il a servi à faire de la peine ! Parce qu'on a eu beaucoup de peine pour lui, tu vois, qu'il arrive pas à se faire élire, mais qu'est-ce que tu veux, quand la gauche est pas capable de s'entendre…

Et Rocard ?

Mais Rocard, c'est pas mon problème. C'est pas moi qu'empêche Rocard de se présenter, c'est Mitterrand.

Je sens comme un regret. Non ?

Évidemment, moi, j'aurais préféré voter pour Rocard. Évidemment.

Ah, bah, voilà ! Enfin ! J'ai réussi à te faire dire quelque chose.

Mais de toute façon, j'aurais pas voté, hein ? Je suis abstentionniste.

Non, mais au second tour ? Parce que je crois qu'au second tour tu seras peut-être plus en course – tu me permets, tu m'en veux pas si je prédis qu'au second tour tu ne seras peut-être pas forcément en course ?

Ben, t'as pas à le prédire, je l'ai dit, moi : j'irai pas.

Sans être un politologue… Donc, t'aurais peut-être voté pour Rocard s'il s'était présenté et s'il était arrivé second ?

Non. Non.

Non. Bon, très bien. J'ai encore rien compris.

J'aurais pas voté. Je suis abstentionniste. Parce que je ne veux pas voter dans cette élection pour une raison simple. Nous avons en France deux tendances : la droite et la gauche. Tu me suis ?

Oui, j'essaye.

Tu m'arrêtes dès que t'oublies.

J'ai déjà du mal à placer un mot, alors si, en plus, faut t'arrêter.

À droite, il y a deux partis. T'es d'accord ? L'EDF et le RER. À gauche, on a le Post-Scriptum et le Percé, t'es d'accord. Hein, le PS et le PC. Y a donc deux grands partis qui sont à gauche, deux grands partis qui sont à droite. Qu'est-ce qui se passe ? C'est qu'un seul de ces partis espère représenter les quatre. Et puisque les Français sont partagés à peu près équitablement dans les quatre partis, déjà ils se foutent de la gueule des trois autres quarts. Quand un mec dit : « moi, j'veux être élu tout seul », déjà, il emmerde les trois autres quarts, ce qu'est quand même pas normal. Moi, personnellement,

135

je ne suis pas attaché à un parti politique, mais je ne vois pas pourquoi, dans les trois autres partis, ils iraient voter pour un mec s'il s'intéresse pas aux trois autres. Ça, c'est nul, déjà, comme discours politique. On s'adresse pas aux militants de son parti, on s'adresse à la France quand on veut être président de la République. Alors, dans la mesure où ils sont pas capables de s'entendre deux par deux, c'est-à-dire le RPR avec l'UDF et le PS avec le PC, dans la mesure où ils sont pas capables de s'entendre entre eux, tu veux me dire pourquoi j'irais voter pour l'un des quatre, moi ? Je vois pas l'intérêt qu'il y a à aller voter pour faire la carrière d'un des quatre partis, alors que toi…

Alors tu veux prouver quoi ?
Il se trouve que les réflexions qui se posent à propos de ma candidature prouvent que le système politique des quatre grands partis – antidémocratique, d'ailleurs, qui interdit aux autres de se présenter –, le système des quatre grands partis, il est mort ! Il a l'âge des mecs ! C'est pas compliqué : t'as qu'à prendre l'âge de Debré, l'âge de Mitterrand, le nombre de fois où il s'est présenté… Moi, je vais te dire, personnellement, j'ai raté le certificat d'études, mais j'ai pas essayé de le passer trois fois.

Tu penses que Mitterrand aurait mieux fait de s'abstenir cette fois ?
Ben… il me semble, oui. Il me semble…

Donc, le système est pourri, d'après toi…
Non, il est pas pourri. Il est âgé. Il est très âgé.

136

Bon, alors qu'est-ce qu'il faut faire d'autre ?
Eh ben, il faut en changer.

En démocratie, quel type d'élections vois-tu alors ?
Qu'est-ce que tu veux ? Tu vas quand même pas me demander à moi qu'est-ce que je trouve qu'est le mieux pour la France ! Moi, je veux pas être président de la République. Je voudrais simplement que les mecs réfléchissent sur le sujet sérieux, si tu veux, qu'est le leur, hein, qui n'est pas le mien, à savoir : la politique telle que vous la faites aujourd'hui, elle est naze ! Et la preuve, c'est que depuis que le droit de vote est à 18 ans, c'est-à-dire que ceux de 18, 19 et 20 ans peuvent voter, ça fait beaucoup de monde, le nombre des votants n'a pas augmenté. Ça veut dire qu'aucun des partis, ni de droite ni de gauche, puisque c'est un parti de droite qu'a donné la loi suivant laquelle on avait le droit de voter à 18 ans, n'a pas pu récupérer les voix de ces votants-là, et la gauche non plus. Ça veut dire que les mecs d'après 1968 qu'ont aujourd'hui 18, 19 et 20 ans, ils votent pour personne. Ça veut dire qu'ils emmerdent tout le monde, et moi, je suis de ceux-là.

Voilà. Bon. Mais je vais poser ma question sous une autre forme.
Volontiers.

Le reproche... S'il y a tant de bruit, s'il y a tant de monde dans ce studio, s'il y a tant de vibrations autour du phénomène Coluche...
C'est parce que les autres nous emmerdent !

Peut-être. Mais aussi parce que le principal reproche que l'on fait à ta démarche, c'est que ça ridiculise les institutions, que ça peut mettre en péril l'institution présidentielle...

Mais qu'est-ce que tu veux que ça me foute qu'on me reproche quelque chose ?

... et que ça peut porter atteinte à la démocratie. Je ne sais plus où je l'ai vu. C'est dans Le Figaro *d'aujourd'hui. Je l'ai perdu...*

Mais ils sont gentils *Le Figaro* d'aujourd'hui, je leur ai rien demandé, moi !

Tiens, regarde : «S'il s'agit d'abattre la fonction présidentielle elle-même, le débat change de nature car il pourrait bien nous faire changer de régime.» Donc, tu es accusé de vouloir changer le régime. Qu'est-ce que tu réponds à ça ? Là, on devient sérieux 30 secondes. Enfin, moi, j'essaye d'être sérieux.

Mais je vais te dire, le régime qu'on a nous, c'est un régime sans rien d'autorisé ! Alors s'il était changé, je ne vois pas ce qu'on y perdrait.

Mais quel autre type de régime tu vois que la démocratie ?

Que la démocratie ? Tu crois qu'on est en démocratie, toi ?

Entre l'URSS ou le Chili, comment tu vois ça ?

Ah, parce que toi, par exemple, Pierre Bouteiller, tu dirais aux Français dans un discours : si vous élisez pas Giscard ou Mitterrand, c'est-à-dire la démocratie, vous allez aller vivre au Chili ou en URSS ?

J'ai pas dit ça.
Ben, c'est ce que tu viens de dire à l'instant.

Ah, pas du tout.
Mais si, vieux, mais si ! Quand tu proposes à la place de la démocratie à la française, comme on l'appelle, le régime de l'URSS ou du Chili, tu dis aux mecs : c'est soit les fusils, soit les goulags. Mais en France, mon pauvre vieux, le mec qui va gouverner la France, il va d'abord gouverner la France, c'est-à-dire il va être gouverné par la France.

Oui…
Mais oui, c'est ça le problème !

Je ne te suis pas très bien…
Attends, attends. Je vais t'expliquer quelque chose de très important…

Tu dis que Mitterrand et Giscard, c'est bonnet blanc, blanc bonnet. C'est ce que tu viens de dire là.
Mais les communistes aussi, c'est la même chose.

Ah bon !
Parce que le problème de la France, c'est qu'il faut gouverner les Français. Le problème du Chili, c'est qu'il faut gouverner les Chiliens. Et moi, ce qui est arrivé au Chili, personnellement, je m'en fous. Alors, ce que je veux dire par là… Bon, on peut toujours militer pour des trucs : salauds, la guerre, ceci. La guerre, ce qui est surtout formidable, c'est que nous, on l'a pas. Bon, je vais t'expliquer ce qui se passe en politique : quand tu dis

aux gens : vous avez une démocratie à la française. Tu crois, toi, que les hommes politiques tirent les ficelles, la vérité, c'est que ce sont eux qui sont tirés par les ficelles. Et les ficelles, c'est nous. Tu vois le problème. Il faut gouverner les Français, et les Français, une fois que les élections sont terminées, la politique, ils n'en ont plus rien à foutre. On vote tous les quarts d'heure en France, déjà. Alors, on va pas s'emmerder entre les quarts d'heure, tu vois. Faut quand même pas charrier ! Ce que je veux dire, moi, ce que je voudrais arriver à faire dans cette histoire…

Là, tu deviens sérieux, là ?

Comment ça ? Je suis sérieux, moi ? Tu rigoles là ou quoi ? Qu'est-ce que tu crois, que c'est sérieux, ma candidature ? J'veux pas être élu.

Bon, alors, qu'est-ce que tu veux arriver à faire ? Tu veux bien arriver à prouver quelque chose. J'ai pas réussi à te faire dire pour qui tu roulais, mais bon…

Je ne veux pas arriver à prouver quelque chose. Ce n'est pas moi, c'est ma candidature qui prouve quelque chose. C'est pas pareil. Il se trouve que le bruit qu'on fait autour de ma candidature prouve que les médias s'emmerdent avec les hommes politiques et que donc, ils sont bien contents de s'amuser avec moi. Et ma candidature ferait pas de bruit, contrairement à ce que ton sondage disait tout à l'heure, s'il y avait pas beaucoup de gens qui étaient prêts à voter pour moi. On en parlerait pas. Si les mecs dans leurs partis avaient pas entendu dire : « Ben, dites donc, tant qu'à faire de voter, je voterais bien pour Coluche, parce que c'est vrai que vous commencez à nous gonfler. » Tu vois. Si c'était pas vrai que ça avait fait du bruit au niveau de l'électorat, on n'en parlerait pas de ma candidature. On n'en parlerait pas. Le problème des hommes politiques, c'est qu'ils savent très bien que le meilleur candidat pour leur parti n'est pas forcément le meilleur président pour la France. Le meilleur candidat c'est le plus connu, celui qui passe le mieux à la télé, qui parle le mieux à la radio, c'est pour ça que, quand ils me voient arriver, et qu'ils savent que d'une part, je sais passer à la télé, que d'autre part, je sais parler à la radio, ils se disent : ce mec-là a les mêmes qualités que nos candidats. Et donc, ils sont inquiets. Parce que, ce qui est emmerdant, quand on est candidat, c'est d'être impopulaire, et justement, moi, je suis populaire. Tu vois, c'est con pour eux !

Alors, conclusion ?

Eh ben, conclusion, ma candidature, si elle a cette importance, c'est pas de ma faute, c'est d'une part, de la faute des hommes politiques et, d'autre part, grâce, si tu veux, aux mecs qui, partout, disent qu'ils sont prêts à voter pour moi.

Est-ce que tu penses que tu vas passer à la télévision…

Mais pour l'instant, je n'ai pas accepté une seule émission politique.

On t'en a proposé ?

Oui.

On t'a proposé « Cartes sur table » ? On t'a proposé…

Je ne vais pas dénoncer… des gens dont je me servirai au moment venu, mais pour l'instant… Parce que moi, je m'inquiète de mon électorat, figure-toi, ce que ne font pas les autres.

Tu travailles ton électorat, enfin, tu prends ça très au sérieux.

Non, je les travaille pas. Ils existent, et je ne veux pas les décevoir, c'est tout. Je veux aller jusqu'au bout et foutre la merde que je dois semer.

De ce point de vue-là, tu as déjà rempli une partie de ton programme.

Ça me paraît clair. Ça me paraît assez clair.

Mais est-ce que la télévision t'a déjà fait des propositions d'émissions…

Mais je ne dénoncerai personne, te casse pas.

Tu veux pas dire ?
Non.

Non ? Politique ou non politique ?

Pour l'instant, j'ai refusé tout ce qui se présentait parce que je veux attendre de voir jusqu'où ça peut aller naturellement, sans que je me mette à bosser. Pour l'instant, je n'ai pas levé le petit doigt. J'ai fait une conférence de presse, où les mecs se sont marrés. J'ai rencontré les journalistes qui sont venus en se disant : « Je vais me foutre de sa gueule. » Ils sont repartis en faisant un article sérieux parce qu'ils se sont aperçus que le problème existait vraiment, même à travers ma candidature rigolote et mon nez qui clignote, et que donc, ils se sont pris eux-mêmes au jeu de la politique. Et donc, ma candidature, elle est ce qu'elle est. Et pour l'instant, mon producteur et moi, qui avons, si tu veux bien m'accorder ça, la prétention de savoir se servir des médias, on n'a rien fait ! Alors, quand on va faire quelque chose, on va faire quelque chose ! Mais pour l'instant, tout ce qui s'est passé, c'est tout seul.

Oui, et ça, ce n'est pas dans le cadre de la campagne, c'était une conversation que je voulais avoir avec toi. Je crois que je l'ai eue. Rien d'autre à ajouter ?

Non, c'est pas ça, t'es pas une émission politique que je sache ?

Non.
Ben, je sais pas, c'est l'heure ? Il faut arrêter ?

Oui, faut arrêter.
Eh ben, alors dans ce cas-là, j'ai plus rien à dire.

À bientôt.
Salut…

« Descente de police », n° 6 : Michel Colucci, *Rock & Folk*, 1980, Thierry Ardisson et Jean-Luc Maître

Narquois, le Gros les attendait sur son terrain – il avait investi dans la limonade, bien sûr. Planqué derrière ses hommes de main et ses avocats comme une vraie vedette du microsillon, prêt à leur servir son sketch et bonsoir la volaille. En observant le décor du confessionnal, carrelage blanc et bains publics recyclés, l'Imper Vert et l'Imper Mastic regrettèrent fugitivement que les baignoires fussent vides. Mais foin de nostalgie : ils avaient d'autres moyens de le faire parler.

Thierry Ardisson – L'Imper Mastic.

Jean-Luc Maître – L'Imper Vert.

Jean-Guy Gingembre – Collaboration.

Paris (France), 25 septembre 1980. 22 h 55. Personne ne saura jamais pourquoi la rue Chaptal avait ressorti le dossier Depardieu, dit « La Bête », mais c'est ainsi qu'ils avaient découvert que, ces derniers temps, ce dernier passait ses journées en compagnie du fameux Colucci, dit « Coluche » : sous les ordres d'un certain Zidi, ils tournaient en effet ensemble une sombre histoire intitulée *Inspecteur La Bavure*, à la suite de quoi

Colucci devait s'enfermer trois mois au Gymnase avant de s'envoler avec l'argent et pour toujours vers une île des Caraïbes.

« Ce soir au restaurant des Bains-Douches. Pas de temps à perdre » : c'étaient les derniers mots de Chaptal. « La dernière à droite sur Sébasto avant Turbigo », ont précisé les deux impers (un mastic et un vert) en montant dans le taxi. Le chauffeur (504) leur a proposé des cigarettes (505) mais pour eux, les Hollywood (bleus) ont remplacé les Rothman's (pas des bleues) : non, merci. Dehors : Champs-Élysées/Concorde/Quais Rive droite : la Ville lumière brille de tous ses feux. Dedans : mini-Sony & Mémorex : l'arme et les munitions sont prêtes. Quand (22 h 59) le taxi s'arrête devant les Bains-Douches, les deux impers ont relevé leur col.

Le barman : Tiens, voilà Starsky and Hutch ! Tequila Sunrise ? Blue Lagoon ?

Eux : Vichy & Perrier. De l'eau pour les impers ! Depuis le temps, tu devrais commencer à le savoir, non ? Le Gros est en haut ?

Le barman n'a pas indiqué le restaurant. Le Gros est en bas. Au billard… En les voyant, Colucci réalise le film de la soirée : il demande aussitôt à un va-chercher d'aller chercher Paulo Lederman, son manager. L'autre arrive peu après. Il ne les quittera plus. REC/ON/START/VOL 10/23 h 07.

Thierry Ardisson : Ton vrai nom, d'abord ?

Michel Colucci : Colucci. C.O.L.U.C.C.I.

Jean-Luc Maître : Prénom ?

M. C. : Michel. M ! I ! C ! H ! E ! L !

J.-L. M. : Confonds pas interrogatoire et interview ! Surnom !

M. C. : Ben, « Coluche ».

T. A. : On t'appelait déjà comme ça quand tu étais petit ?

M. C. : Non. On m'appelait Michel.

T. A. : Et ta femme, elle t'appelle comment ?

M. C. : Michel.

T. A. : Et tes copains ?

M. C. : Michel !

J.-L. M. : Ça sort d'où ça, « Coluche », alors ?

M. C. : C'est la fille chez qui j'ai débuté qui m'a baptisé comme ça. Ça m'est resté.

J.-L. M. : Son nom ?

M. C. : Bernadette. Rue des Bernardins.

PAS TRÈS FRANÇAIS

J.-L. M. : Dis-moi, « Colucci », c'est pas très français…

M. C. : C'est même complètement italien. Mon père a quitté Naples pour échapper à la guerre. Une famille de lâches.

T. A. : C'est comme ça que tu es né à Paris.

M. C. : Dans le XIVe exactement.

J.-L. M. : Quel jour ?

M. C. : Le 28 octobre… 1900, c'est sûr. Après, y a un flou… 36 ans… ça fait… euh… 1944.

T. A : Colucci. Michel. Paris. XIVe. 28/10/44. Signe ?

M. C. : Singe.

J.-L. M. : On n'est pas en Chine. Signe ?

M. C. : Scorpion. Remarquez, c'est valable pour très peu de monde. Ni les Chinois, ni les Indiens, ni les Arabes, ni les Noirs, ni les Russes ne s'intéressent au scorpion. Alors, dire que t'es « scorpion », ça revient à dire que t'es européen.

T. A. : Taille ?

M. C. : 1,69 mètre.

J.-L. M. : Poids ?

M. C. : Autour de… euh… 86.

J.-L. M. : Le pire, c'est combien ?

M. C. : 92… Des fois 96.

T. A. : Les dents ?

M. C. : Les ?

J.-L. M. : Les dents, tes dents !

T. A. : Tu en as combien ?

M. C. : J'ai une dent fausse juste devant, que j'avais cassée quand j'étais petit… Celle-là… Mais comme elle est de mauvaise qualité, ça ne se voit pas : on croit qu'elle est aussi pourrie que les autres.

T. A. : C'est tout ?

M. C. : Y me manque encore une molaire… Là, au fond…

J.-L. M. : Dents en or ?

M. C. : Rien en or.

T. A. : Cheveux ? Ça ne t'ennuie pas de devenir chauve ?

M. C. : Rien à foutre.

PROFESSION DU BEAU-FRÈRE

J.-L. M. : C'est leur couleur naturelle ?

M. C. : Ouais. Je suis châtain sur la tête. J'ai la barbe rousse. Et plus bas, c'est blond. Ça va en dégradant.

T. A. : Les yeux ?

M. C. : C'est les miens. Ha ! Ha ! Ha ! Non, je suis myope.

J.-L. M. : C'est pour ça que, sur scène, tu portes des lunettes ?

M. C. : Non. Au départ, c'était pour faire de la mobylette au Café de la Gare, je faisais aussi le coursier.

T. A. : Donc, c'est pas parce que tu es myope que tu portes des lunettes ?

M. C. : La preuve, c'est que j'en porte pas dans la vie.

J.-L. M. : Bon. Signes particuliers, maintenant. Marques de naissance, cicatrices, tatouages ?

M. C. : L'appendicite, comme tout le monde.

T. A. : Cicatrice artistique ? Cachée par le slip ?

M. C. : Ouais, dans le fond de la culotte.

J.-L. M. : Ça t'embête pas d'être laid ?

M. C. : Y a tellement peu de chance que je puisse changer de corps ou de tête que je vois pas l'intérêt de se poser la question.

T. A. : Et si tu pouvais y changer quelque chose, ça serait quoi ?

M. C. : Si je pouvais changer quelque chose, j'aimerais bien que tous les pauvres soient riches.

J.-L. M. : Tu n'attaches donc pas la moindre importance à ton physique ? Tu penses qu'il y aurait trop de travail ?

M. C. : Je ne veux pas faire un régime qui me ferait plus chier que d'être gros.

T. A. : Ça ne te dérange pas, quand tu te regardes tout nu dans la glace ?

M. C. : J'ai mis une toute petite glace dans la salle de bains. Et je me fous complètement de mon physique du moment que les gonzesses continuent à trouver que je suis rigolo.

J.-L. M. : Colucci. Michel. Père : napolitain. Mère ?

M. C. : Parisienne.

T. A. : Profession du père ?

M. C. : Mort. Il est mort tout de suite. J'avais deux ans.

J.-L. M. : C'est donc ta mère qui t'a élevé ?

M. C. : Ouais. Elle avait trouvé un travail à côté de chez nous, à Montrouge. Elle remplissait des cartons. Tu vois le genre de travail qu'on donne aux femmes maintenant, t'imagines y a vingt ans !

T. A. : Des frères et des sœurs, bien sûr.

M. C. : Non, juste une sœur. Elle a un an et demi de plus que moi.

J.-L. M. : Profession du beau-frère ?

M. C. : Garagiste.

T. A. : À l'école, tu faisais déjà le clown ?

M. C. : Je foutais le bordel, mais c'était pas pour faire rire, c'était pour foutre le bordel. J'ai toujours été plus subversif que comique.

J.-L. M. : Mais tu as quand même obtenu ton certificat d'études primaires ?

M. C. : Je l'ai raté et je suis parti.

T. A. : Et après ?

M. C. : J'ai fait tous les métiers.

J.-L. M. : En dehors de ton travail, tu restais chez toi ou tu traînais en bande ?

M. C. : Plutôt en bande. À Montrouge, y avait une bande par cité de HLM. « Solidarité » pour ceux de la rue de la Solidarité. « Jean-Jaurès » pour la place Jean-Jaurès. « Buffalo » pour le stade Buffalo.

T. A. : Tu étais dans laquelle ?

M. C. : Dans toutes.

J.-L. M. : Vous faisiez quel sport ?

M. C. : On chapardait au Prisu.

T. A. : C'était à peine pire que les scouts.

M. C. : Bien sûr, on a fait pire, mais pour le reste les droits me sont réservés, y compris pour l'URSS.

J.-L. M. : Et ton service militaire ? Tu as servi dans quel corps ?

M. C. : Prison.

T. A. : Et depuis ; qui te coupe les cheveux ?

M. C. : Moi. J'ai jamais mis les pieds chez un coiffeur.

J.-L. M. : Tu te rases comment ?

M. C. : Électrique. Et après, je mets un truc de chez Dior. C'est pour vous dire.

T. A. : Ton tailleur, c'est Dior aussi ?

M. C. : C'est Raymond, puces de Vanves. Les chaussures, c'est Berlutti, rue Marbeuf. Les caleçons, c'est Charvet, place Vendôme : je leur fais copier des Fruit of the Loom.

TENNIS, NON

T. A. : Tu fais quel sport ?

M. C. : Jamais.

J.-L. M. : Tu as donc des vices ? Tu fumes du tabac ?

M. C. : Non.

T. A. : Jamais une cigarette ?

M. C. : Non-non.

J.-L. M. : Même à l'armée ?

M. C. : Non-non-non.

T. A. : T'as pas envie d'une petite cigarette de temps en temps ?

M. C. : Je ne suis pas fumeur.

J.-L. M. : Tu fumes du haschisch ?

M. C. : Je ne fais pas de tennis non plus. Ça doit venir de ça.

150

T. A. : Tu es bien sûr que tu n'as jamais essayé ?

M. C. : Si on me donnait le choix entre le haschisch et le tennis, je prendrais quand même le haschisch…

J.-L. M. : Quel est ton alcool préféré ?

M. C. : Je bois pas d'alcool.

T. A. : Et tout ça, c'est pas de l'alcool ?

M. C. : C'est pas de l'alcool, c'est des bières.

T. A. : Malgré tout ça, je suppose que tu as tout de même une religion. Tu es baptisé ?

M. C. : Non. Pas du tout. Mais vous savez, les mecs qui sont baptisés, faut pas leur en vouloir ; on leur a pas demandé leur avis.

T. A. : Mais tes parents, origine italienne, ils devaient être de bons catholiques ?

M. C. : Mes parents ? Y se sont dit : si on le baptise, il fera sa communion et s'il fait sa communion, faudra lui acheter une montre. Alors, pas de baptême.

J.-L. M. : Tu ne t'es jamais intéressé à la religion ?

T. A. : À Dieu ?

M. C. : Tous les mecs qui croient en Dieu croient que c'est le seul. C'est même de là que vient l'erreur ! Sérieux, j'ai lu quelque part qu'il y a plus de soixante-deux millions de dieux connus depuis que le monde existe ! Sans compter les demi-dieux, les machins et les trucs !

T. A. : Mais ne crois-tu pas, même si la forme est différente, que tous ces gens-là pensent au même Dieu ?

M. C. : Absolument. Ils pensent au même Dieu, c'est-à-dire à la même chose. Si Dieu n'existait pas, il faudrait l'inventer. Dieu, c'est un besoin pour les hommes… Comme le haschisch pour les tennismen.

J.-L. M. : Comme tu as des idées sur la religion, tu dois avoir une opinion sur la politique.

M. C. : Je suis coluchiste.

J.-L. M. : C'est pour cela que tu veux être candidat ?

M. C. : Je voudrais que les 36 % d'abstentionnistes votent pour moi. Ça montrerait aux hommes politiques qu'il y a plus de gens qui s'en foutent que de gens qui ont voté pour eux.

J.-L. M. : Penses-tu pouvoir recueillir les cinq cents signatures d'élus nécessaires ?

M. C. : Je vais recueillir cinq cents signatures d'intellectuels, enfin de gens connus pour leur intelligence, de manière à pouvoir dire que les autres sont désignés par des cons et que moi, c'est le contraire.

T. A. : Et quand tu veux pas qu'on vote pour toi, tu votes pour qui ?

M. C. : Jamais voté.

J.-L. M. : Tu passerais à la Fête de *L'Humanité* ?

M. C. : Pour de l'argent, oui.

J.-L. M. : Et pour le RPR ou l'UDF ?

M. C. : C'est pas pareil.

T. A. : Ah bon ?

M. C. : Ben oui, la Fête de *L'Huma* est une fête traditionnelle.

T. A. : Traditionnelle ? Elle a trente ans !

M. C. : Si je passais à une fête RPR ou UDF, faudrait qu'ils me paient beaucoup plus, pour pouvoir dire que je l'ai fait pour beaucoup plus d'argent. Il n'y a vraiment que de ça dont je pourrais me vanter dans cette affaire.

T. A. : Et pour encore plus d'argent, tu ferais une fête de l'extrême-droite ?

M. C. : Y sont pas assez nombreux pour faire une fête !

J.-L. M. : Mais dans tes sketches, tu parles de politique.

M. C. : Quand je me suis vraiment intéressé à la politique, quand j'ai voulu savoir comment ça fonctionnait, j'ai lu *Le Capital*. L'avantage du *Capital*, c'est que pour expliquer le communisme, il commence par expliquer le capitalisme. Ce qui fait que t'as besoin d'acheter aucun autre livre.

LE CAPITALISME, C'EST NATUREL

T. A. : Oui, la partie critique est intéressante, ce sont les propositions qui sont plus inquiétantes.

M. C. : Ce qui est vrai, c'est que le capitalisme n'a été inventé par personne, alors que le socialisme, ça a été inventé par des gens. Le capitalisme, ça s'est fait tout seul depuis que le monde existe. Ça, quand même, tu peux pas le négliger. C'est comme la théorie des climats pour le bonheur. Quoi qu'il arrive, même si le régime social est formidable, en Ukraine on se gèlera les couilles, et en Floride y fera beau.

J.-L. M. : Donc, tu penses que la supériorité du capitalisme réside dans son caractère naturel ?

M. C. : Ben oui, de tout temps, les gens se sont dit que s'ils pouvaient faire faire le boulot par un autre, ça serait quand même super. Vous, vous écrivez pas votre truc : vous avez un mini-Sony qui travaille pour vous. Vous savez comment ils bossent, les mecs, au Japon : viennent en rang, marchent au pas, prennent à peine des vacances, gymnastique obligatoire, un quart d'heure, c'est tout juste si y a pas un quart d'heure de rires obligatoires. Encore un pays sauvé par la guerre ! Comme les Allemands ! Ils l'ont perdue, eux, la guerre ! Moins cons que nous !

T. A. : À part la lecture commentée du *Capital*, tu as d'autres talents ?

M. C. : Comme tout le monde, je sais faire plusieurs choses, mais chez ceux qui ne sont pas artistes, ça ne s'appelle pas talent.

J.-L. M. : Et comme tout le monde, tu es marié ?

M. C. : Ben, oui.

J.-L. M. : Officiellement ?

M. C. : Devant le maire.

T. A. : Pas d'église ?

M. C. : Ça nous serait même pas venu à l'idée.

AVEC MIOU-MIOU

J.-L. M. : Il y a des filles avec qui ça ne marche pas.

M. C. : Moi, j'en connais pas.

T. A. : C'est donc une amie d'enfance ?

M. C. : Non, c'est une journaliste qui est venue m'interviewer et qui est jamais repartie.

J.-L. M. : Vous vous êtes mariés combien de temps après votre rencontre ?

M. C. : Quand elle était enceinte du deuxième.

J.-L. M. : Colucci. Michel. Marié. Deux enfants. Prénoms ? Âges ?

M. C. : Romain, huit ans, et Marius, quatre ans.

J.-L. M. : Mais avant ta femme, tu as eu des aventures ?

M. C. : Avant ma femme, j'étais avec Miou-Miou.

T. A. : Tu étais du genre timide ou audacieux ?

M. C. : C'est une question de glandes. Tant que ça va, ça va… Et puis, y a un moment où tu as toutes les audaces. Et plus tu as d'audace, moins tu as de goût.

J.-L. M. : Et avec les groupies, comment ça se passe ?

M. C. : J'ai pas hérité du public de Claude François !

J.-L. M. : Mais quand tu es seul, en tournée, tu résistes ?

154

M. C. : Je fais ce que je peux.

T. A. : Et quand tu revois tes copains de Montrouge, ça se passe comment ?

M. C. : À part Bouboule, je vois plus grand monde… Si, de temps en temps, j'en vois un qui est plombier à Montrouge. Mais, vous savez, les plombiers, ils ont plus de boulot que moi !

J.-L. M. : Tous ces gens qui tournent autour de toi, chez toi, au restaurant, partout, tu ne te dis pas qu'ils sont là surtout pour ton argent ?

M. C. : Moi aussi, je suis là pour le blé. Vous savez, l'amitié, l'amour, la liberté, le bonheur, ça fait long-temps que je me fais plus d'illusions là-dessus.

T. A. : Pragmatique.

M. C. : T'as pas à penser, t'as qu'à regarder. Et les mecs qui pensent que le monde est autrement que ce qu'ils voient, c'est des cons !

J.-L. M. : La petite bande que tu entretiens, du moment qu'elle te fait rigoler, ça te suffit.

M. C. : Ça change. En général, c'est plutôt moi qu'on paie pour faire rire.

T. A. : Vous allez dans quel genre de boîte ?

M. C. : Nulle part.

T. A. : Des concerts ?

M. C. : Rarement.

T. A. : Les Bains-Douches, c'est un peu chez toi aussi.

M. C. : Ouais. Je suis actionnaire.

J.-L. M. : Tu regardes beaucoup la télévision ? Que préfères-tu ?

M. C. : Je préfère tout.

T. A. : Tu lis des livres ?

M. C. : J'ai lu *Le Capital*. Ça m'a pris deux ans et demi. Stop !

J.-L. M. : Tu habites où ?

M. C. : J'ai un pavillon cradingue au parc Montsouris.

T. A. : Loyer mensuel ?

M. C. : 6 500 francs.

J.-L. M. : Mais depuis que tu travailles, tu dois avoir des économies ?

M. C. : Un peu d'argent placé pour me faire une rente et une petite maison sur un bout de terrain dans une île des Caraïbes. C'est là que je vais aller m'installer l'an prochain. Adieu le music-hall !

J.-L. M. : Voitures ?

M. C. : Une grosse Rolls et une petite Honda. Plus une Harley.

T. A. : Tu la conduis toi-même, ta Rolls ?

M. C. : Non, j'ai un chauffeur. Fourni par Lederman. Enfin, je le choisis et c'est lui qui paie.

400 BRIQUES PAR AN

T. A. : Que fais-tu lorsque tu ne fais rien ?

M. C. : Rien.

J.-L. M. : Tu te lèves tard ?

M. C. : Je me lève pas tard : je me lève huit heures après m'être couché.

J.-L. M. : Et après, tu prépares tes sketches ?

M. C. : Quand j'en prépare un, j'en prépare douze. Je prends des notes sur un magnétophone de poche.

T. A. : Tu fais ça seul ou à plusieurs ?

M. C. : Seul. Quand j'ai travaillé en groupe, ce sont les autres qui ont gagné plus que moi parce que j'avais plus d'idées qu'eux. Enfin... plus d'idées réalisables. Tout le monde a des idées : la preuve, c'est qu'il y en a des mauvaises !

156

J.-L. M. : Elles te rapportent beaucoup, tes idées ?

M. C. : Lederman prend 100 % des recettes et me donne 10 %.

T. A. : Ça fait combien, au Gymnase, par exemple ?

M. C. : Une brique par jour pour moi.

T. A. : Pour la province, c'est le même prix ?

M. C. : Pour la province, c'est le double.

J.-L. M. : Plus les disques et les films, ça fait combien par an ?

M. C. : Quatre cents briques. Moins 65 % aux impôts.

J.-L. M. : Tu y arrives ?

M. C. : Ben oui, c'est sûr, j'suis plus heureux que ceux qui sont au chômage ou qui s'emmerdent pour gagner trois ronds. Je tiens à dire que l'argent fait le bonheur !

T. A. : Mais pour gagner beaucoup d'argent, il faut beaucoup travailler.

M. C. : Depuis dix ans, j'ai trimé, oui, mais n'importe qui aurait été prêt à travailler autant que moi pour la même somme d'argent. Ça serait arrivé à un de mes copains, déjà, j'aurais trouvé ça bien !

J.-L. M. : Colucci, comment es-tu devenu Coluche ?

M. C. : Vous savez, à part gangster ou homme politique, les boulots qui se font sans qualification, y a quasiment qu'artiste. J'ai commencé au Café de la Gare avec Romain Bouteille. Il m'a engagé comme patron. Faut dire que tout le monde était patron. Je sais, je sais, aujourd'hui ça fait expérience... euh...

T. A. : Collectiviste.

M. C. : Ouais, maintenant, ça porte des noms de maladie, mais nous, quand on faisait ça, on n'y pensait pas... Après Le Café de la Gare, j'ai commencé mes trucs tout seul à la Galerie 55, chez René le Gueltais.

J.-L. M. : C'est lui qui t'a découvert ?

M. C. : C'est déplaisant pour les artistes qu'on dise qu'ils sont découverts, parce que ceux qui les découvrent, c'est eux-mêmes… Après la Galerie 55, c'est en 74 quand j'ai rencontré Paul Lederman que je suis devenu ce que je suis.

T. A. : Ça ne doit pas tellement lui faire plaisir de te voir tout quitter pour aller t'installer dans cette île des Caraïbes ?

J.-L. M. : Parce que, même si tu reviens pour faire des films, lui, c'est sur les galas et sur les disques qu'il touche.

M. C. : Il n'a pas le choix.

BUT : NE RIEN FOUTRE

Paul Lederman : Le vrai problème, c'est pas l'argent, c'est pas l'argent du tout, je vous jure. Avec Coluche, c'est un grand, un immense artiste qui s'en va en pleine carrière extraordinaire.

T. A. : Pourquoi ne plus faire que du cinéma ?

M. C. : Parce qu'on fout rien et que c'est bien payé ! La vie d'acteur, c'est un vrai conte de fées. Le matin, on vient te chercher. Après, on t'habille, on te maquille, on t'assied sur une chaise et quand on te dit : « À toi ! », tu dis trois mots et tu te rassieds. Deux minutes sur huit heures : c'est pas cassant comme boulot. Le travail, c'est pas un but dans la vie. Le but, c'est quand même d'arriver à rien foutre ! Je comprends pas pourquoi on me demande toujours pourquoi j'arrête ? Moi, ce que je me demande, c'est pourquoi je continuerais.

23 h 50. Quand les Bains-Douches s'étaient emplis, ils avaient vidé le billard pour s'installer dans le bureau.

158

Heureusement, car la présence de Lederman durant tout l'interrogatoire avait obligé les deux impers (un mastic et un vert) à…

Certains soirs, les bavures étaient inévitables. Les deux inspecteurs le savaient. Chaptal comprendrait.

« Moi, ce que je me demande, c'est pourquoi je continuerais. » (Michel Colucci.) REC/OFF/STOP. 00 h 37. C'est fini. Mission n° 6 accomplie. Il est temps d'apporter les minibandes au décryptage (90) et les impers au nettoyage (sang).

« Ma journée chez Coluche »
Elle, le 5 janvier 1981, André Bercoff

*Ah non ! Vous n'allez pas encore nous parler de lui !
Ce clown, cette honte de la démocratie française, ce
vulgaire chansonnier qui cherche à se faire de la publicité en ridiculisant nos institutions les plus sacrées,
d'ailleurs, Colucci, un nom pas très bien de chez nous,
hein ? Encore un travailleur immigré qui vient ficher la
pagaille ! Comment ? Il est français, né à Paris ? Qu'importe ! La candidature de cet histrion est une insulte à la
République !*

*À droite comme à gauche, Coluche donne de l'urti-
caire, suscite des ulcères à l'estomac, provoque des
zonas sur tout le corps politique. Il est pratiquement
interdit à la radio et à la télévision. Honneur de la
police le menace, les sondages qui lui donnent de 12 à
16 % des voix sont considérés comme suspects... mais :
trois cents comités de soutien se sont spontanément
formés à travers la France, des socialistes et des radi-
caux de gauche viennent apporter des signatures de
maires, des jeunes et des moins jeunes s'inscrivent sur
les listes électorales, rien que pour voter pour le petit
rondouillard au nez rouge qui chaque soir, au Gymnase, fait se lever mille cinq cents personnes qui hur-*

lent : « Coluche président ! » Au lieu d'approuver ou de m'indigner j'ai décidé de passer une journée ordinaire avec le « candidat nul », dans sa maison, face au parc Montsouris.

Il y a Paul Lederman, « Paulo », son imprésario de dix ans, Aldo Martinez, son secrétaire Jean-François, sa femme Véronique, charmante, silencieuse, qui voit tout et évolue souplement dans cet univers confortable, trois étages, vingt-cinq serviettes – pour les dîners avec les copains – et tous les jeux électroniques créés depuis la mort d'Edison.

Midi. La vedette vient de s'éveiller. Elle arrive, en robe de chambre et chaussures à pompons roses. Café. Tartine. La journaliste américaine est là. Radio Boston (Massachusetts).

Votre programme Mister Coluche ?

Mister C. se cure consciencieusement le nez. Puis les oreilles. (Tête de la descendante des Pères fondateurs.)

« Mon programme ? L'hiver moins froid, l'été moins chaud. »

Que pensez-vous des intellectuels qui ont signé votre candidature ?

Qu'ils sont malades.

Qu'avez-vous à dire aux Américains ?

Help ! Au secours !

Mister Coluche, pourquoi les Français voteraient-ils pour vous ?

Tous ceux qui ne veulent voter pour rien n'ont qu'à voter pour moi.

Et votre programme ?

À cet instant, Coluche se lève et fait un geste que je ne saurais reproduire sans me faire condamner pour incitation à l'exhibitionnisme dans les familles. Radio Boston soupire.

« Si un parti me donne suffisamment de fric, j'arrête. »

Radio Boston craque. Se lève. S'en va. Coluche : « Au suivant. »

Deux splendides chats blancs jouent sur le tapis. Arrivent un garçon et une fille du centre de formation des journalistes, qui viennent pour *Le Courrier picard*. Coluche, Lederman, Martinez, Véronique lisent la presse du matin. « Heureusement que je suis là pour fournir des sujets », dit Colucci. *Inspecteur La Bavure* a la couverture de *VSD*. « Très bien. » Et *Mes adieux au music-hall* ? : 300 000 disques vendus en trois semaines. Et le Gymnase ? Les réservations sont faites six semaines à l'avance. Et la maison dans une île des Caraïbes ? Elle attend son propriétaire pour décembre prochain. Séjour : longue durée. En publiant Coluche en couverture, *Le Nouvel Observateur* a plus que doublé ses ventes sur Paris. Ça va.

« Ma campagne a officiellement commencé fin octobre. En un mois, on me crédite de 10 % des voix. Donc, logiquement, dans quatre mois, j'en aurai 40 %. Ce qui peut m'arrêter ? Que l'on fasse pression sur les maires pour les empêcher de donner leurs signatures ou que le Conseil constitutionnel déclare que ma candidature n'est pas "morale". Mais s'ils le font, ça va chier. »

Vous avez dit que vous rouliez pour Mitterrand...

Moi, j'ai dit ça ? On voit que vous êtes des apprentis journalistes. Vous ne savez même pas ce que c'est, les phrases sorties de leur contexte ? Allez, je suis bon, je vais vous donner un scoop. Coluche vote Giscard. Si, si, écrivez ça. Vous allez être repris par toute la presse. Je vous donne une leçon : comment manipuler les médias. Après, bien sûr, je démentirai hautement. Je revendique le droit à l'incohérence.

(Les deux envoyés du *Courrier picard* cherchent leurs questions. Ils veulent comprendre. Qui les en blâmerait ?)

Ce n'est pas moi qui cherche un électorat, c'est l'électorat qui me cherche. Je suis le seul candidat sérieux, parce que le seul à n'avoir pas besoin de mentir. J'en veux à la gauche de n'avoir pas su récupérer tous ceux qui vont voter pour moi parce qu'ils en ont marre.

Marie-France Garaud ?
Elle se présente pour ne pas moisir.

Les socialistes ?
Mitterrand est le candidat du bide. Malheureusement.

Giscard ?
Il est plus connu des éléphants d'Afrique que des paysans français... Mais je pense que si Mitterrand ferait un meilleur président, Giscard est un meilleur candidat. Parole de professionnel.

Dans la rue, un policier fait les cent pas. « Et dire, dit Coluche, que je suis menacé par Honneur de la police. Pas mal, hein, de se faire protéger du cambriolage par les voleurs.» Sa Rolls est garée en face. Une jolie rousse l'examine. Coluche se précipite à la fenêtre.

Lederman : «C'est la télévision norvégienne.» Tu vas essayer de te la faire, Paulo ! Du calme, Paulo !

Exit *Le Courrier picard*. Arrivent la télévision norvégienne, la télévision autrichienne, la télévision allemande, la télévision brésilienne, la télévision japonaise. Entre-temps, Coluche s'est habillé : jean, chemise à carreaux, et s'est ramené avec un ahurissant lot de lunettes fumées de toutes les tailles et de toutes formes. Il répond, grimace, fait des gestes, en représentation permanente, baise la main des dames, rabroue les messieurs. «Au suivant ! On n'a pas que ça à faire ! Allez-y les gars, mais surtout ne touchez à rien, ne déplacez rien, cette maison n'est pas un studio !» Il met une casquette à tourniquet. Le clown, encore et toujours. Pas de méprise.

Qui n'a pas vu Coluche dialoguer en norvégien a raté un des meilleurs sketches comiques de cette décennie. Ce qui n'empêche pas les aphorismes coluchiens de défiler à la cadence d'un cent dix mètres haies :

«Face à l'irruption de la politique dans le spectacle comique, il fallait utiliser notre droit de répondre. Marchais nous volait notre gagne-pain. Je me présente pour remuer la merde à un point tel que le plus bouché de nos politicards puisse sentir. Quel autre candidat que moi peut patronner des affiches sur lesquelles il est recommandé de se bourrer la gueule, de baiser la femme de son voisin et de fumer du hasch ? Ce sera accroché dans tous les débits de boissons. Le pouvoir, c'est une maladie, être président, c'est être mégalomane.»

Avec les journalistes du *Cambio* espagnol, voici Flora Lewis du *New York Times*. Là, surprenante métamorphose : Coluche redevient sérieux, discute calmement. Dieu du ciel, jouerait-il au leader politique ? Pas du tout, mais il n'en est pas moins passionnant de bon sens. Un Coluche que la presse française n'a jamais dû avoir jusqu'ici.

Pendant une heure et demie, il affirme qu'il faut changer la Constitution pour revenir à un régime moins absolument présidentiel («Giscard est élu au sondage universel.») Il faudrait que les préfets soient élus, que les régions s'autonomisent, créer un syndicat de consommateurs de la politique. Diminuer les charges sociales qui incombent aux employeurs. («Quand tu rentres en voiture de Bruxelles à Paris, côté belge, l'autoroute est sur trois voies, très bien éclairée, et gratuite : quand vous arrivez en France, l'autoroute est sur deux voies, plongée dans l'obscurité, et payante ! Dingue ! Si la gauche ne dénonce pas ça, elle ne sert à rien.») Flora Lewis écoute avec attention, le sourire aux lèvres ; le journaliste du *Cambio* de Madrid déclare que s'il était français, il voterait Coluche.

Lederman rêve au dossier de presse qui s'amoncelle. Le plus gros de l'histoire du show-biz.

Quelles aventures, du *Café de la Gare* au porche de l'Élysée ! On me répète, comme pour s'en convaincre bien soi-même : «On s'amuse, hein ! N'oubliez pas qu'on s'amuse avant tout.»

La journaliste américaine prend congé.

«Vous savez pourquoi un fromage pourri se met à puer ? Parce qu'il ne veut pas qu'on le mange. C'est ça, la politique française aujourd'hui. Je fais partie des déchets qu'elle engendre. Promesses non tenues, discours démodés, usines qui ferment : basta. La politique qu'ils nous font est tellement grossière qu'il s'agit de la discréditer. Complètement. Je n'existe qu'à cause de ce rejet. Mais attention, pour moi, tout va bien ! Je mange beaucoup, je bois autant que je peux, je baise toutes les filles qui se présentent, je fume du hasch, je joue aux courses, j'ai tous les défauts des Français. »

Et les qualités ?
J'ai l'impression d'être vachement gentil.

Vous avez si peur qu'on vous prenne au sérieux ?
(Pour la première fois aujourd'hui, Coluche est légèrement désarçonné.)
Oui.

Gueule, le 21 février 1981

Coluche ? On n'en entendait plus parler depuis plus d'un mois. Boycotté par les chaînes de télévision et par la radio, il nous a réveillés par l'annonce de 632 promesses de signatures lors d'une conférence de presse. Bluff ? Possible. En tout cas, le dernier sondage du Point *lui donne 11 % d'intentions de vote. Sans radio ni télé, le phénomène Coluche n'a finalement pas perdu de plumes en l'absence d'apparitions « show-biz ». Alors les détracteurs et les sceptiques s'interrogent et l'État est plus décidé que jamais à l'empêcher de parler. Et si les pisse-froid qui ne le trouvent pas assez « clair » n'avaient rien compris au film ? Quand un clown ouvre une brèche dans l'appareil institutionnel, on ne fait pas la fine bouche, on fonce. Mais qui veut foncer avec Coluche ?*

Lorsque les sondages ont permis de penser que Mitterrand pouvait battre Giscard, beaucoup de gens s'attendaient à ce que tu chutes...

Les sondages, ils sont forcément manipulés, puisqu'il en paraît un par jour et que le principe, c'est que le sondage fait vendre le journal, et que donc, pour vendre le journal, il faut que le sondage soit pas le même que celui de la veille, parce que si c'était le même sondage qui sortait deux jours de suite, on vendrait pas le journal du lendemain. Donc il faut qu'il soit différent, le sondage, pour vendre le journal. À partir du moment où il faut qu'il soit différent, ben il est différent. Donc, s'il est différent, ça veut dire qu'il est faux.

Mais toi, tu restes stable dans les sondages...
20 % chez les chômeurs, et 11 % dans la population.

Et Mitterrand ?
Oh, celui-là, depuis le temps qu'y nous le resservent. Quand on fait croire que Mitterrand peut gagner, ça mobilise l'électorat giscardien à aller voter. Parce que si Giscard dit jusqu'au bout qu'il passera les doigts dans le nez, ce qui est le cas, à ce moment-là, son électorat risque de pas y aller, et ça serait emmerdant pour lui, tu vois ? Mitterrand, sa seule chance, c'est de se présenter pour la dernière fois. Et c'est tout. On m'a dit : ta candidature risque d'enlever des voix à la gauche et de la faire tomber au plus bas. Mais qu'est-ce que tu veux que ça me foute ? Si la gauche devait tomber, et que c'est un clown qui peut la faire tomber, t'avoueras qu'elle tenait pas beaucoup. Si tout le monde est discrédité parce que je me présente et que je vais passer à la télé, ça veut dire que leur image est bien fragile, et puis voilà. De toute façon, qui que ce soit que ma candidature dérange, elle est faite pour ça, donc ça tombe bien.

Tu es interdit à la télévision et à la radio...
Évidemment, je passe mieux qu'eux à la télé. Je peux pas leur reprocher de me boycotter, moi je boycotte bien leur boulot, c'est normal. Par contre, ce qui

est pas normal, c'est que les Français trouvent ça normal ! Parce que ces interdictions, c'est une atteinte aux libertés, aux leurs. Celles pour lesquelles y sont censés se battre. Ils attendent qu'on se batte à leur place, mais y font rien. C'est des branleurs.

On dit qu'une enquête de moralité est faite à ton encontre...

Oui, le directeur d'un journal a déjà été convoqué pour savoir si c'était lui ou moi qui inventait les grossièretés écrites dans le journal. Le journal, c'est évidemment *Charlie Hebdo*. Leur objectif, c'est qu'une commission de moralité décide que je peux pas passer à la télé pendant la campagne. Mais moi, au fond, j'en ai rien à foutre d'être candidat. Ce qui m'intéresse, c'est le bordel que je sème. Et si, à la fin du compte, on m'empêche d'être candidat, ça empêchera pas les mecs d'écrire Coluche sur un papier et d'aller voter pour moi. Et ça aura une autre valeur, parce qu'il faudra faire l'effort d'écrire le nom. De toute façon, avec ma candidature, les hommes politiques ont déjà perdu les élections.

Où en est ton appel aux petits candidats de participer à tes passages télé ?

Ça marche bien. Y a plein de mecs que ça intéresse. Et puis y en a qu'ont pas encore répondu parce qu'ils pensent qu'ils pourront avoir les signatures, mais ils vont pas tarder à s'apercevoir qu'ils se trompent, alors y vont arriver. Le problème, c'est que j'aurai pas la place pour tout le monde, alors faudra que je fasse le tri. Mes critères dépendront des idées émises. Celui qui dénonce les QHS en fera partie par exemple.

Il y a des tas de gens très différents qui soutiennent ta candidature. Tu penses que tu as modifié le comportement électoral ?

Moi, je pense que j'ai rien modifié du tout. Ça s'est modifié tout seul. C'est vrai que dans les gens qui me soutiennent, ça va des intellectuels d'extrême-gauche à Gérard Nicoud, en passant par des tas de mecs qu'ont pas d'étiquette, mais qu'en ont ras le bol. Mais moi, tu sais, je vois pas bien la différence entre les intellectuels de gauche et Gérard Nicoud. Le problème, c'est qu'on est confrontés à une élection vendue d'avance où Giscard a gagné, les doigts dans le nez. Alors faut pas marcher dans la combine, quoi.

Ça fait un mois au moins que tu ne fais plus parler de toi, que tu n'accordes plus d'entretien. Quels sont tes projets de campagne maintenant ?

Oui, j'apparais plus depuis que je suis interdit. Y a que la presse étrangère qui s'intéresse à moi. C'est pas croyable, les journalistes français. On dirait que je leur fais peur. Sinon, je fais pas de campagne, j'ai pas de plan d'attaque. C'est pas pour moi que je me présente. C'est pour tous ceux qui veulent en profiter pour faire quelque chose. Moi je veux pas faire de meeting, ou faire coller des affiches par des mecs, ça c'est un coup à se faire casser la gueule. Je ferai jamais faire ça. On ira jusqu'au bout, parce qu'y faut y aller, c'est tout. Ma candidature, c'est une boîte vide, c'est aux gens à la remplir, c'est simple. Ce qui me sidère, c'est que tous ceux qui se plaignent de manquer de liberté ne sautent pas sur l'occasion. Je suis soutenu par l'électorat ou le public, si tu veux, mais le reste, rien. Comme si la mariée était trop belle, quoi. Le directeur de Radio 7 s'est fait virer à cause de moi et aucun journaliste n'a réagi. La majorité des mecs dans les journaux, quand y sont pas de droite, ils doivent agir comme tels sous peine de se faire virer. Et quand par hasard un journal est vraiment de gauche, si jamais y se met à forcer, alors là il est catalogué comme un journal de ghetto et y se vend plus : c'est comme ça que la presse est tenue. La presse qui pourrait parler est tellement minoritaire que personne ne la connaît. Tu sais, je pensais qu'il y avait moins de dégonflés que ça en France.

Tu es déçu par les réactions ?

De ceux qui parlent pour les autres, oui. Y en a un paquet qui regretteront de pas avoir soutenu ma candidature, comme y en a un paquet qui regrettent d'avoir rien fait en 1968. Tu vois, c'est un peu la même chose, une aventure terrible et tu passes à côté, quoi. Y a plus de trois cents comités de soutien qui se sont créés. Ils ont très bien compris qu'ils devaient être autonomes et que ma candidature, c'est eux qui l'inventent et c'est eux qui la remplissent. Y travaillent sur des tas de trucs : c'est eux qu'ont les idées. Moi, là-dedans, je suis un faire-valoir, une image à utiliser, c'est tout.

Et toi, qu'est-ce que tu veux en tirer de ta candidature ?

La vérité, c'est que ma candidature, si à la fin du compte elle s'écroule et qu'elle a plus de pourcentage et que je disparais, que les maires se dégonflent et que j'ai pas la possibilité de m'exprimer à la télé, je m'en fous figure-toi, moi personnellement, Coluche, homme de spectacle. Ceci dit, je fais tout ce que je peux pour que ma candidature arrive dans le meilleur état possible jusqu'au bout. Mon objectif, c'est de me glisser dans la bande des quatre, de battre Marchais ou Chirac. Mais pour ça il faudrait que tout le monde comprenne le jeu et arrête de me poser des questions à la con sur le sens «profond» et «secret» de ma candidature. Ceux-là, y commencent à me faire chier avec leurs critères dépassés. Tu sais, la meilleure phrase a été dite par un mec du comité de soutien de la BNP. Il a dit : «La candidature Coluche, ou tu comprends tout, tout de suite, ou tu comprendras jamais rien…»

*

Le petit livre des citations du président Coluche.

Ambiguïté
En parlant des cons, je parle de moi. Mais, dans la salle, chacun pense que je parle de son voisin. C'est peut-être ça, la vraie ambiguïté, non ? *22 décembre 1980.*

Arabes
Il y aura toujours des riches et des pauvres chez eux. On n'est pas près d'avoir à creuser nous-mêmes nos trous dans les rues.

Augmentation (des prix)
À une époque où tout augmente, nous sommes heureux d'apprendre que les kilogrammes, les kilomètres, les mètres et les centimètres n'ont pas varié pendant le septennat. *9 décembre 1980.*

Avenir
Après le changement dans la continuité, voici la division dans le rassemblement. *11 décembre 1980.*

172

Bande (des quatre)

Giscard, Chirac, Mitterrand, Marchais, si ces imbéciles vivent centenaires, on l'a dans le cul toute notre vie, et ça, c'est très grave. *24 novembre 1980.*

Bilan (du septennat)

Hausse des prix : la France en tête. Les usines ferment, les régions meurent... Raymond Barre invente le chômage central. *13 novembre 1980.*

Candidature (la mienne)

Je m'adresse aux gens que la politique prend pour de la merde et je leur propose de lui retourner le compliment. Chacun mettra ce qu'il veut là-dedans. Il y a de la place... *31 octobre 1980.*

Catholiques

Il peut bien y en avoir, y a des vieux partout. *20 janvier 1981.*

Chef

Un type qui a une mentalité d'employé mais qui ne veut pas le rester. *20 janvier 1981.*

Cinéma

Remake. Qu'est-ce qu'on joue au deuxième tour ? Mitterrand, Giscard. C'est con, j'ai déjà vu le film. *23 décembre 1980.*

Civisme

À partir du moment où je m'adresse aux pouilleux, aux crasseux, aux mecs qui n'existent pas en politique, à ceux qui ne se sont jamais inscrits, je fais acte de civisme plus qu'aucun parti. *24 novembre 1980*.

Debré (Michel)

Quand je vois Debré se déclarer du gaullisme, par exemple, je me demande bien pourquoi Tino Rossi ne se présente pas au nom de Napoléon. *24 novembre 1980*.

Drogues

Quand on annonce qu'il n'y a pas de différence entre les drogues douces et les drogues dures, c'est qu'il y en a une.

Espoir

La veuve Mao : ancienne comédienne, le pape : ancien comédien, Reagan : ancien comédien… j'ai toutes mes chances. *6 novembre 1980*.

France

À part la poêle Tefal, qui représente un progrès par rapport à la poêle ordinaire – et encore ce n'est même pas Giscard qui a eu l'idée –, qu'est-ce qui s'est passé depuis trente ans en France ?

Fraudes

Il paraît que les cordonniers sont les plus fraudeurs. Sûrement que les hommes politiques sont les plus mal chaussés. *13 décembre 1980*.

Gauche/droite

S'il y a des giscardiens qui veulent voter pour moi, ils sont les bienvenus. Quand on prend des idées à gauche et à gauche, on va à gauche. Si on prend des idées à droite et à droite, on va à droite. Si on prend des idées à gauche et à droite, on va tout droit. *26 novembre 1980.*

Gratuit
Étant donné que nous vivons dans un monde qui est corrompu par l'argent, tout ce qui est gratuit est bon à prendre. *24 novembre 1980.*

Idée (bonne)
Hier, les éboueurs ont encerclé l'Élysée avec leurs ordures. Après les pommes, les épluchures. Espérons que les vidangeurs n'auront pas la même idée. *20/21 décembre 1980.*

Jeunesse (communiste)
Je ne savais pas qu'il y avait des jeunesses communistes, je savais qu'il y avait des vieillesses communistes. *26 novembre 1980.*

Lalonde (Brice)
Il faudrait pour qu'il soit élu que les arbres votent !

Lecanuet (Jean)
Lecanuet a encore dit une connerie. Qu'on ne vienne pas me dire que je ne vous avais pas prévenus. *16 décembre 1980.*

Lecteurs (du *Nouvel Obs*)
Ça nous démange. 27 % des pouilleux, des Arabes, des pédés et des crasseux du *Nouvel Obs* voteraient pour moi. Ils sont les bienvenus, plus on est de pouilleux, plus on se gratte. *18 novembre 1980.*

Marchais (Georges)

J'arrêterai de faire de la politique lorsque Marchais arrêtera de faire rire. *4 novembre 1980.*

Personnalité (la mienne)

Je sais que pas mal de gens pensent que si on enlevait de la grossièreté et de la vulgarité, on pourrait me vendre à tout le monde. Mais ce sont des imbéciles, ils se trompent. Si l'on enlève ce qui fait ma personnalité, je deviens fade et inconsistant. *6 janvier 1981.*

Politique (en faire ou pas)

Pour chier, il y a des chiottes, mais vous voyez, la merde j'en fais et j'en mange pas. Alors la politique, c'est pas parce que j'en consomme que je dois pas en faire. *24 novembre 1980.*

Politique (idem)

C'est pas parce que on joue au tiercé qu'on sait monter à cheval. *24 novembre 1980.*

Reagan

L'Amérique avait un mauvais président, elle a choisi un mauvais comédien. *6 novembre 1980.*

Rocardiens

Pour qui vont voter les rocardiens déçus ? Si j'étais Mitterrand, j'essaierais de piquer des voix à Coluche. *16 novembre 1980.*

Sérieux

Il y a deux trucs qu'il faut pas rigoler avec : les vêtements, la nourriture et l'honnêteté du gouvernement. *27 novembre 1980.*

Sexe

Je veux bien changer de sexe à condition qu'on m'en donne un plus gros ; c'est ça, le problème de la politique en France. *24 novembre 1980.*

Sondage

Salut les sondés : 10 % des intentions de vote pour moi, ça veut dire que 90 % des mécontents hésitent encore... je monte dans les sondages. Va-t-on me renvoyer « la censure » ? *3 décembre 1980.*

Supercherie

En m'interdisant à la télé, ils m'ont sauvé la vie. Si j'avais dû leur parler de politique, on se serait vite aperçu de la supercherie. *21 janvier 1981.*

Système (D)

Le pain baisse, le chômage augmente. Faites-vous un sandwich pas cher, mettez un chômeur entre deux tranches de pain et sauvez la France. *17 décembre 1980.*

Technocrates

On leur donnerait le Sahara que, cinq ans après, il faudrait importer du sable !

« J'arrête »
Charlie Matin, le 16 mars 1981

Je ne suis plus candidat.

J'ai voulu remuer la merde politique dans laquelle on est, je n'en supporte plus l'odeur.

J'ai voulu m'amuser et amuser les autres dans une période d'une très grande tristesse et d'un grand sérieux. C'est le sérieux qui vient de gagner. Eh bien, tant pis. Des gens seront déçus. Je le suis aussi.

Je suis déçu de mes droits civiques. J'arrête parce que je ne peux pas aller plus loin.

J'avais proposé aux petits candidats de me rejoindre pour qu'ensemble nous soyons assez forts et que nous puissions aller jusqu'au bout. Trop peu ont répondu pour que ça m'encourage à continuer.

Les maires se dégonflent : la censure ! les menaces ! Je rencontre beaucoup de journalistes qui voudraient m'aider, mais ils n'en ont pas les moyens, parce que leurs chefs bloquent tout.

Aujourd'hui, je me demande comment j'ai pu croire que ma candidature ferait rire les médias et les hommes politiques. Mais quand les uns font bloc et les autres font silence, ils créent un gros trou entre le public et le candidat. Le meilleur moyen d'étouffer le candidat. Si j'avais fait 2 % dans les sondages, on aurait trouvé ça rigolo ; mais 10 %, c'était trop !

Déjà la police fait un dossier sur moi dans le but d'interdire ma candidature au dernier moment. Tout ça est trop sérieux pour moi.

Je ne parle pas des menaces de mort et autres marques d'affection que l'on m'a fait l'honneur de m'adresser.

Messieurs les hommes politiques de métier, j'avais mis le nez dans le trou de votre cul, je ne vois pas l'intérêt de l'y laisser.

Amusez-vous bien, mais sans moi.

Coluche.

Cinéma des événements, mars-avril 1981,
Louis-Auguste Girault de Coursac

À l'heure où nous mettons sous presse, Michel Colucci, dit Coluche, a annoncé qu'il retirait sa candidature à la présidence de la République. Puis, maintenant, en fait de candidature, il a commencé une grève de la faim pour obtenir d'être invité à deux émissions politiques : « Cartes sur table » et le « Club de la presse ». Tel est, apparemment, l'ultime démarche d'un homme qui, en France, représente 10 % du corps électoral et s'est trouvé presque la victime de la censure la plus totale à la radio comme à la télévision. C'est la forme la plus inattendue et la plus solennelle que pouvait prendre un appel de Coluche en faveur de la liberté d'expression.

Paradoxe d'une démocratie déliquescente : Michel Crépeau, qui ne représente pas 3 % de l'électorat, mais un radicalisme mort depuis 1940, encombre les moyens d'information. Brice Lalonde, qui n'a recueilli que trois cents promesses de signatures, voit le petit parti de Lecanuet, le CDS, voler à son secours. Il faut dire que ce groupuscule n'a d'importance que par le nombre de sièges que lui cède le PR dans le cadre de l'UDF. Or, les amis de Giscard ont calculé qu'une

candidature Lalonde ferait plus de tort aux adversaires
du président sortant qu'à ce dernier.

Les hommes politiques et ceux qui les servent se
sont mis dans une bien mauvaise situation pour en être
réduits à étouffer la voix de la dérision que Coluche
incarne, dérision qu'ils ont produite par leurs discours.
La candidature de Coluche était et demeure à la fois
le produit d'une société où toute réelle contestation est
bloquée, et sa chance de renouveau.

Les 632 maires qui avaient promis de signer pour
Coluche sont à présent au pied du mur. Ils ont jusqu'au
7 avril à minuit pour dire si les 10 % qu'ils représen-
tent seront condamnés au silence parce qu'ils se seront
dégonflés. L'entretien qu'il nous a accordé peu avant
ses démarches pour obtenir le droit de s'exprimer
prend aujourd'hui tout son sens.

On dit que tu ne te serais pas présenté contre le
général de Gaulle. Est-ce vrai ?

Non, c'est pas vrai vis-à-vis de De Gaulle. Mais c'est
peut-être vrai à cause de la situation qui n'est pas la
même. La situation d'aujourd'hui est particulièrement
ubuesque. Elle est complètement clownesque. Marchais
propose trois millions cinq cent mille emplois nouveaux
alors qu'il n'y a que deux millions de chômeurs. Pour
combler les emplois nouveaux que fabriquerait Marchais, il faudrait faire entrer un million et demi d'immigrés. Après ça, il faudrait encore qu'il les vire avec son
bulldozer. On est dans le grotesque. Chirac dit qu'il est
un espoir pour les Français alors que ce sont probablement les Français qui sont un espoir pour lui. Debré dit
qu'il est le seul candidat gaulliste, ce qui est probable-

ment vrai, mais il faut qu'il se dépêche parce qu'il en meurt tous les jours. C'est assez comique. (…)

On n'est plus à une époque de la contestation, mais de la dérision.

Ah oui, c'est la dérision complète. Mais c'est eux qui l'ont créée complètement.

Tu as annoncé 632 promesses de signatures, ce qui donne une possibilité que tu sois officiellement candidat. Avec Brice Lalonde qui ne le sera pas, ceux qui ont installé l'actuel système de parrainage auront pire que ce qu'ils ont voulu éviter.

Bien sûr, ils voulaient éviter les candidatures de rigolos. Ils ont le pire. C'est ce que j'ai toujours dit. De toute façon, Lalonde n'a pas fait son boulot. Et puis, peut-être qu'il n'est pas bon candidat non plus. Le meilleur candidat et le meilleur président, c'est forcément pas le même mec. C'est de plus en plus flagrant. Le mouvement écologique a fait l'erreur classique de se constituer en mouvement. On ne peut pas demander à des jeunes mecs chevelus et amoureux de la nature de se constituer en mouvement. Ils ont quelque chose d'anarchiste. Les mecs qu'étaient prêts à voter écologiste votaient contre le gouvernement. À partir du moment où je suis là, ils votent plutôt pour moi que pour lui.

Quelle est ton idée de la France ?

Non, c'est pas une idée que j'ai, moi. C'est la différence avec les hommes politiques. Eux, ils ont une idée qui est à eux, qui est née et a vécu dans leur tête. Moi, j'ai fait un métier particulier. J'ai parlé aux gens dans la France entière. J'ai fait des tournées pendant six ans dans les villes, au cœur des problèmes. J'étais en gala à Longwy en même temps qu'il y avait des manifs. Je me suis donc trouvé dans des endroits à parler politique, ce que les hommes politiques n'ont jamais fait. Eux, ils parlent tout seuls. Moi, je parle pour avoir des rires. À partir du moment où les gens ne rient plus, je sais qu'ils ne comprennent plus ou qu'en tout cas cela ne les intéresse plus. Il y a des choses qu'on comprend plus ou moins bien. Que le chômage n'est pas une fatalité mais une manipulation, le public n'est pas prêt à le comprendre. Ça paraît tellement invraisemblable que des gens fassent cela. Et pourtant c'est le cas. Il ne faut peut-être pas les attaquer sur tous les terrains, mais, moi, je connais les limites, ce qu'ils comprennent, ce qui les intéresse.

Tu les aimes ?

Ben, évidemment. On peut pas faire quoi que ce soit avec des gens sans s'intéresser à eux.

Tu inocules la connerie comme une maladie afin qu'on ne l'attrape plus.

Ça a toujours été cela. C'est de l'éducation du rire. À partir du moment où tu ris du problème, il existe moins. Si les Arabes se mettaient à faire des spectacles en arabe où ils se moqueraient des Arabes, les Français auraient l'air con. C'est ce qu'ont fait les Juifs. Ils ont un « humour juif » qui va bien au-delà de ce qu'on pourrait imaginer comme plaisanteries à leur sujet. Le rire a toujours été une arme politique et un moyen de faire évoluer les mœurs, je ne suis pas le plus qualifié de ma génération pour les avoir fait évoluer.

Quel est l'objectif du rire que tu provoques en tant que candidat ? Que veux-tu atteindre ?

Rien du tout. Au départ, j'ai voulu être candidat parce que je savais que c'était une belle publicité. Gratuite. J'espérais qu'on allait faire 2 %. En fait, on en fait 10. Ça devient encore plus rigolo.

Cela va-t-il changer quelque chose à la vie politique française ?

Non, je ne crois pas. (…)

Tu dis que les hommes politiques veulent le pouvoir et que cela porte le nom d'une maladie. J'ai pensé à l'impuissance.

Non, c'est la mégalomanie. Ceux qui veulent prendre le pouvoir, c'est pas les mégalomanes ?

Oui.

Ben, c'est ça, la maladie.

Reconnais-tu la nécessité du pouvoir dans la société ?

C'est pas moi qui la reconnais, c'est le public. Il préfère avoir des chefs. Moi, je suis pas contre le principe qu'il y ait un chef parce que, normalement, le chef, c'est celui qui a les emmerdements et qui n'a pas le pouvoir. En fait, ça s'avère être le contraire. C'est le mec qui a le pouvoir et tous les avantages d'être chef (…)

Quel jugement portes-tu sur les autres principaux candidats ?

Le problème aujourd'hui, c'est qu'il n'y a que d'anciens hommes politiques. Même Chirac, qui est le plus jeune, est un ancien homme politique. (…)

184

Est-ce que Marchais, avec ce qu'il fait à propos des immigrés et de la drogue, est vraiment pire que les autres ?

Oui, il est pire que les autres. Lui, il remet la pendule à l'heure de l'anticommunisme primaire. On a beaucoup reproché aux gens d'en faire. Aujourd'hui, Marchais y pousse. Socialiste, c'est déjà juste, comme nom pour un parti de gauche. Mais un parti qui veut vraiment gouverner la France ne doit pas s'appeler communiste, même si on conserve les idées socialisantes de Karl Marx qui sont les meilleures pour le peuple. C'est un nom repoussoir pour l'électorat. Faut pas oublier qu'à 1 500 km d'ici, en Pologne et en Yougoslavie, ils vivent au Moyen Âge, les mecs, dans des ruines de la guerre qu'on entretient pour leur faire peur. Avec l'usage qu'on en fait, le communisme international n'a pas prouvé que l'idée était bonne. (…)

Giscard a un compte à régler avec toi. Tu es censuré à Europe 1, à Radio Monte-Carlo, et pour ta campagne.

Non, on ne peut pas dire ça. À Europe 1, j'ai été viré parce que l'Armée a porté plainte pour les insultes que je lui avais adressées. De Radio Monte-Carlo, j'ai probablement été viré par la colonie de vieillards qui y font retraite et qui ont trouvé que mes histoires étaient trop grossières.

Patrick Meyer a été remplacé à Radio 7. Joinet, de la direction de la Commission nationale informatique et libertés, a été muté d'office par Peyrefitte. Joinet avait pris position pour toi.

Oui, ils ont tous été virés pour cette raison. La campagne de publicité qu'on avait payée sur Europe 1 a dû s'arrêter parce qu'ils nous interdisent de faire de la publicité pour le théâtre.

Tu es censuré sur le plan professionnel ?

Oui, complètement. Guy Lux voulait que je passe dans son émission parce que Sardou m'avait demandé de faire le palmarès avec lui. On avait accepté, et la direction a refusé.

Le Centre d'information civique t'a violemment attaqué alors que, en invitant les gens à s'inscrire sur les listes électorales, tu faisais son boulot.

Je faisais mieux que lui, surtout parce qu'il n'a jamais réussi à faire inscrire personne, alors que probablement moi j'y suis arrivé. Mais ça, qu'est-ce que tu veux, s'ils n'étaient pas cons, on ne lutterait pas contre eux. Donc, on ne peut pas leur reprocher d'être cons. C'est comme lorsque Giscard est candidat. Moi, ça m'arrange. Il n'aurait pas été candidat, on aurait gueulé après qui ? De toute façon, il faut qu'il soit candidat si on veut le battre.

Tu as été accusé de poujadisme.

Il y a un truc très rigolo. Je savais pas ce que c'était, le poujadisme, avant d'être candidat. Tout le monde est venu me dire que je l'étais. Or Poujade a rejoint Giscard par une déclaration officielle. Chirac a des arguments complètement poujadistes, et Marchais a été au-delà du poujadisme, puisque, lui, il est carrément à l'extrême-droite par ses actions. Alors c'est amusant qu'on me le reproche à moi.

186

*Que penses-tu de l'action du PC contre la drogue et
les immigrés ? Curieuse association d'idées ?*

Oui, ils n'ont trouvé que cela. C'est une campagne
publicitaire. Le PC a gagné trois points dans les sondages sur ce coup. Aux élections, il risque quand même
de tout perdre.

*Si, à gauche, les gens n'ont pas raison de te traiter de
poujadiste, les gens de droite qui te reprochent de désa-
craliser la fonction présidentielle n'ont-ils pas raison ?*

À droite comme à gauche, ils pensent ce qu'ils veulent. Moi, je les emmerde. C'est pour cela qu'ils ne sont
pas contents. Je me suis acheté un bateau et il y aura toujours du vent. Ils essayent tout ce qu'ils peuvent ; c'est
bien, c'est de la pub.

*Ta photo où tu es nu, avec des plumes dans le cul,
c'est pour avoir les journaux en même temps que Giscard ?*

Non, ma candidature intéresse la presse étrangère. Je
pense que c'est une bonne idée pour elle. J'ai eu envie
de faire une grossièreté.

On te dit grossier, mais tu en rajoutes ?

Évidemment que j'en rajoute ! Si on m'avait dit élégant, j'aurais été élégant. Moi, je suis d'accord pour être
grossier. En plus, il n'y a rien qui me fasse plus rire.
Pipi, caca, moi je roule par terre.

*À la fin de ton spectacle, tu dis : « On va tous leur
foutre au cul. »*

Oui, les hommes politiques, tous dans le même sac,
et emmerder la droite jusqu'à la gauche. Bien sûr, c'est

187

discutable de les dire absolument tous dans le même sac. Mais ils sont emmerdés parce qu'ils se trouvent dans une mauvaise situation. C'est encore les mêmes qui se représentent. Qu'est-ce que tu veux, on ne va pas y aller sérieusement, voter pour eux. C'est pas possible.

C'est à peu près tout ce que je voulais te poser comme questions.

Voilà mon gars…

« Voici mon message d'adieu »
Moto Revue, le 18 mars 1981, J.-L. Bernardelli

C'est parce qu'il risquait d'être un motard président que nous sommes allés le voir. Maintenant, Coluche président, c'est râpé. Coluche révèle pourquoi il a renoncé.

Coluche, c'est fini. Tristes les mecs. Dur de se rendre. Compte tenu que notre démocratie est tellement foutue que les quatre grands candidats ont réussi à étouffer Coluche. Car ils l'ont fichu dans le trou, c'est sûr. Il l'a dit lui-même, d'ailleurs.

« Je pensais faire rire à une époque où tout le monde est trop sérieux. C'est le sérieux qui l'a emporté. Beaucoup seront déçus, moi aussi. Mais les maires se dégonflent et les petits candidats vers lesquels je me suis tourné ne m'ont pas répondu. Alors, je retire ma candidature. »

Coluche candidat, Coluche motard, Coluche sympa qui nous a reçus, juste avant d'annoncer sa décision dimanche, pour nous expliquer pourquoi il a jeté l'éponge. Voici les confidences d'un rigolo professionnel qui ne sera jamais président.

Séquence 1 : studio photo, mardi 15 heures

T'as maigri, non ?

Non. Pas depuis dix ans. On me le dit, je me pèse, mais ça bouge pas d'un poil.

L'Élysée, c'est râpé, mais l'Académie ?

Non, ou plus tard, mais avant, je me présente à Miss France.

Façon chic en Miss France nue ?

Nue, bien sûr. (Arrive un mannequin, situation fréquente dans un studio de pub !) Ah ! enfin, une gonzesse ! ça faisait un peu chier d'être entre mecs !

T'as ton permis ?

Ouais. Je l'ai acheté. Mais faut pas le dire ! T'as vu le klaxon de cette moto ? C'est merdeux. Trois briques et demie, et voilà ! Tiens, quand j'étais petit, j'avais la première 500 Suzuki. Bien. Bricolée par Rocca. Ça… moins bien ! (retour vers la moto sur laquelle il est assis…) Pis le guidon, trop petit. Sûr qu'aux USA c'est pas vendu comme ça !

Paraît que tu as des problèmes avec la presse ?

Ouais. Des mecs qui veulent réussir avec autre chose que leur talent. Qui s'écrasent quand on leur dit. Tu sais que je suis interdit de radio et de télé ?

Déçu ?

Ce sont les gens qui lisent les canards qui seront déçus, parce qu'ils voudraient m'y voir.

190

On peut te demander un truc sérieux ?
Vas-y !

Les sept mecs actuellement condamnés à mort en France, ça te fait quoi ?
Ben qu'ils en sont là, déjà, c'est qu'ils ont dû tuer quelqu'un, non ? Le drame, c'est qu'il faudrait pas qu'ils en arrivent là. La société les y a peut-être un peu poussés, tu vois ? Mon opinion sur la peine de mort ? Faut être contre, non ?

Tu ferais partie d'un jury d'assises ?
Je ne ferai jamais partie d'aucun groupe, OK ?

Séquence 2 : chez lui, 12 h 45
Dring !

Oh, vous avez rendez-vous plus tard, non ?
Heu, non, m'enfin, c'est-à-dire, tu sais, bien sûr, ouais, quoi...

Vous venez à une heure et demie alors !

Et toc ! Le rédac-chef (premier photographe sur ce coup) et mézigue, on est bien. Sous la flotte, pas un rad à 1 kilomètre. Ça commence bien !

Séquence 3 : chez lui, 13 h 30

Tiens, y m'ont encore oublié dans les sondages ! Le problème des élections françaises, c'est que tout le monde s'en fout. J'ai vérifié ça… Oh, dis donc, il est bien ton appareil [NDR : mon magnéto]… Sanyo, mais il n'y a pas de stop. Ah, si ! Il faut, parce que sinon ça se met en marche dans la poche. Enfin, bref…

Tu t'intéresses aux sondages alors ?

Ben oui, bien sûr, dans la mesure où je suis la campagne électorale, ce qui ne m'était jamais arrivé de ma vie, je m'intéresse à tout. Par exemple, Giscard, il a dit douze fois dans son septennat que la crise était finie. Fin 1980, Barre, il a dit qu'on entrait dans la crise. Si les gens pensent pas à ça, on élira un mauvais toute notre vie !

C'est fréquemment le cas, non ?

Juste vision des choses que tu as là. Si on s'intéresse pas au fait que l'essence a augmenté deux fois en France pendant qu'elle baissait deux fois en Belgique par exemple, on saura jamais qu'on est plus cons que les Belges.

Retournement historique, ça !

Y a longtemps qu'on est plus cons que les Belges. On a fait président de la République un mec qui a été sept ans ministre de la République, un mec qui a été sept ans ministre des Finances. Les Belges auraient fait ça, on se serait foutu de leur gueule pendant des années ! Ça prouve qu'on a de l'esprit et pas d'humour !

Tu as dit à Rock & Folk *que tu étais plus subversif que marrant. Avec cette candidature, tu voulais les faire chier ou te marrer avec les potes ?*

Je voulais me marrer avec les potes que j'ai eu dans

la profession depuis des années. Cela dit, faire chier, c'est une fonction indispensable dans la société. En 1968, j'sais plus qui, Pompidou, a dit que notre jeunesse est évidente et vigoureuse. Vous pouvez pas dire le contraire ? Alors il a dit que c'était bien. Et c'est vrai, c'est bien d'avoir une jeunesse qui est capable de bouger, de contester. En trente ans, non, vingt-cinq ans de politique que j'ai vu passer, je n'ai vu que des cireurs de pompes. Quand j'ai fait de la radio, on m'a dit : « Dis pas ça. » Je l'ai pas cru, on m'a viré. Ce qui est étonnant, d'ailleurs, c'est pas qu'on m'ait viré, c'est qu'ils m'aient engagé. La presse française, qui clame son besoin de liberté, a pas gueulé quand on virait un mec qui disait des choses contre le pouvoir. C'est formidable, non ? Trois entrefilets, pas de grève, rien...

La grève de solidarité, tu y crois, toi ?

Non, bien sûr que je leur demande pas ça. Aujourd'hui je suis interdit de télé et de radio...

Le patron de Radio 7, il a sauté à cause de toi ?

Il a insisté pour m'avoir à la radio. On lui a dit : « Pas possible ! » Alors il a dit : « Je démissionne. » Alors on lui a dit : « Ça, c'est possible ! » La politique, c'est fait par des gens qui jouent leur vie. Le mec élu, il y est pour sept ans ; il devient milliardaire, lui, sa famille, ses copains, ça change tout pour son parti aussi. Son parti ? C'est Hersant, par exemple, quatorze journaux en France. Tu peux acheter le journal, la presse est libre. Que t'achètes *France-Soir*, *L'Aurore*, *Le Figaro*, c'est au même mec, déjà. La même opinion dans quatorze journaux. Tant qu'on gueulera pas ! Moi, je suis pas pour les manifs, mais le vote, on peut faire quelque chose.

Il faut voter, alors.
Oui.

Mais tu dis que tu t'en fous du vote ?
Je suis contre le vote, je vote pas. Mais il y en a qui votent. Ceux-là doivent pas voter mal. Si les gens qu'ont pas de sous votaient à gauche, il y aurait plus de problème de politique. Ils sont les plus nombreux. Regarde, Marchais, c'est le plus populaire [NDR : Coluche entend ici « peuple » et non popularité], il n'a aucune chance. Le moins populaire, c'est Giscard, et il va être élu ! Encore que maintenant ça se discute !

Pourquoi les pauvres votent-ils pour les banquiers ?
Ils ont peur. On leur dit : « Après nous le bordel. » Peut-être qu'avant les élections on va retrouver une vague de terrorisme. Déjà quatorze attentats contre les Juifs, tu vois, c'est fabriqué de toutes pièces. Les gens auront peur et la droite sera réélue. En 1974, elle a gagné de 300 000 voix. Il a fallu racler les fonds de tiroirs. Il faut revenir à une Constitution où le président de la République a pas les pouvoirs qu'il a maintenant.

Dis donc, tu prends ça au sérieux !
Ben ouais. J'aimerais par exemple que les 12 milliards de l'industrie militaire et les 13 de l'industrie civile échangent leur budget. Fais voir ce qui sort là. (Il se replonge dans les sondages.)

194

On croirait entendre un vrai candidat!

Je me suis amusé sérieusement. Dans mon métier, on fait les choses sérieusement même si on s'amuse.

Au théâtre du Gymnase, le public a changé quand tu as annoncé ta candidature?

Non, ils viennent toujours pour rigoler. J'ai continué à cause de ma candidature. J'avais dit les cent dernières, parce que je suis fainéant. Sinon, ç'aurait été deux cents.

Fainéant alors?

Bien sûr! Remarque... ça fait sept ans que j'arrête pas de bosser. [NDR : il se replonge dans les sondages : pas dans *Le Figaro* et 10 % dans *Le Quotidien de Paris*]. Faut arrêter, ils me font chier.

Et les signatures alors, ça a foiré?

Il y a plein de mecs qui m'ont écrit : « Tiens, je vais signer pour toi. » Mais c'était il y a un mois et demi. Depuis le PS, le PCF, le RPR et les autres ont interdit de signer pour les petits candidats.

Les giscardiens donneront les signatures à Lalonde, le candidat écolo...

D'après toi, ils ont décidé quand? Je crois que c'est fait depuis longtemps.

Étonnant que le PS t'ait cassé la baraque. Parce que dans le fond tu as des politiques bien arrêtées. Pas vraiment à droite... Tu les menaces? Tu aurais pris des voix à qui?

Maintenant, je vais en prendre à personne, tu vois! D'ailleurs cette histoire, ça m'a fait chier très, très vite.

Pourquoi as-tu vraiment laissé tomber ?

Dans la mesure où on peut rigoler, ça va. Mais quand tous ceux qui te soutiennent sont foutus à la porte ! T'as plus le droit à la parole, même dans les émissions de variétés. Plus de contact avec le public que t'étais venu faire marrer. Les quatre partis sont unanimes : faut que Coluche arrête ! Pourtant, j'ai toujours 10 % dans les sondages, bien qu'ils m'aient foutu au trou depuis un mois. Alors là, ils l'ont vraiment dans le cul, tu vois ! Ils se sont unis pour me bloquer, alors il faut que j'arrête.

Chirac, Marchais, Giscard ont craqué chacun 3 milliards. Toi, tu as pris grâce à la campagne des centaines de briques. Vaut mieux être Coluche quand même.

C'est périmé leur truc. Ils doivent dépenser de l'argent pour faire croire qu'ils vont sauver la France. Moi je dis pas ça, et ça me rapporte de la pub ! Génial, la pub ! Il y a des mecs qui doivent en payer pour exister, alors que moi le seul fait d'exister, ça me rapporte. Pas de ma faute, hein ! N'importe comment, j'en avais besoin de leur pub. C'est comme ceux qui me disent : « Arrête le music-hall. » Je reprends quand je veux, et je les emmerde.

Maintenant, tu pars aux Caraïbes, c'est définitif ?

Pour l'instant, oui. Mais si dans trois semaines je m'emmerde, je reviens.

T'as encore un film à faire avant de partir ?

Quatre films. Des contrats à honorer. J'en ferai peut-être un peu après, du cinéma. Faut bien vivre ! Je suis pas rentier. J'ai pas envie de l'être. Je veux pas être dans les affaires.

T'es né où ?

Paris 14ᵉ. J'ai jamais bougé. À partir du Châtelet, il me faut un guide ! (Se replonge dans les sondages.)

Le trou, ils vont t'y laisser après les élections ?

Penses-tu ! Après je vais me vendre comme un fou. T'as vu comment j'ai fait vendre les canards ? *Le Nouvel Observateur*, 60 % de vente en mieux. Tu vois l'argent que ça fait ? On va s'apercevoir qu'on m'a trop mis dans le trou. Et puis que c'est pas normal que j'aie pas été candidat. Et quand les connards auront été réélus, on dira : « Dommage qu'on ne soit pas en démocratie ! » Alors que c'est eux qui peuvent changer les choses. C'est comme pour les partis politiques. Tiens ! Tu sais ce qu'il faudrait pour la France ? Chirac et Mitterrand ensemble. Tu prends à droite et à gauche, tu vas en face ! Mais ils ont les dents, les mecs ! Marchais fait de la délation pour gagner 2 % de voix en s'adressant à ce qu'il y a de plus mauvais chez les gens, alors qu'il faudrait les éduquer. Ils sont pas mauvais, forcément, les Français : pas cons. Ils sont entretenus dans la merde. Un alcoolique, c'est bien, un pochetron, il faut pas le traiter d'enfoiré. Tu lui réponds : « Vous êtes saoul, mon vieux. » Alors que si t'es un déchet, c'est la faute de la politique !

La presse, tes déboires, OK, mais les journalistes, t'en as viré plein ?

Oui, trente. Tiens vas-y, mets cinquante, depuis que je fais du music-hall. La majorité des journalistes l'est

197

parce qu'ils sont copains avec les rédac-chef qui sont copains avec le patron du trust qui est copain avec le gouvernement. Hersant, quatorze journaux, la seule fois de sa vie où il a été journaliste, c'était pendant l'Occupation dans un journal de collabos. J'men fous, j'ai pas connu la guerre, j'vais pas lui reprocher d'être collabo. Mais enfin, c'est curieux, on lui aurait coupé la tête après l'Occupation et il se retrouve dans une position comme ça. C'est vraiment un pays de merde !

Les Français sont pas des cons alors ?

Je le sais, je les connais, je les ai vus partout, je leur parle. Quand ils ne rient plus, je sais que ça les intéresse plus. Donc si je sais ce qui les intéresse, je sais qu'ils sont pas cons.

Ton nom de…
Jeune fille !

Ouais, de jeune fille, c'est Michel. Les copains, ils t'appellent Michel ?
Ouais.

Pas de diminutif ?
C'est pas grand Michel.

Bon, la moto ?
J'aime beaucoup la moto. J'ai toujours été dans le milieu.

Tu vas voir des courses des fois ?
J'ai plus le temps. J'y allais tout le temps avant. Je trafiquais aussi dans la mécanique derrière chez Monne-

ret. Mon beau-frère était coureur. Tous les dimanches sur les circuits !

Dans les manifs de motards !
J'en ai jamais fait. Ils sont venus me chercher à la sortie du théâtre. Contre la vignette. J'étais content, remarque. Mais je ne serai jamais militant !

Ton parc moto ?
Une Harley et une Honda : une CX 500 dont je suis très content ; elle est là, dehors.

Y a une question que tu voudrais qu'on te pose ?
On me la fait tout le temps, celle-là : non, dans l'ensemble je serai content quand tout cela s'arrêtera. Mais il y a d'un côté la carrière d'un artiste, faut que je reste en contact avec le public, et il y a le personnage que ça commence à gonfler. Et alors tu te dis qu'on te pose toujours les mêmes questions.

On termine. As-tu quelque chose à dire aux motards ?
Au lieu de gueuler contre la vignette, ils feraient mieux de voter un peu mieux pour que le problème n'existe jamais. C'est trop tard quand on a élu des mecs pour s'apercevoir qu'ils en veulent à ton pognon ! Ou alors on ferme sa gueule et le temps passé à la manif, tu le passes à bosser : ça paie la vignette ! Ou alors tu t'en vas tout seul, tu gagnes du pognon, tu paies la vignette et tu fermes ta gueule. Ou alors tu votes bien pour qu'il y ait plus jamais de problème de vignette.

Voter bien, ça a un nom ?
J'en sais rien. On peut pas dissocier la politique de la

manière dont on en fait. Ou alors on n'en fait pas. Mais alors on n'a pas à se plaindre.

Voilà. Coluche a parlé ; le candidat Coluche, c'est donc terminé. Nous sommes certainement les derniers à qui Coluche se soit ouvert avant qu'il ne range à la cave sa panoplie électorale.

« L'état de la France »
Le Monde, 27 mars 1981

Le président de la République, dans son intervention télévisée, a dit qu'il rendrait la France dans l'état où on la lui a donnée. Je serais curieux de savoir comment il va faire pour tout remettre en ordre d'ici à la fin de son septennat. Peut-être compte-t-il faire disparaître les chômeurs d'un coup de baguette magique, peut-être va-t-il régler le problème de l'inflation avec l'autre main, tandis que, se grattant la tête d'une troisième main, il trouverait dans les mensonges à venir les promesses qu'il n'avait pas faites la dernière fois.

Tout au long de ma « candidature rigolote », il m'a été donné pour la première fois de ma vie l'occasion de rencontrer des journalistes étrangers (TV américaine, japonaise, allemande, brésilienne, norvégienne, anglaise, arabe, israélienne, italienne, espagnole, portugaise, belge, suisse, yougoslave, etc.). Tous avaient un point commun : ils étaient prêts à en rire, prêts à se moquer de la France et de son président de la République, qui, comme vous le savez peut-être, parcourt le monde, donnant aussi bien à droite qu'à gauche des leçons de démocratie. On m'a souvent dit que je n'aurais pas fait « ça » sous de Gaulle. Je ne sais pas si c'est vrai, le fait est que c'est sous Giscard que ça s'est passé. Pourquoi tous les journalistes étrangers sont-ils prêts à se moquer de M. Giscard d'Estaing ? Pourquoi 10 % de la population, 20 % des chômeurs, 30 % des motards et 27 % des abonnés du *Nouvel Observateur* sont-ils prêts à voter pour un clown ? Peut-être M. Giscard d'Estaing connaît-il la réponse, lui qui a mis la France dans cet état.

Question : où M. Giscard d'Estaing va-t-il faire campagne ?

— Sûrement pas dans le Nord où les mines sont fermées.

— Sûrement pas en Bretagne où les plages sont polluées.

— Sûrement pas dans l'Est où la sidérurgie est en panne.

— Sûrement pas à Saint-Étienne à cause de la veuve Manufrance.

— Sûrement pas en Corse où ses camarades CRS font si bien le ménage.

— Mais peut-être en Centrafrique où, depuis le 4 février 1981 (ça fait un mois et demi), le Président nommé par ingérence a reçu un chèque pour la vente des diamants — qui comme chacun sait n'ont jamais existé. Si un jour la Croix-Rouge centrafricaine touche ce pognon, elle pourra dire merci au *Canard enchaîné*.

C'est la nouvelle devise qui pourrait s'inscrire au frontispice de la nation. Je ne vous parlerai pas de Raymond Barre, éminent économiste que le monde entier nous envie, mais que pourtant il nous laisse, nommé il y a cinq ans pour lutter contre l'inflation et relancer l'économie…

Je ne vous parlerai pas de MM. Blanc et Bonnet pour éviter un jeu de mots.

Je ne vous parlerai pas de M. Peyrefitte qui, malgré ses grandes oreilles, n'a pas entendu arriver l'hélicoptère !

Je ne vous parlerai pas de M. Lecanuet, afin d'éviter de parler pour ne rien dire.

J'aimerais bien qu'on m'explique comment, depuis des dizaines d'années, des ministres de la Culture passent sans souci à l'Agriculture, du Budget à la Guerre, et de l'Intérieur à l'Extérieur. C'est bien beau d'être ministre, mais, de là à être ministre de n'importe quoi, il y a une marge ; quand on est chef comptable, on n'est pas chef de gare, et pourtant on est chef.

J'aimerais bien qu'on me cite un ministre qui ait fait des études correspondant à ses fonctions. Ce serait le minimum. On se demande des fois pourquoi d'éminentes sommités françaises n'ont jamais eu de postes au gouvernement. La réponse est simple : elles ne sont pas « copains avec l'UDF ».

Pour que la France se retrouve un jour dans un meilleur état, il faudrait déjà qu'on utilise les compétences dont elle dispose.

L'état de la France, c'est aussi son état industriel. Quel est, selon vous, le problème des usines Boussac, Manufrance, Rhône-Poulenc, ou celui des textiles du Nord et de la sidérurgie de l'Est ? Toutes ces usines qui ferment et ces régions qui meurent ont un point commun : elles sont démodées économiquement. Ce que l'on fabriquait dans ces usines, ce que l'on extrayait de ces mines ne se vend plus. Il y a quinze ans, il fallait faire quelque chose pour renouveler, il y a dix ans c'était urgent, il y a cinq ans c'était indispensable, aujourd'hui, c'est trop tard.

L'état de la France, c'est aussi son humeur.

Le rire est suspect : être gai c'est être subversif, nous vivons le temps de la télévision gnangnan, de ces émissions-somnifères faites les unes par-dessus les autres avec du papier calque. Les forains sont interdits dans les villes, et dans les campagnes les bals sont fermés : ils faisaient trop de bruit. Tout le monde s'emmerde. Bref, on a tous les droits pourvu qu'on ne fasse rien. « Soyez raisonnables » : chauffez-vous à 19 degrés, mettez un pull-over pour dormir, évitez d'être témoins dans les accidents si vous ne voulez pas d'ennuis, dénoncez votre voisin, ne vous lancez pas dans le commerce, ne prenez pas de risques, faites un troisième enfant, choisissez entre être chômeur ou mal payé, ou bien faites des études, vous finirez bien un jour par trouver du travail dans une usine qui fabriquera n'importe quel produit pourvu que, à un moment, le produit soit foutu et qu'il faille en acheter un autre.

Les Français n'ont pas été très malins, pour une faible majorité, d'élire M. Giscard d'Estaing ; il leur redemande… pourtant d'être encore plus cons et de recommencer. Alors : l'état de la France ?… On me répondra sans doute que les raisons d'État c'est des tas de raisons. J'invite M. Giscard d'Estaing à expliquer ce qu'il entend par : « Je vous rendrai la France dans l'état où vous me l'avez confiée. »

Émission 7/7, TF1, 18 septembre 1982,
proposée et présentée par Éric Gilbert
et Jean-Louis Burgat (extraits)

*Coluche, on a parlé de sport, de nombreux acci-
dents, de la fête de* L'Huma, *on a parlé de remous dans
la police, de la couleur des petits patrons...*

Ben c'est-à-dire, vous avez commencé tout à l'heure
en disant que c'était une semaine particulièrement char-
gée... Oui ! En fait moi je viens pas tout le temps ici,
mais je m'aperçois que c'est tout le temps pareil en fait.
Oui, y'a peut-être un record cette semaine. Mais dans
l'ensemble on est en guerre quoi ! Hein ? Ça peut péter
là, ça peut péter partout (...). C'est ça quoi ! On est en
guerre ! Alors dans ce qu'on vient de voir, y'a des trucs,
bon évidemment c'est des accidents, à part le DC10
dont on annonce des records de morts... Peut-être on
pourrait lui couper les ailes puis le mettre sur les rails
pour que maintenant il nous fasse plus de blagues...
Alors voyez, on dit y'a des accidents partout. Mais y'a
douze blessés à la fête de *L'Huma*. C'est une fête ! Y
viennent pour s'amuser et déjà y'a douze blessés ! ! !
Y'a peut-être des morts... Alors quand c'est la guerre,
vous comprenez, y s'retiennent plus, là !

C'est l'impression que vous avez en regardant la télévision en permanence ?

Ben y faut bien trouver des gens pour faire la guerre ! Moi j'ai vu à la télévision justement des mecs que Khomeiny a amenés. Il leur a rasé les cheveux en disant : « Dieu c'est celui-là ! » Et les mecs, après ça il leur a mis un costume kaki, un fusil et il leur a dit : « C'est encore Dieu ! » Et les mecs ils ont pas vu la différence. Faut quand même le faire ça ! Faut quand même arriver à trouver des mecs à qui on met un uniforme et qui s'en aperçoivent pas !! Parce qu'ils l'ont fait ! Ils l'ont fait ! Ils étaient pas militaires, avant, ces mecs-là. Y'a six mois, ils étaient pas militaires : ils étaient religieux ! Maintenant ils sont militaires ! C'est dangereux les militaires, c'est très dangereux ! C'est ce qu'il y a de plus dangereux !

Coluche, en écoutant tout ça, vous nous donnez l'impression de...

De ne pas comprendre du tout ! Oui ! absolument, rassurez-vous !

Non ! mais vous nous donnez l'impression... Vous rejetez en bloc les hommes politiques. C'est ce que vous avez dit.

Non ! C'est pas exactement ça. Mais enfin y'en avaient qui disaient que, par exemple, le leader de je sais pas quel groupe était mort. C'est quand même un mec qui faisait la guerre ! Donc ça peut arriver que les leaders meurent puisqu'il y a bien des soldats qui meurent dans les guerres. Y'a même des mecs qui voulaient pas faire la guerre qui meurent. Donc, que les leaders y restent aussi finalement c'est pas une catastrophe. C'est des choses qui arrivent. D'autre part, il y a un problème général avec la guerre, c'est qu'effectivement on peut s'amuser à chercher à comprendre pourquoi et si vraiment y s'partagent le Liban…

Ils vont essayer de le faire…

Ouais ! Mais y'a un problème qui est autre que celui-là, c'est que c'est des mecs qui ont des armes. Et qu'ils les ont pas inventées. Elles sont soit russes soit américaines, les armes. Donc on leur a donné. Donc elle est voulue cette guerre. Elle est voulue par quelqu'un, ça c'est sûr. C'est indiscutable.

Non, mais…

Y'a des armes dans la guerre. Alors elles sont russes ou elles sont américaines au Liban ?

Vous croyez que c'est uniquement une question d'armes ?

Ben enfin ! Les Israéliens ont bien des armes américaines et les Syriens ont bien des armes russes. Ben la voilà votre guerre !! Faut user les armes. Y'a pas d'autre solution économique pour amortir un obus que de le faire éclater. Alors une fois qu'on l'a fabriqué, il faut le prendre dans la gueule ! Y'a pas d'autre solution !!

(…)

Alors moi j'veux pas faire de politique, mais simplement, c'est à force de pas faire de politique qu'on a des mecs dans la rue qui nous mettent des bombes et pis on sait même pas ce que c'est et pis on en est victimes… On est dirigés par des gens qui disent des trucs et pis qui les tiennent pas vraiment. Les socialistes, par exemple,

207

avaient dit un truc, enfin je l'ai lu dans une interview je crois d'Attali. Il disait que le monopole d'État sur la radio et la télévision était la dernière bastille à prendre. Et finalement ils l'ont prise, les socialistes, cette dernière bastille, et les promesses qu'ils nous avaient faites, ils vont peut-être nous les resservir pour la prochaine fois… Parce que les promesses, si vous les tenez, après qu'est-ce que vous allez faire ? ? ?

« Coluche en long et en travers »
Les Nouvelles littéraires, du 15 au 21 mars 1984,
Maurice Najman

Pour être drôle, il faut d'abord beaucoup penser, beaucoup comprendre. C'est ce que fait Coluche. À sa façon, il nous dit tout sur tout : la politique industrielle, la télévision, la droite, la gauche... et Le Roi Dagobert, *son prochain film.*

CÉSARS ET AUTRES BABIOLES

Ma statue, je l'ai donnée à ma femme pour que ce soit rangé. Un césar, ça se range. Faut avoir des étagères ou une vitrine et moi, j'ai pas ça. Les disques d'or, je les ai refilés à ma mère. Des récompenses, ils en inventent quand il n'y en a pas. Un jour, j'ai eu le « Fauteuil d'or ». Ça faisait chier mon producteur que je sois recordman de durée au théâtre et qu'il n'y ait pas de prix. Alors, il en a inventé un ! (...)

MON JOURNAL TÉLÉVISÉ

J'aimerais vraiment faire le journal du soir à la télé. Si j'avais le droit, je pense, sans me vanter, qu'on n'en regarderait plus un autre. Ils sont tellement enfermés dans un carcan, les mecs ! Les Français reçoivent les nouvelles à la télé comme si c'était les nouvelles les plus importantes. Mais quand on parle d'une guerre, c'est qu'on a des informations dessus, que les agences internationales, américaines il faudrait dire, en parlent. Un jour, on s'est aperçu tout à coup qu'il y avait une guerre dans un coin perdu d'Asie parce que les mecs, ils avaient pris deux Français ! Mais la guerre, elle existait là-bas depuis trente-cinq ans ! Et nous, on le savait pas… En ce moment, ils te font tout un cirque sur le Liban. Ils te font croire qu'il n'y a la guerre qu'au Liban, alors qu'en fait elles se comptent par dizaines… C'est une combine qu'a trouvée le Liban pour faire parler de lui !

Moi, je ferais d'abord une information éducative. Il faut que les gens comprennent comment ça marche. Quand tu entends parler de «montants compensatoires», que tout le monde te dit que c'est ça, le défaut est que personne ne sait que c'est une idée française, ni, évidemment, ce que c'est… alors les mecs te disent : «C'est la faute des montants compensatoires…» Toi, tu l'as dans le cul… C'est pas la faute aux gouvernements, puisqu'on te dit que c'est les «montants compensatoires»… Avant, t'avais «la conjoncture». Alors là, la conjoncture… tu peux rien y changer… Le pire, c'est quand des représentants ouvriers se mettent à parler avec des phrases comme à la télé. Alors là, on comprend pas ce qu'ils disent, on n'arrive même pas à comprendre ce qu'ils veulent !

La grève des routiers, c'était clair. Tout à coup, c'était une grève qui touchait autant de mecs qu'il y avait de camions. À 80 %, le mec qu'a un camion, il en est le patron. Il transporte des légumes qui servent à faire becqueter une ville. Alors là, pas de représentants… il peut pas en avoir, ou alors il faudrait qu'il soit aussi dans son camion… Du coup, ils en ont inventé un sur place, de représentant. Et comme le mec est passé à la télé, il a créé son organisation.

La télévision, c'est la grande déception du socialisme. Ça servira de promesse électorale la prochaine fois. Mais la libéralisation des radios et de la télé, c'est la gauche qui devait le faire. Imagine que Giscard, qu'est embusqué comme c'est pas permis, réalise le coup… Ouille !

GISCARD ET MES DEUX MILLE PHRASES

Les hommes politiques à la télé, moi, je les juge professionnellement. J'en ai parlé avec Giscard. Je l'ai rencontré au ski, alors, on est allé boire un coup et on en a parlé. Le problème pour un homme politique comme pour un artiste, c'est comment il passe à la télé. Le meilleur politicien, c'est celui qu'est passé le mieux. Comme Mitterrand. Lui, il a tout ramassé. Le super-césar !

Giscard m'a dit que, dans sa carrière politique, il y avait eu deux phrases prononcées à la télé qui l'avaient vraiment aidé : le « Oui, mais… » à de Gaulle et le « Vous n'avez pas le monopole du cœur… » à Mitterrand. Il analyse la situation, le Giscard, et il sait l'impact qu'ont eu ces deux petites phrases. Alors il m'a dit : « Vous, vous en avez trouvé deux mille ! Des fois elles étaient pas vraiment en français, mais on ne pouvait rien y répondre, elles nous faisaient passer pour des andouilles. Je voudrais bien savoir ce que vous en faites, maintenant que vous n'allez plus au music-hall…» Il ne m'a pas proposé de les lui refiler. Tu vois Giscard tenir mon discours ?

COMÉDIE POLITIQUE

La principale raison pour laquelle la politique des partis n'est plus assimilée par le public, c'est que les mecs, ils tiennent tous un discours qui se ressemble. Ils défendent une crémerie. Et au sens le plus étroit du terme. En arrivant à la télé, ils ont un message tout prêt à servir. Souvent, ils viennent pour dire quelque chose qui n'a rien à voir avec la raison pour laquelle ils ont été invités. Et ils le diront quelle que soit la question posée. Ça, moi aussi, je peux te le faire…

Les hommes politiques à la télé, on les voit chanter sur la même partition. Ça se voit, en plus. Ils sont incapables de parler sans avoir appris ce qu'ils ont à dire. Ce sont des gens qui ont passé leur vie à l'école à apprendre ce qu'ils savent. C'est pas qu'ils sont insensibles, mais c'est leur formation. Moi, je vois bien que ça me libère de ne pas avoir étudié en dehors de l'école primaire (et encore primaire, c'est un grand mot…). J'en vois aussi les défauts, mais ça me permet de réagir, de penser sans *a priori*. C'est pas pareil de le savoir sans l'avoir appris !

Il y a deux catégories d'hommes politiques : ceux qui lisent le discours et ceux qui l'apprennent par cœur. Tout doit être écrit quelque part. Mais la télé, c'est de l'image. Les hommes politiques, il vaudrait mieux que ce soit leur conviction qui les dirige ! Mais là, ça risque de sortir du discours. Improviser sur deux ou trois idées, ça, ils ne savent pas le faire. C'est notre métier.

212

Bien sûr, il y a Reagan. Il y a le pape, aussi. D'ailleurs je suis persuadé que, si on fouillait la vie des hommes politiques, on verrait qu'à l'ÉNA ou à l'école ils ont monté une pièce ou joué dedans…

Avec les mêmes qualités, on peut finir aujourd'hui bouffon, avocat, journaliste de télé ou homme politique. Et comme des mecs qui savent parler, il n'y en a pas beaucoup, on voit à la télé des journalistes comme Kahn, des bouffons comme moi, des chanteurs comme Montand… Ils se retrouvent à parler politique et à s'engager dans des luttes. Pour être président, il faut savoir parler à la télé. Ça devient un peu grave, non ? (…)

LE COUP DE GILLETTE

Il y a des gens qui s'usent à travailler pour que les produits s'usent plus vite. C'est dément ! Mais si le produit ne s'use pas, ton usine ferme une fois que tout le monde l'a acheté. Ou alors, il faudrait à chaque fois passer à autre chose et c'est pas dans le programme… Les lames Gillette avaient produit une lame inusable. Évidemment, gros succès. Ils ont coulé tous les concurrents et au bout d'un moment, fin du coup ! Tout le monde en avait une ! Eh bien mon pote, ils ont fait une campagne de pub pour dire : « Ramenez-moi votre lame Gillette, je vous en donne deux ! » Tu te rends compte ! Les mecs se sont laissé faire. Ils avaient une lame inusable, ils l'ont changée pour en avoir deux. C'est balèze ! Ce qu'il faudrait, c'est qu'une usine soit capable de sortir un bon produit, d'en inonder le marché et après de se tourner vers un autre.

En France, on a des hommes qui savent vraiment faire du travail qualifié. Je suis mécanicien de formation et je sais qu'il y a aussi des usines encore valables qui pourrissent. Il faudrait essayer d'utiliser tout ce potentiel, par exemple, pour essayer de construire des voitures utiles : des taxis collectifs, un véhicule familial solide, etc. C'est faisable. Aujourd'hui, on est capable de faire un moteur incassable, mais on ne le fait pas parce qu'on espère vendre des pièces détachées. Alors on calcule la limite de résistance de chaque pièce. Toute la politique industrielle est faite comme ça. Ils font une nouvelle voiture, ils l'essaient, ils voient ce qui casse et ils forcent sur la pièce détachée… Ils en fabriquent davantage là où ça casse. Ce qui fait que quand t'achètes une voiture neuve et qu'elle casse tout de suite, tu retournes chez le mec, il te dit que cette pièce, eh bien, justement, il en a… « Vous voyez comme c'est bien fait… »

La voiture incassable, c'est une voiture Diesel turbo. Du point de vue du moteur et de la transmission, avec le système de convertisseur de couple, on peut dimensionner ça de manière à ce que ce soit incassable. Une bagnole pourrait ne plus marcher du tout à l'essence, ni au fuel. Le gaz butane existe et c'est bien moins cher.

En Belgique, on transforme des voitures américaines (car c'est des mecs branchés qui font ça) avec un système qui fait que tu emmènes deux bonbonnes de butane dans ton coffre et que tu te retrouves avec 1 200 kilomètres d'autonomie. Comme une bouteille, c'est moins de cent balles, fais le calcul ! Et du gaz butane, il y en a partout dans les stations essence. Bien sûr, le moteur prend 15 % mais ça le rend d'autant plus incassable. Il suffit de le surdimensionner au départ pour avoir la puissance voulue. Oldsmobile sortait bien, à un moment, une voiture avec moteur Diesel garanti 500 000 kilomètres ! Pour le look, faudrait faire un concours. On pourrait aussi faire la caisse en alu : indestructible !

DES GRANDS TAXIS

Un taxi collectif, c'est sûr que le monde entier en a besoin. Un truc où qu'on peut monter à quatre clients à l'arrière… Tout ça, bien sûr, c'est une logique économique différente. T'imagines : une politique qui serait pas seulement basée sur la voiture individuelle, mais sur la multiplication de toutes les formes de transport plus ou moins collectif…

Ce genre de truc, c'est le plus adapté à notre profil industriel, parce que nous sommes pratiquement les seuls à avoir des chômeurs qualifiés qui nous coûtent la peau des couilles à se faire suer. En fait, il faudrait former les gens pour être dans le coup technologiquement dans vingt ans et utiliser les qualifications qu'on a au lieu de mettre les mecs au chômage. Il faudrait fabriquer moins de produits, mais plus extraordinaires…

RELIGION

Faut pas croire : en comptant tous les dieux, demi-dieux, etc., il y a déjà eu 62 millions de dieux depuis les débuts de l'humanité ! Alors, les mecs qui pensent que le leur est le seul bon… ça craint un max !

Les socialistes ont le pouvoir, mais ils ne savent pas à qui le donner. Un de nos dirigeants avec qui je suis pote m'a dit que leur problème, c'est d'avoir hérité de tout un tas de gens dans la police, la justice et tous les machins en place depuis des années et bien sûr de droite… Ils se retournent vers ces mecs et ça donne :

– Maintenant les flippers vont avoir cinq parties gratuites !

– Bon, on va rédiger la loi… Alors voilà : « Dans certains cas, les flippers auront cinq parties gratuites… »

– Non ! Pas dans « certains cas ». Dans tous les cas !

– Ah bon… On recommence…

Et avant qu'il y ait cinq parties gratuites, t'es pas sorti de la merde… Parce que les mecs, ils font tout ce qu'ils peuvent pour que la loi ne passe pas. Ça les dérange…

Ça peut donner aussi :

– Maintenant, dans la police, on ne va plus recruter spécialement les gens parce qu'ils sont de droite !

– D'accord…

– Alors vous, par exemple, qui êtes des flics de droite, vous allez en recruter autant de droite que de gauche !

– Oui…

– Et pourquoi vous n'avez pas recruté celui qu'est de gauche ?

– Parce que c'est pas un bon policier. Vous voulez me forcer à prendre des gens de gauche alors qu'ils ne sont pas de bons policiers ? Je suis en grève et je vous emmerde !

Et voilà, tu peux plus rien faire !

Ce qui est formidable chez les gens de gauche, c'est qu'il y a trente ans, quand ils ont choisi leur voie, ils savaient très bien qu'ils seraient perdants et pourtant ils avaient les mêmes qualités que les gens de droite. Mais ils n'étaient pas du bon côté du manche. Et pourtant, ils ont conservé leurs idées. Tu peux parler du machiavélisme de leur raisonnement, mais tu ne peux pas éliminer le fait qu'ils le font par conviction et que c'est important pour eux. (…)

LE PEN

Tu vois Le Pen faire un discours : il arrive, le mec, et déjà il a une banane comme ça ! Normal, il vient de multiplier son potentiel par dix. Tu lui poses une question. Le mec, il improvise : il a tout de suite l'air plus honnête que les autres. Alors, il suffit qu'il y ait une crise de confiance dans le pays, que ce soit la merde, que les gens aient la trouille et voilà… Le mec, en plus, il est culotté : l'autre soir, il s'est mis à chanter *Battling Joe*, la chanson de Montand… Il a tout compris, le mec ! Il imite Montand parce qu'il est dans le spectacle… les gens du public étaient heureux. Il a encore gagné des voix…

LE ROI DAGOBERT

Mon prochain film. C'est un scénario de Gérard Brach qui raconte le voyage que fait Dagobert à Rome pour dire au pape qu'il voudrait que la vie change. Parce que la vie à cette époque était régie par la religion. Dagobert, lui, était contre la monogamie. Il voulait détruire le mariage, il voulait que les mecs et les

217

femmes puissent avoir plusieurs mecs et femmes sans qu'on s'en occupe. Alors, il entreprend le voyage à Rome en char à bœufs. Tu vois le genre ? Un an, et on construit la route devant le char ! En plus, faut se défendre sans arrêt contre les attaques des barbares, alors Dagobert traîne une armée avec lui…

Bon, il va voir le pape et lui dit : « Eh ! On se fait chier là-haut avec vos lois. On ne pourrait pas s'arranger un peu pour que ça se calme ? » Faut pas oublier que, à cette époque, les rois et les paysans, à peu de choses près, ils vivaient dans les mêmes conditions. Ils vivaient aux mêmes endroits, il n'y avait pas de carreaux aux fenêtres, ils se gelaient les couilles… C'était l'enfer ! Bien sûr, les rois avaient de beaux habits. Et les belles fourrures, on les leur amenait au lieu qu'ils aient à les attraper…

Bon, Dagobert dit tout ça au pape. Et l'autre lui dit que c'est très grave de penser des choses comme ça, qu'il faut pas… Normal : il y a des pauvres et il faut qu'ils le restent ! Et qu'ils envoient leur monnaie. Il faut que ça soit comme ça pour que les rois ne branlent rien et que les pauvres continuent à croire… Sinon c'est la catastrophe !

Et comme Dagobert persévère, le pape le fait tuer…

C'est pour ça que j'aime ce film : c'est un divertisse-ment, un film rigolo, on voit le mec avec ses concubines, les seins à l'air, il y en a une qu'il met tout le temps enceinte pour qu'elle ait du lait parce que ça lui calme son ulcère… Il y a un curé, joué par Michel Serrault, qui est toujours à côté de Dagobert, bien sûr il respecte pas les lois. C'est pour ça qu'il dit au pape : « Et si on lais-sait tomber carrément ? »… J'aime bien l'idée…

J'ai dit l'autre jour que le cinéma français vivait de ses comédies et qu'il récompensait ses drames. Pour les critiques, la qualité et le genre triste, ça va ensemble. C'est comme si tu disais à des musiciens : « Jouez plus vite », et qu'ils jouent aussi plus fort. Pourtant, tout le monde est d'accord pour reconnaître que c'est plus difficile de faire rire… Un acteur comique peut réussir dans un genre dramatique, mais on n'a jamais vu l'inverse. Imagine Alain Delon dans un film comique avec Catherine Deneuve… Tu te marres d'avance ! Cela dit, ils sont capables de le faire. N'oublie pas que ce qu'ils font au cinoche, ils le font exprès. Ce qui est formidable, c'est de voir les gens du cinéma fonctionner comme le public. Quand ils récompensent un drame, ils ont été émus…

LE PAPE

Si le pape est polonais, d'après toi, c'est un hasard ? Pourquoi il est pas noir, le pape ? Parce que ça les arrange pas trop, les mecs. Polonais, c'est bonnard…

FRANCE-ITALIE

Quand je suis en Italie, je me sens bien. La grande différence avec les Français, c'est que les Italiens sont de bonne humeur. Moi, je ne suis pas connu en Italie, je ne parle pas bien italien, mais si je rentre dans un magasin et que je déconne, ils rigolent. En France, le mec, s'il n'a pas un revolver, il appelle le boucher… Ils sont pas prêts à rire, les Français ! En France t'as des grilles aux squares, ça ferme la nuit ! C'est un état d'esprit… Je suis sûr que si les politiciens savaient qu'on manque tant de ces libertés à ras de terre, ils feraient quelque chose. Mais ils sont pas sortis de leurs écoles… Ici, tout ce qui n'est pas autorisé est interdit. Et tout ce qui n'est pas interdit est obligatoire.

« L'été des Dupont-Lajoie »
Le Nouvel Observateur, du 24 au 30 août 1984, Guy Sitbon

Le voici de nouveau dans l'actualité. Au moment où il quitte définitivement la scène pour l'écran – son bon Roi Dagobert vient de sortir – Coluche est partout. Cette France râleuse, xénophobe, craintive, qui hait les « bougnoules », tabasse les « pédés » et vote Le Pen, il nous l'avait annoncée (non sans risques...). Au terme de cet été « coluchien » où beaufs et Dupont-Lajoie ont nourri la chronique vacancière des faits divers – Chantal de Rudder en rapporte des images frappantes –, Guy Sitbon a demandé des comptes à celui qui tend le miroir à la France des autres. Des autres ? François Caviglioli n'en est pas tout à fait sûr.

La scène se passe dans un café. Un café spécial. Pas un lieu public mais le salon de Coluche. « Il adore vivre dans les cafés, explique un de ses dix copains qui sont chez lui comme on est dans un bistrot. Comme il ne peut plus y aller souvent, il s'en est installé un à domicile. » Coluche a les cheveux coupés en brosse. Il est devenu blond sur un bronzage quatre étoiles. On s'assoit autour d'une table du bistrot. Il prend la commande. Coca-Cola ? Schweppes ? Et puis il oublie de nous servir.

Oui, ça se voit, je reviens de vacances. Je suis rentré pour la sortie du *Roi Dagobert*. J'étais sur une plage, en Thaïlande. Moi, les masseuses de Bangkok ? Jamais. Non, je vais en Thaïlande parce que c'est le dernier pays non communiste de la région et qu'on peut encore visiter. Il reste Hong-Kong, pas pour longtemps ; ça deviendra bientôt communiste aussi.

C'est comment, Bangkok ?

C'est une grande ville pauvre, pleine de Jaunes. Ils l'ont construite au niveau de la mer, mais juste un petit peu en dessous, cinquante centimètres en dessous. Ce qui fait que, quand il pleut, et il pleut souvent, on a tout de suite les pieds dans l'eau. C'est amusant. Sauf pour ceux qui dorment par terre.

Vous n'avez pas eu envie d'aller au Viêtnam ?

Pour des vacances ? Non. C'est dur d'aller se bronzer en pays communiste. Et puis on n'y peut rien, la supériorité du capitalisme, c'est d'abord qu'il a jamais été inventé, c'est naturel, le capitalisme. Et puis aussi, il y a une question de climat. Qui irait jamais passer ses vacances en Sibérie ? Capitaliste ou socialiste, la Floride, c'est mieux. Les Sibériens, s'ils gagnaient bien leur vie et s'ils pouvaient partir, ils iraient tous dans un pays chaud en vacances. Ça aussi, c'est naturel.

Et pourquoi vous allez loin en vacances ?

Je me dis qu'il y aura moins de Français là-bas, moins de bœufs.

Vous avez vu que, cet été, les Dupont-Lajoie et les beaufs y sont allés de tout leur cœur. À Belle-Île, ils sont montés à l'assaut d'un camp de vacances pour jeunes Maghrébins. Dans le Pas-de-Calais, ils ont interdit les campings aux familles algériennes. À Rouen, trois personnes ont torturé et mutilé un couple d'homosexuels. C'est cette France-là que vous fuyez ?

Le Français raciste, violent, alcoolique et buté, c'est une minorité de mecs. Les pédés, c'est une minorité. Les Arabes aussi. En fait, la France n'est faite que de minorités. Moi, je connais un peu le problème. Parce que je suis rital et que, quand j'étais gosse, c'était pas la mode d'être rital. C'était après la guerre. Les Italiens avaient été du mauvais bord. Alors je comprends très bien le problème que les Arabes peuvent avoir avec les Français. Mais il viendrait jamais à l'idée des pédés de se mettre en bande pour aller casser la gueule aux beaufs. Mais les Dupont-Lajoie, ils vont taper sur les Arabes et sur les pédés. Alors qu'ils sont une minorité, comme tout le monde. J'ai rien contre les mecs d'extrême-droite. Il y a des mecs d'extrême-gauche, il y a des mecs d'extrême-droite ; ils sont extrémistes, c'est chiant, mais tant qu'ils sont pas violents, j'ai rien contre eux.

Qui est le roi des beaufs ?

Officiellement, c'est le président du CID UNATI je veux dire le chef des petits commerçants. Le beauf, il est petit commerçant, il veut pas qu'on l'emmerde, il a un pavillon. Je veux pas avoir l'air de dire que les commerçants, c'est des enfoirés et que le mec qui est à leur tête, c'est le roi des enfoirés. Des beaufs, il y en a dans toutes les catégories. Il y en a chez les intellectuels, il y en a beaucoup chez les politiciens.

Mitterrand, c'est un beauf ?

Oh non ! C'est le contraire. Il faut bien dire qu'il y a plus de beaufs chez les politiciens de droite que de gauche. Pendant trente ans, un homme politique, pour trouver du travail, pour gagner de l'argent, il fallait qu'il soit de droite. À gauche, c'était le chômage assuré. Mitterrand, ça peut pas être un beauf, il sait de quoi il parle.

Comment vous savez de quoi il parle ?

Je le connais. J'ai dîné un soir avec lui.

Comment ça ?

Je suis assez ami avec Jacques Attali, son conseiller. Quand j'étais soi-disant candidat à l'élection présidentielle, tous les partis avaient cherché à prendre contact avec moi. Pour les socialistes, c'est Attali qui est venu me voir. C'est un type très bien. C'est comme ça qu'un soir, après l'élection de Mitterrand, il m'a invité à dîner chez lui avec le président.

Et ça s'est bien passé ?

Très bien. Il aime bien parler, Mitterrand, et il parle bien. Alors il a beaucoup parlé. Et pas toujours de politique.

Et vous, qu'est-ce que vous lui avez dit ?

Moi, je lui ai raconté les blagues qui circulent sur lui. Celle où on dit que Mitterrand a deux cancers, et on ne sait pas lequel arrivera le premier.

Et il avait l'air en bonne santé ?

Il avait pas l'air malade, en tout cas. Il boit pas mal de vin. Il parle des femmes. Il fait attention à la façon dont les femmes s'habillent, les vêtements bien serrés, la longueur des jupes, les détails de la mode qui l'intéressent. Et puis il parle de littérature, de cinéma.

C'était la première fois que vous rencontriez un président ?

J'ai connu aussi Giscard, mais après qu'il eut quitté l'Élysée. J'étais aux sports d'hiver dans la même station que lui. Il a dû apprendre que j'étais là. Il m'a envoyé son garde du corps pour me proposer de venir prendre le thé chez lui. Moi, j'ai accepté. On est restés une heure ensemble. Il m'a demandé, en professionnel des médias s'adressant à un autre professionnel, lequel des hommes politiques passait le mieux à la télé. Je lui ai répondu que c'était toujours le président en place. Il a forcément une longueur d'avance sur les autres. Avant, c'était Giscard le meilleur ; maintenant c'est Mitterrand, forcément.

Giscard, c'est un beauf ?

Non, c'est un type intelligent, Giscard. Le beauf, c'est un con qui aime pas les étrangers, comme on en trouve beaucoup en France.

Les Français, c'est quand même pas les seuls à ne pas aimer les étrangers ?

Euh… Je dirais pas ça, moi. De cette manière, le Français qui passe à l'action comme ceux qui, à Belle-Île, cet été, se sont mis à tabasser les jeunes vacanciers arabes, des mecs aussi cons, c'est dur d'en trouver ailleurs. Je veux dire, proportionnellement, il y en a quand même beaucoup plus chez nous qu'ailleurs. Parce que, dans ce pays, il y en a quand même beaucoup, d'étrangers. Moi je viens de faire un grand film comique français. Il y avait pas un Français dans l'équipe du film. Regardez les sportifs, c'est la même chose. Le Français, c'est un étranger qui aime pas les étrangers. Eh bien, ce genre de con-là, on n'en trouve pas beaucoup ailleurs. Dans *Le Roi Dagobert*, il y avait un Arabe. Gérard Oury, avec qui je viens de tourner, il est aussi d'origine étrangère, je sais pas d'où. Moi, je suis d'origine italienne. Il y a pas un Français en tête de ligne. Et c'est bien, ça permet le mélange.

Qu'est-ce qu'il y a de bien dans le mélange ?
Écoute, quand tu vois une photo de la famille d'Angleterre, tu as pas envie d'en être. On se dit, merde, putain, vivement que les Arabes viennent baiser leurs femmes et que ça se renouvelle.

Mais justement, les gens, ils n'aiment pas que les Arabes viennent baiser leurs femmes.
C'est qu'il y a confusion dans leur tête. Comme pour baiser il faut pénétrer et que c'est comme ça que se fait la reproduction, les gens croient qu'ils vont eux-mêmes avoir un enfant arabe.

Vous, vous aimeriez que votre fille épouse un Arabe ?
Moi, de toute façon, si j'avais une fille, je lui dirais de s'occuper de sa vie toute seule. Je voudrais pas m'en mêler.

Le Pen, aujourd'hui, c'est pas le roi des beaufs ?
Non. Ça serait pas gentil pour les beaufs de dire ça.

226

Les beaufs, c'est quand même plus gentil, plus populaire. Le beauf de Le Pen, il est prêt à taper. Tandis que le beauf français, il ferait pas de mal à une mouche, il est râleur contre tout, il a une casquette avec écrit Ricard dessus et il va en vacances dans sa caravane. Tous les caravaniers sont pas des beaufs. Beauf, c'est un état d'esprit. C'est comme vieux et jeune, il y a des mecs qui sont jeunes à tout âge et d'autres qui sont vieux très jeunes. Beauf, c'est pareil, il y a des patrons, il y a des ouvriers. Le beauf, c'est le mec qui reproche au gouvernement le mauvais temps en été, alors que c'est vraiment la faute à personne, à mon avis.

Il y a des beaufs de gauche ?
Bien sûr, il y a des communistes d'abord. Les gens qui ont voté pour Le Pen, c'est d'anciens communistes ou d'anciens RPR. Moi, depuis longtemps, je savais que le PC et le RPR étaient des réservoirs à vieux cons. C'est aussi vieux que les cathos, ces partis. Et puis, il y a ceux qui vont pas du tout voter. Et ça, ça leur pend au nez gros comme la maison. Aujourd'hui que la gauche est au pouvoir et qu'on voit ce qu'elle en fait, tous les espoirs qu'on pouvait avoir qu'un jour on serait gouverné de manière différente, c'est fichu.

Qu'est-ce qu'elle a montré, la gauche ?
Elle a montré qu'elle gouvernait aussi sévèrement que la droite. Elle fait respecter les lois de la même manière. Les flics, c'est toujours les mêmes. Les impôts, même chose ; chômeurs, même chose ; gestion de l'économie, même chose. Alors bon, ils sont plus intelligents et ils s'en mettent moins dans les poches que ceux

d'avant. C'est pas mal. Mais à part ça, c'est la même chose.

Qu'est-ce qu'on attendait de la gauche ?

On attendait tout. On attendait qu'il n'y ait plus d'embouteillages, qu'il y ait de la place pour se garer, qu'il y ait du travail pour tout le monde et qu'on soit heureux dans son boulot. On attendait qu'on ne tabasse plus dans les commissariats. Puis on s'est rendu compte que c'était pas ça.

Mitterrand a eu raison, à votre avis, de lancer son idée de référendum ?

Non. C'est la droite qui a voulu un référendum. Et puis, finalement, elle l'aura pas. Ces cons-là, ils ont joué au flipper, ils l'ont secoué, ils se sont mis à plusieurs pour le secouer et maintenant il a fait tilt. Ils l'ont dans le cul. Ils perdent la face. Et Chirac, qui a pas mal de chances de devenir président et qui aurait intérêt à faire moins de conneries s'il veut l'être de son vivant, il se met à demander la dissolution, alors qu'y a pas un Français au fond de sa province qui croit que c'est possible.

Est-ce que Mitterrand aurait agi anticonstitutionnellement s'il s'était passé d'une réforme de la constitution ?

Je ne suis pas grand spécialiste de la constitution mais je crois que le référendum sur l'école, c'était pas le plus urgent. C'est la droite, aidée par les curés, qui a fait croire que c'était important. Pour l'instant, l'école, elle est privée de tout, qu'elle soit publique ou privée. Cela dit, la constitution, elle a plus besoin de révision que de quoi que ce soit d'autre.

228

Vous aviez cherché à être président en 1981, vous avez eu aux sondages jusqu'à 10 %.

Plus que ça. Je suis arrivé à 16 %, mais je n'ai jamais voulu être président ni faire de la politique. Moi j'ai envie d'être acteur, j'ai pas envie de me faire chier. Je voulais pas être candidat. Je voulais emmerder ces gens-là autant que je pouvais.

Vous étiez à la une de tous les journaux à ce moment-là. Pour votre célébrité, c'était bon ?

Les gens les plus célèbres sont les speakerines de la télévision. Ça sert à rien, la célébrité. Ce qui compte, c'est la popularité.

Qu'est-ce que vous auriez fait contre le racisme, si vous aviez été président ?

J'y ai pas pensé, mais on peut faire des choses. On peut faire comprendre aux gens qu'ils sont pas beaucoup moins étrangers que les Arabes.

Vous, vous êtes de deuxième génération ?

Je suis né par hasard en France. Parce que mon père, qui était un lâche, et j'en suis fier, fuyait la guerre. Moi, s'il y avait une guerre, si je pouvais, je ferais la même chose.

Pour vous, pas de problème, vous avez une maison à la Guadeloupe.

Oui, mais elle a reçu la visite d'une bombe. C'est après que Berthelot, l'architecte, est mort en sautant avec sa bombe. À la Guadeloupe, il y a pas beaucoup de monde, ils se sont attaqués à la célébrité de l'île pour se faire de la publicité. Je m'en fous. C'est des gens qui cherchent à s'exprimer. *A priori*, s'ils font pas de morts, je suis pas contre eux.

Ce serait mieux si la Guadeloupe était indépendante ?
Ce serait une chance pour eux. Ils pourraient faire ce qu'ils veulent. C'est des gens qui ont rien à voir avec les Français, c'est des Blacks. Et puis, les Blancs, ils tiennent tout là-bas, il faut voir. Les békés tiennent le haut et les Blacks, ils bossent autour. Alors, comme déjà c'est pas des violents pour le boulot, et ça je les comprends, avec le temps qu'il fait là-bas…

Le béké, c'est un beauf ?
Oh oui. Mais il y en a aussi chez les Blacks, des beaufs, il y en a aussi chez les Arabes. Il faut pas se gourer. Ce serait raciste de penser que les étrangers n'ont pas le droit d'être cons.

L'attentat contre votre villa, c'est pas un peu raciste ?
Non, c'est comme personnalité qu'on m'a attaqué.

Vous auriez été un chanteur noir, vous auriez reçu une bombe ?
Ah oui, probablement, peut-être.

On a tous un petit beauf dans son cœur ?
Un petit ou un gros, ça dépend des gens.

« Coluche jette le masque ! »
Télé 7 Jours, novembre 1984,
Martine de Rabaudy

Il parle de sa famille, de ses amis, de ses passions et prouve qu'il n'est pas seulement un comique.

Vous avez enchaîné trois films et vous partez tourner un nouveau Dino Risi. Finies les grandes vacances aux Antilles ?

Non. Je travaille six mois et je suis en vacances six mois. Pas seulement aux Antilles. Je vais partout aux Tropiques. Cette année, j'ai coulé deux bateaux dans les Caraïbes. J'ai vécu la vie d'un grand aventurier. On a même été arrêtés à Curaçao pour trafic de drogue... Évidemment, c'était faux, alors on nous a relâchés.

Et Paris ?

J'y suis peu. Je viens d'y passer deux mois. Ça ne m'était pas arrivé depuis trois ans. À Paris, le soir, j'organise des fêtes chez moi. C'est mieux que d'aller dans les boîtes. J'adore avoir beaucoup de gens à la maison. On fait de la musique, je joue de huit instruments... mais mal. Je finirai chanteur. J'ai un projet avec une bande de mecs ringards, pour quand je serai vieux. À

231

60 ans, on créera un orchestre de rock qu'on appellera d'ailleurs « Les Ringards ». (…)

Cette année, vous avez remporté un triomphe dans un rôle dramatique avec Tchao Pantin *et un énorme bide dans un rôle comique avec* Dagobert. *Coluche change-t-il d'emploi ?*

Tchao Pantin, c'est mon premier rôle. Les autres n'étaient pas écrits ou alors… avec le pied ! Mais je ne demandais pas ça aux metteurs en scène puisque les gens se marraient dans les salles. Avec *Dagobert*, il y a eu un tripotage du scénario original, refait par les Italiens pour que Tognazzi soit la vedette. Ça a tout foutu par terre. Je n'en veux pas à Dino Risi puisque j'ai accepté d'être la vedette de son prochain film. Un Risi chasse l'autre…

Avec quel partenaire ?

Avec Bernard Blier, et j'adore ça. Autant son fils Bertrand m'a emmerdé quand j'ai fait *La Femme de mon pote*, autant, avec le père, je suis sûr de me marrer. Et puis, il y a le talent qui suit, et pas en pointillé, pas une fois sur deux.

On dit que vous ne lisez jamais les scénarios ?

Je les lis pas, mais je les fais lire par beaucoup de gens et, quand ils sont tous persuadés qu'il y a un truc qui ne va pas, je vais trouver le metteur en scène, qui, lui, est persuadé que je l'ai lu, et je lui fais changer ce qui cloche.

Est-ce par paresse ?

Non, mais si je lis l'histoire, je découvre ce qui doit

m'arriver et, quand je joue la scène, je vais essayer de faire un effet comique, alors que si je ne sais rien, je suis surpris, et c'est plus naturel.

Qu'est-ce qui vous amuse dans le métier d'acteur ?
De changer de tête. Dans *La Vengeance du serpent à plumes*, on m'a dit : « C'est Tintin au Mexique », alors je me suis teint en blond. C'est une idée de mon coiffeur. Le personnage de *Tchao Pantin*, c'est le maquilleur et le coiffeur qui l'ont d'abord fabriqué. J'engage les meilleurs ; ceux qui travaillent avec Polanski. Y a des vedettes qui emploient les meilleurs mais pas pour s'en servir. Les acteurs français veulent pas changer de tête. Si vous dites à une vedette : « On va changer ta coiffure », oh là là ! C'est la panique ! Il se dit : « Et alors, comment saura-t-on que c'est moi ? » Moi, c'est le contraire. Je viens de tourner cinq jours dans un Zidi et cinq jours dans le Balasko. Ça, c'est le problème : comment changer de tête pour cinq jours ? (…)

Si vous partez tourner en Égypte deux mois avec Risi, quand verrez-vous Le Serpent à plumes *?*
Je vois jamais mes films. (Il réfléchit.) J'en ai vu un et j'ai été vraiment déçu. Comme spectateur, j'aime pas le cinéma. Quand j'étais jeune, j'allais au cinéma uniquement pour embrasser les filles dans le noir…

Verrez-vous un jour un film de Coluche pour Coluche ?
Je serai bien obligé d'y arriver. Parce que sinon je vais vite tourner en rond, à part Zidi, Oury… Si on en trouve d'autres, on est « balèze ». Y a même des mauvaises langues qui disent que les Américains ont le

choix entre les bons et les mauvais et que nous, on a le choix entre les mauvais et les médiocres… Moi, je crois pas ça. On en a de bons… Par exemple, je travaillerais bien avec Francis Veber, Dabadie ou Pierre Richard. En tout cas, des films de Coluche pour Coluche, vous en aurez. Je vais pas me gêner. D'abord, parce que j'ai envie de travailler plus. Mais si je fais quatre films par an comme acteur, je m'y perdrai moi-même. Alors je préfère tourner deux films par an, mais de A à Z.

Et si on parlait de la télé ?

Je la regarde parce que cela me renseigne sur ce que savent les gens. 80 % de la culture de 80 % du public viennent de la télé.

Vous participez à peu d'émissions ?

Je suis allé au « Grand Échiquier » avec Oury. Chancel m'a tanné pendant vingt-quatre heures pour que je vienne et, en trois heures d'émission, il m'a tendu deux fois le micro tellement il a la trouille que je dise une connerie. Alors j'aime autant qu'il se démerde. D'une certaine façon, ça me met à l'abri. Polac, j'ai pas regretté, on prévoit d'en faire une autre. J'ai fait « 7/7 », mais là, c'est eux qui l'ont regretté. Sabatier, je ferai jamais une émission avec lui. Son machin « Atout cœur », « Porte-bonheur », si t'as un malheur, je t'offre un tracteur, je trouve ça nul et obscène… Drucker (l'ancien Sabatier), j'y vais bien sûr… J'avais demandé au PDG de FR3 d'ouvrir l'antenne toute la nuit du samedi. Réponse : non. Je suis allé voir André Rousselct à Canal Plus, même réponse. Je voulais qu'on me donne l'antenne de minuit à six heures du matin, toutes les nuits. Moi je serais le producteur et le réalisateur de deux émissions par semaine, le vendredi et le samedi, une émission de variétés que je présenterais et, le reste de la semaine, je passerais des films et des émissions qui sont interdites à la télé officielle. Tout ce qui nous manque. C'est ça que j'ai expliqué à Rousselet, il m'a dit : « Très bonne idée, monsieur, ne le faites pas !... » Mais le jour où la télé sera privée, ils auront intérêt à m'avoir, alors que pour le moment ils ont intérêt à me rejeter... Pour le moment, je suis en rapport avec Bernard Tapie.

Ne vouliez-vous pas créer un journal ?

Oui, après les élections de 1981, j'avais l'idée de créer un journal. Un journal pas tiraillé par un parti politique. Le titre, c'était « Stupéfiant, journal navrant » ! Mais j'aurais dû y consacrer tout mon temps et je voulais vraiment faire l'acteur.

Vous avez 40 ans, l'âge est-il un problème pour un comédien ?

C'est un problème pour tout le monde. Ceux qui n'ont pas le problème, ils n'ont qu'à attendre, ils l'auront. Moi, je voudrais être un vieux qui préfère les jeunes aux vieux.

Quel est votre principal défaut ?

Je suis bavard. Mais d'un défaut, j'ai fait un métier.

« Tchao Tintin »
France-Soir Magazine, le 24 novembre 1984,
Geneviève Schurer

L'AMÉRIQUE

J'aimerais bien faire une carrière américaine. Parce qu'il y a deux choses avec lesquelles il ne faut pas plaisanter dans la vie, c'est l'argent et les dollars. (…)

JEAN-LUC GODARD

Je suis comme tout le monde. J'aimerais bien faire un film avec Godard pour dire que j'ai fait un film avec Godard.

Une fois, il m'a proposé un truc. Le contrat tenait dans une page et disait : « Nous allons faire un scénario qui s'appellera cinéma ou un cinéma qui s'appellera scénario. » Alors moi, j'ai dit non. Quand même !

SPIELBERG

Les films de Spielberg sont très bien, merci. Je suis très content de les avoir faits. C'était moi, E.T.

De plus en plus, que ce soit à la télé, à la radio ou dans la presse écrite, les journalistes ont tendance à manger chez *France-Dimanche*. Ils ne sont intéressés que par les affaires personnelles, les conflits qu'on est supposé avoir entre artistes, et les polémiques qu'ils pourraient créer à partir de rien.

Franchement, si j'avais dû faire journaliste, comme métier, je ne l'aurais pas fait. Ou je l'aurais fait autrement. Il y a tout à changer, là-dedans.

LES JOURNALISTES DE LA TÉLÉ

La plupart des journalistes de la télé, c'est des poudrés. Avant d'avoir un stylo, ils ont un peigne. Et ils sont vachement carriéristes : essayer de se faire remarquer sans faire de vagues, ça demande de sacrés talents d'équilibriste.

LE JOURNAL TÉLÉVISÉ

Les hommes politiques viennent à la télé pour faire passer leur message. Et ils y arrivent, même quand les journalistes croient leur poser des questions vaches.

Si je présentais le journal télévisé, il n'y aurait pas un invité qui s'en irait sans avoir dit la vérité.

LA VIDÉO

Je vais très rarement au cinéma, mais je vois des tas de films en cassettes vidéo. J'en loue sept tous les lundis. Qu'est-ce que je choisis ? Deux films pour enfants, parce que j'ai deux enfants. Deux films d'action. Deux

237

films qui font peur. Et un porno. Enfin, quoi, comme tout le monde. (…)

LES ORDINATEURS

Les écrans avec des points qui clignotent ? Ça reste des gadgets. Ça ne changera que quand on pourra s'en servir pour communiquer d'une maison à une autre, ou pour voter, pourquoi pas ? En tout cas, l'informatique ne me fait pas peur. On parle de dangers pour la Liberté. Il vaut mieux s'intéresser aux libertés dans le détail qu'à la Liberté avec un grand L. Ça n'existe pas, la Liberté. C'est une idée qu'on a quand on est petit. Les grands thèmes, l'Amour, la Liberté, la Coiffure, je m'en méfie. (…)

LE COLUCHE CAUSTIQUE :

L'assassin des petites vieilles du 18e, ça arrangerait tout le monde qu'il soit jeune, noir et drogué. Parce que les jeunes, c'est tous des cons, les Noirs aussi, et les drogués, encore plus… [Selon, en tout cas, les mauvais sentiments qu'il attribue à ses contemporains.] (…)

LE COLUCHE AU CŒUR ET QUI NE VEUT SURTOUT PAS QUE ÇA SE VOIT, MAIS QUI NE PEUT S'EMPÊCHER D'ÊTRE RÉVOLTÉ PAR LA MISÈRE DANS LES GRANDES VILLES :

Ça, c'est vraiment dégueulasse ! Je sais ce que c'est. Je suis un ancien pauvre. C'est comme au Caire. Une misère pareille, c'est pas croyable. Là-bas, on dirait qu'une bombe est tombée et que personne n'a rien dit. Ils sont soixante millions coincés entre le désert et le Nil, une horreur. Je me suis informé pendant que je tournais *Le Fou du roi* de Dino Risi en Égypte, j'ai beaucoup discuté avec les figurants. Normal, y a que les Arabes que je comprends quand on me parle anglais !...

LE COLUCHE INSOUCIANT AUSSI, QUI AVOUE EN RIGO-LANT :

J'ai bouffé tout ce que j'ai gagné et je suis très content comme ça !

ET QUI NE VEUT, POUR L'INSTANT, N'AVOIR QUE DES PRO-JETS DE VACANCES :

Loin, au soleil, mais surtout plus en Guadeloupe ! Y avait tellement de potes, là-bas, que le soir je n'y retrouvais plus mon lit ! Alors, maintenant, bateau. Je file sur Hong-Kong ou Macao avec seulement ma canne à pêche. Et à moi le calme...

« C'est déjà bien qu'en France
on n'assassine pas les comiques »
Le Matin, 28 novembre 1984,
Marylène Dagonat et Marie-Élisabeth Rouchy

Après l'échec du Roi Dagobert, *il revient dans* Le Serpent à plumes, *superproduction comique de Gérard Oury, et la critique qui l'attend au tournant, il réaffirme son attachement au cinéma populaire.*

Coluche dans Le Serpent à plumes, *c'est presque* Tintin au Mexique : *vous avez beaucoup emprunté au personnage d'Hergé…*

Ouais. Surtout la coiffure. Pour qu'on me reconnaisse plus facilement à côté du singe…

Vous à côté d'un singe, c'est votre Milou du film ?

Le singe intervient vraiment tard. En fait, c'est un film d'aventures et un film comique. Il est divisé en deux parties : une première très disloquée qui se passe à Paris et une seconde qui se passe au Mexique. Dans la première, je tombe amoureux d'une fille (Maruschka Detmers). Et comme elle s'en va au Mexique pour faire sauter le chef d'État, je la suis. Et alors là, il y a plein de

240

poursuites… J'ai vu tout ce que le cascadeur a fait à ma place. Je suis scié de voir ce dont je suis capable. (…)

Il y a des rôles précis que vous aimeriez jouer ?
Bof ! Monsieur Muscle peut-être, mais là, il faudrait vraiment trouver un maquilleur extra…

Des rôles que vous avez préférés ?
Ouais. Ceux dans lesquels j'ai été payé le plus.

Quels sont vos critères pour choisir un film ?
Le fric et le pays où il se tourne. Je préfère qu'il se passe au soleil. Y a un truc qu'il faut savoir, c'est que moi, les films, je les fais, mais je ne les vois pas. Donc ça m'intéresse plus de savoir où ils se déroulent que comment ils seront à l'arrivée.

Et lorsqu'ils se soldent par des échecs comme pour Le Roi Dagobert *de Dino Risi ?*
Personne n'est invulnérable. Ça ne me dérange pas de faire des bides. C'est même plutôt sympathique. À la longue, le succès, c'est inhumain. Ça n'empêche pas que j'aime le film. Je crois que c'est un des meilleurs que j'aie fait avec *Tchao Pantin.*

Alors comment expliquez-vous que le public l'ait boudé ?
L'histoire de Dagobert était géniale. Elle est encore valable aujourd'hui. C'est la même que celle de Kennedy ou d'Indira Gandhi, l'histoire d'un type qui allait contre son temps, contre l'Église, qui souhaitait agir. Il y a eu un problème. Au dernier moment, Risi a dû transformer son scénario pour faire un rôle à Tognazzi, et ça

241

a foutu tout en l'air parce qu'on ne comprenait plus rien. Et puis c'était un film de commande. Pas comme le prochain qu'on va tourner ensemble et qui, lui, lui tient à cœur.

Une autre comédie ?

Tout le contraire. C'est une histoire qui se déroule pendant la guerre en 1942, au moment où les Anglais étaient en Libye. Ça s'appelle *Le Fou de guerre*.

Vous avez d'autres projets de film ?

Oui, deux longs métrages avec Claude Berri, d'après Pagnol. En 1956, Pagnol avait fait un film qui s'appelait *Manon des sources* qui avait moyennement marché. Et après avoir fait le film, il a écrit les deux romans correspondants, *Jean de Florette* et *Manon des sources*, réunis sous le titre *L'Eau des collines*. Et puis, il est mort. Alors Berri voudrait les faire. Et moi je trouve que c'est une bonne idée.

Qui d'autre jouerait dans le film ?

Montand et un autre acteur connu. Montand, il m'a donné la réplique quand je faisais les essais. C'était sympa. Il fallait que je trouve l'accent. De toute façon, ceux qui sont du Midi se foutront de ma gueule.

À propos de Claude Berri, que pensez-vous du fait que Tchao Pantin *ait été sélectionné pour les oscars ?*

Je trouve ça salaud pour les autres, mais c'est chouette pour lui. Il le mérite. Mais faut faire gaffe : à moins qu'il s'agisse d'une coproduction américaine ou que le film soit distribué normalement, y a peu d'espoir qu'un film fasse carrière là-bas.

242

Vous, Coluche, vous aimeriez faire carrière aux États-Unis ?

Ben évidemment... Si vous trouvez un acteur français qui n'en ait pas envie, franchement, vous pouvez le traiter de menteur de ma part. Parce que quand vous allez là-bas, vous vous apercevez qu'être une vedette française, c'est bien, mais qu'être vedette aux États-Unis, c'est mieux. Parce que, question fric, le mec qui n'est pas américain mais qui a quand même le talent pour devenir vedette, il est dans la merde s'il est né en Pologne.

Cachet mis à part, vous aimez le cinéma américain ?

Vous avez déjà vu des films américains qui ne marchent pas ? Il y en a moins que de films français en France. Chez nous, c'est habituel de penser qu'il est normal qu'il y ait une demi-heure de chiant dans un film. C'est une mauvaise idée.

Ils vous ont déjà fait des propositions ?

Rien. Personne ne me connaît sauf pour avoir été candidat à la présidence. Dommage.

Revenons à Tchao Pantin *: à l'époque, on avait beaucoup parlé d'un tournant dans votre carrière. Et puis, on est bien obligé d'admettre aujourd'hui que vous équilibrez parfaitement les rôles comiques et les autres.*

Bien sûr. C'est toujours pareil. Les gens qui discutent sont des personnages âgés ; alors ils essaient de vous tirer un peu vers la mort. Si vous pouvez rentrer dans leur jeu, ne faire que des films de qualité, alors là ils sont contents. Ils ont pas de bol parce que, et d'un, j'aime pas

243

les vieux, et de deux, j'aime bien les films comiques. C'est fait pour distraire et j'adore le principe. Je suis prêt à jouer n'importe quel imbécile qui tombe dans n'importe quelle merde, habillé n'importe comment pour peu que l'histoire ait un sens et qu'il s'agisse de faire rire. On en revient toujours au roi Dagobert. C'est à cette époque qu'on a commencé à se poser la question de savoir si les gens devaient rire ou pleurer...

C'est important pour vous ?

Très. On dit toujours que le rire, c'est mal, parce que si on rit de quelque chose de bien, on s'en moque, et si on rit de quelque chose de mal, alors on le favorise, on l'aide. Dans tous les cas de figure, on est mal. Question : pourquoi les hommes politiques sont tous chiants ? Parce que le rire, c'est mal. Idem pour le cinéma : on préfère ce qui est bien et qui ne marche pas à ce qui est mal et qui marche. Enfin, c'est déjà bien qu'en France on n'assassine pas les comiques !

Et la télévision pour vous, c'est comme les vieux ?

Non, c'est formidable. On s'adresse à tout le public d'un coup. Et on peut apprendre pas mal de choses. Mais la première fois qu'on y entendra dire la vérité sur les gens, sur la politique, ça va vraiment faire tout drôle. Mais pour ça, faudra faire des efforts. Et puis Chirac, il est quand même beaucoup plus rigolo dans le « Collaro show » qu'ailleurs.

Il y a Chirac, il y a aussi les autres. Que pensez-vous de la montée de Le Pen aux élections européennes ?

Personne n'en a rien à foutre de ces élections ! Ça fait huit ans que le Parlement existe et on n'a pas encore vu le moindre pet d'amélioration du commencement au début. Et puis, c'est normal que la gauche au pouvoir fasse aujourd'hui les beaux jours de l'extrême-droite, puisque avant c'était le contraire.

On a tout de même parlé il y a quelque temps de rétablir la peine de mort...

À cause des vieilles du 18e. Faut bien remplir les journaux. Moi, ce que je propose, c'est que les vieilles fassent hyper gaffe. Que Line Renaud et Dalida ne sortent plus de chez elles. Parce que la peine de mort, personne ne la rétablira. On ne va pas faire marche arrière. Les hommes politiques ont tous un truc en commun : ils veulent rentrer dans l'Histoire. Et pour ça, pas question de faire des conneries.

Comment voyez-vous l'avenir politique ?

L'autre jour, Yvon Gattaz, le patron des patrons, a dit un truc qui a dû lui échapper. Il a dit : «Avec les socialistes, on s'est aperçu qu'on pouvait gérer la France.» Personne n'a relevé. Il a dû se faire taper dessus. Mais c'est quand même beau, et surtout, c'est vrai. Ça, c'est pour le présent. Pour l'avenir, à mon avis, Mitterrand reste le meilleur candidat pour la prochaine fois.

Et à droite ?

À droite, je vois cinq candidats : Giscard, Barre, Chirac, Simone Veil et Chaban-Delmas. Le temps que ces cinq-là s'accordent pour qu'il n'y en ait qu'un... Vous voyez ce que je veux dire...

En dehors de la politique, du cinéma, que faites-vous de vos journées ?

Rien de spécial. Je vis, je sors dans la rue, je fais des courses. Je reçois des copains.

Et les femmes ?
Ben quoi, les femmes ?

Vos rapports avec les femmes ?
Je pense que ça va continuer.

Vous trouvez que les choses ont changé pour elles ?
C'est pas que je trouve, c'est que je le vois. Mais moi, ça ne me touche que de loin. J'ai jamais vécu comme les couples traditionnels avant la libération de la femme. J'ai jamais aimé avoir des rapports de ce type-là avec les femmes, inculquer mes idées... Pour moi, une femme qui prend sa tête en compte, c'est bien.

Ça ne se passe pas toujours ?
Non parce que finalement les mœurs vont beaucoup moins vite que les lois. Et puis en plus, ça va peut-être à contre-courant. On est en train d'essayer de revenir en arrière, vers le romantisme, la famille...

Ça vous inquiète ?
Non, c'est la vie. Ça va, ça vient.

Vous avez des enfants ?
Deux garçons, de 8 et 12 ans.

Qu'est-ce que vous avez le plus envie de leur dire ?
Qu'ils se démerdent.

« Les vérités d'un menteur »
Télé Poche, du 11 au 17 mai 1985,
Michel Saguet

LA POLITIQUE : C'est le plus beau mensonge – les hommes politiques sont d'ailleurs des menteurs professionnels. Elle consiste, pour un gouvernement, à faire croire que l'on ne peut pas faire mieux ni autrement et que ce que l'on fait est très bien comme ça.

L'INFORMATION : Elle est truquée dans tous les médias par le choix et la place que l'on accorde aux informations, sans parler du sang à la une en priorité. À la télé, on veut donner l'impression que les infos présentées sont les plus importantes du monde. Et comme on parle beaucoup de la France, donc la France est importante. C'est faux. Ockrent l'a démontré : ou tu dis ce qu'on te dit de dire, ou tu démissionnes.

LA CENSURE : C'est scandaleux. Le Luron a été interdit de télé. Moi aussi. Lui est plutôt de droite et moi plutôt de gauche et pourtant ce que l'on fait, c'est simplement faire rire. À force de classifier les gens (on ne dit pas : « il est français » mais « il est communiste »), les partis politiques ont une fâcheuse tendance à oublier que tout le monde est français, de droite ou de gauche, même les Arabes qui vivent en France. De quel droit nous empêcherait-on de nous marrer ?

LES SYNDICATS : Ils devraient disparaître. Ils emmerdent la gauche. Je ne comprends pas pourquoi ils sont contre alors qu'ils ont lutté pour qu'elle arrive au pouvoir. Quelqu'un qui lutte pour un minimum lutte mal. Si un ouvrier est meilleur qu'un autre, il vaut plus.

LA POLICE : Avec la justice, c'est ce qu'il y a de pire. L'année prochaine, je ferai un film sur ce sujet : « Attention police. » Les gens les plus dangereux du monde sont ceux qui possèdent des armes. Ce sont eux qui commettent les plus terribles abus de pouvoir. La police, c'est un service de répression pour les Finances. Ça fonctionne ainsi : les ordres d'en haut, la dénonciation en bas et au milieu des mecs qui ne branlent rien.

LE RACISME : On nous fait croire que nous n'aimons pas les Arabes et les Noirs. Il n'est pas prouvé que les Arabes et les Noirs s'aiment entre eux ou nous aiment. En racisme, le plus souvent, il n'y a pas de mauvais sentiments mais un mauvais voisinage. Un enfant, c'est fait avec le sexe. Entre blanc et noir, si l'enfant sortait plus blanc, il n'y aurait plus de problème. Seulement le noir est la couleur la plus forte. (…)

Qui est le vrai Coluche ?
Je suis la véritable image de Coluche tel qu'on l'achète. Coluche, c'est ma raison sociale. Pour se faire connaître, on peut exploiter soit ses qualités, soit ses défauts. Moi j'exploite mes défauts. Tous les jours, je

donne à bouffer à une quinzaine de chats. Je ne me fais pas passer pour autant pour un ami des chats. Il y a une différence entre le travail et la vie.

Le cynisme est donc votre qualité première ?
Non, c'est le bavardage. J'ai l'esprit ramassé. En langage scientifique, on appelle cela la macroscopie. On me dit un petit truc et immédiatement je vois l'ensemble du problème.

Pas étonnant, dans ces conditions, que l'on remette bientôt la médaille des Arts et Lettres à un si brillant sujet. Même si ça le fait marrer : « Tu parles, j'ai même pas mon certificat d'études ! » Et puis, il n'est pas cynique et il le confirme : « Tu sais, s'il y a une raison à l'interview, elle est simple, je n'en accorde que quand j'en ai besoin », dit-il en nous quittant.
L'ami des chats n'a pas pu s'empêcher de griffer. Peut-être pour ne pas dévaluer son image ou peut-être, plus simplement, pour nous en donner pour notre argent.

« Le défi de Coluche »
VSD, du 15 au 20 mai 1985, Michel Spengler

Une petite maison coincée entre deux immeubles face au parc Montsouris. Sur la porte, une affichette : « Association contre la police. » Dans la cour, une dizaine de motos. Sur le perron, debout, « il » est en tenue de boxeur : short, peignoir et gants. Rouges. Je suis chez Coluche. Tutoiement d'emblée. « Ma tenue ? Tu comprends, c'est pour la photo de VSD. "Le Jeu de la vérité" c'est un peu comme un match contre les téléspectateurs. Surtout ceux qui m'aiment pas et qui vont essayer de me coincer. Mais ils peuvent venir, je ne redoute aucune question. »

Ce défi, c'est tout Coluche et nul doute qu'avec la forme qu'il tient actuellement « il va y avoir du sport », vendredi, sur le plateau de TF1. Si Patrick Sabatier rêve de records d'écoute, il risque d'être servi. Mais, même en une heure vingt d'émission, on ne peut aborder tous les sujets, alors, avant « Le Jeu de la vérité », nous avons demandé à Coluche de dire ses « quatre vérités ». En toute liberté.

La dérision lucide était bien sûr au rendez-vous, mais à certains moments la carapace a craqué. Cherchez son talon d'Achille, cherchez son jardin secret, peut-être trouverez-vous la question qui l'embarrassera vendredi soir. Une indication : quand je lui ai demandé ce qu'il pensait de l'amour, il m'a simplement répondu : « C'est indispensable. Il n'est pas question de s'en passer. C'est comme la passion. C'est comme l'excès. Je crois que si j'étais normal, je n'intéresserais personne. »

LE CHÔMAGE

• En France comme dans le monde, il y a des courageux et des fainéants. Ce n'est pas juste que les courageux soient au chômage, puisque apparemment les chômeurs réclament du boulot, alors qu'à chaque fois que l'on arrive dans une administration ou un commissariat, tu vois un fainéant qui bosse. On pourrait peut-être les changer. Mettons les fainéants au chômage et faisons bosser les chômeurs qui sont courageux. On gagnerait en productivité.

• Les gens sont fainéants quand ils sont au boulot mais dès qu'ils sont au chômage, ils ont envie de travailler.

• Le chômage, pour que cela ne coûte plus d'argent à la France, il faut arrêter de le payer. Et pour que le chômage soit résolu, il faut autoriser les chômeurs à travailler au noir, non déclarés. Les Italiens sont les premiers producteurs de chaussures et il n'y a pas un seul fabricant de chaussures déclaré.

LA TÉLÉVISION

• Les comiques devraient faire plus de télévision. C'est un moyen gratuit pour toucher des millions de spectateurs. Moi, j'irais bien plus souvent, mais j'ai peur que ce soit Sacha Distel qui me raccompagne.

• On ne peut pas dire que la télévision soit un vrai service public. Par exemple, elle oublie les insomniaques. Pour moi, gouverner, c'est gouverner en tenant compte de tout le monde. C'est comme le téléphone. J'ai parlé avec le président des bègues de France. Il m'a dit : « C'est pas no-normal qu'on-qu'on paye aussi cher que-que les autres. » C'est vrai, non ? (…)

LA POLICE

• J'ai mis une affichette sur ma porte : « Association contre la police. » En quelques jours, j'ai reçu quarante lettres qui provenaient de ma rue. Il y a quarante numéros. Demandez à vos lecteurs de m'écrire à *VSD*, vous verrez le courrier que vous allez recevoir.

• Enlevez les revolvers aux policiers et faites de chaque commissariat un service public où l'on peut avoir un renseignement sans se faire casser la gueule. En Angleterre, pour ça, c'est génial.

• Il y a notoirement pas assez de place dans les villes pour garer toutes les bagnoles qu'on nous vend et pourtant on nous aligne quand on se gare.

• Il ne faut pas oublier que la majorité des flics ont été engagés pour leurs qualités d'extrême-droite quand le gouvernement était de droite.

LES POLITICIENS

• Ils sont trop nombreux. Donc moins représentatifs.

• Ils n'ont pas le droit à l'humour. Ils ne peuvent pas prendre en rigolant quelque chose qui les concerne personnellement, c'est-à-dire leur programme. Aucun ne peut déclarer : « Je vous dis ça mais, si ça se trouve, on ne le fera pas. »

• Ils commencent toujours par croire ce qu'ils disent

et finissent toujours par avoir des doutes. C'est comme la religion : le mec qui rentre dans les Ordres quand il est jeune, il a plus de chances de croire en Dieu que celui qui en sort pape.

• J'aime bien Mitterrand, c'est vrai mais, à mon avis, Jacques Chirac sera un jour ou l'autre président de la République et je l'aimerai bien. Je suis légitimiste. Je dirai qu'il est bien, ce mec-là, même si je pense qu'il faut le faire descendre de sa chaise. Ce sera le président de la République et moi, je suis français.

• Quand les hommes politiques rencontrent des journalistes, c'est parce qu'ils veulent dire quelque chose. Même si tu leur parles d'autre chose, ils diront toujours ce qu'ils ont à dire. Tu leur poses deux questions et ils te répondent : « Troisièmement… »

• Le Pen a un problème aujourd'hui : on le prend pour un autre. Tout le monde dit qu'il est fasciste, qu'il est ceci, qu'il est cela. En fait, il n'est rien de tout ça. Il est le représentant d'une tendance qui existe et qu'il n'a pas inventée.

L'ARGENT ET LE SUCCÈS

• Je pensais qu'on ne pouvait s'acheter des trucs nuls que parce qu'on était pauvre. Mais avec du pognon en France c'est pareil, car il y a des tas de choses qui ne sont pas importées. J'aimerais bien avoir une moto japonaise mais ce modèle est réservé au marché américain, donc je ne peux pas l'avoir.

• Si je dis : « Je suis le plus riche de Pologne », qu'est-ce que ça change ? Je fais gaffe que la police ne me donne pas des coups de bâton en me prenant pour un pauvre.

• Il y a un grand principe dans les gouvernements de droite, c'est que les prix qui sont montés ne peuvent jamais redescendre.

• Le succès, c'est comme les chaussures, il faut vendre la pointure. Si tu vends des trop petites, les mecs ont mal aux pieds. Si tu vends des trop grandes, ils ont des ampoules.

• Quand tu es une vedette populaire, les gens ont tendance à croire qu'on est à leur disposition vingt-quatre heures sur vingt-quatre. Même si tu es en train de parler avec quelqu'un, ils t'abordent. Ils n'attendent même pas que tu aies fini ta phrase. Ils s'en foutent.

• L'argent sans le succès. Je suis preneur tout de suite. S'il y a quelqu'un qui veut continuer à me payer pareil pour que je ne travaille plus, je suis partant. Quand je faisais du music-hall, il y avait Devos, Bedos, tout un tas de gens qui essayaient d'en faire autant. Je m'étais dit : « Qu'ils me donnent un peu d'argent chacun et j'arrête tout de suite. »

LE SHOW-BIZ

• J'ai envoyé un télégramme à Sheila pour lui dire : « Tiens bon, on les aura, les jeunes. » J'ai trouvé son spectacle formidable et le public a trouvé que c'était, vingt-deux ans après ses débuts, vingt-deux ans trop tard.

LE CINÉMA

• J'avais envie de refaire un film avec Dino Risi. J'ai fait *Le Fou de guerre* qui est en compétition à Cannes. Le rôle est formidable et j'espère que je vais avoir la palme parce que franchement je ne vois pas qui est plus fort que moi pour le prix d'interprétation. Y a que des mauvais. Au fait qu'est-ce qu'il y a d'autre en compétition ?

LA PUBLICITÉ

• Après ma campagne présidentielle, en 1981, j'ai eu envie de faire un journal. Un canard qui dirait la vérité. Avec des pages roses pour les pédés, des vertes pour les écologistes, noires pour les anarchistes et les rockers, etc. J'avais déposé un titre : « Stupéfiant, journal navrant. »

• Je ne suis pas un défenseur de la musique classique mais quand on voit des publicités avec de la musique classique on se dit : « C'est con qu'ils n'aient mis que ces images-là dessus, parce que ça mériterait mieux. »

LA GUERRE ET LES PACIFISTES

• On est en train de fêter le 40e anniversaire de la fin de la guerre. Et c'est une fête nationale ! Pendant plusieurs jours, la télévision nous a parlé de guerre. C'est de la publicité. On voudrait lancer la guerre, on ne ferait pas mieux. (…)

L'ACTUALITÉ

• Le pape ? Cela me fait toujours rire de voir la colombe de la paix dans une cage blindée.

• La guerre en Iran, c'est une guerre de religion. Mais où est la religion là-dedans ? Que tu sois n'importe qui, tu manges, tu bois, et tu chies sur un trône. L'homme quel qu'il soit n'est jamais assis que sur un cul. Cette guerre, c'est l'intolérance complète. (…)

• Les gens ont dépensé des milliards pour aller dans la Lune, sur les étoiles, mais ce qui a humanisé l'aéronautique, c'est le caca du singe de la navette.

« Coluche, la vérité sans jeu »
Télé Star, 17 mai 1985, Annick Rannou

Coluche au « Jeu de la vérité », cela promet du spectacle. Mais le roi de l'anticonformisme, passé du côté des acteurs, a décidé de ne pas jouer un rôle chez Patrick Sabatier : il dira tout. Il nous donne ici la primeur de quelques-unes de ses prédications. (…)

Comment ment-on à la télévision ?

Chaque jour, il y a mille informations. Au journal télévisé, on en donne que treize. C'est fait de telle sorte qu'on a l'impression que les événements les plus importants ne se déroulent qu'en France. Mais, quelle que soit la manière utilisée, le public sait très bien que tout le monde est menteur. Des sondages ont révélé que 82 % de la population pensent que les hommes politiques ne disent pas la vérité. Imaginez que l'un d'eux obtienne ce pourcentage aux élections, il serait élu haut la main.

Malgré tout, on vote pour eux ?

Personne n'a le choix. Celui qui est de gauche et qui n'est ni communiste ni socialiste va voter pour qui ? Un autre qui se veut à droite, mais qui ne se réclame pas plus de Giscard que de Chirac, de Barre, de Simone Veil, de Chaban-Delmas ou de François Léotard – ils sont nombreux à droite –, connaît le même problème. Volontiers, je serais de droite ou de gauche, s'il en existait un qui ne mente pas. Pour cette raison également, je ne suis pas militant.

Les Français savent bien qu'ils ont affaire à des pharmaciens qui leur filent un médicament. Les hommes politiques et les journalistes nous mettent du plâtre ici et là. Ça tient chaud, mais ça ne guérit pas. (…)

Avez-vous eu des nouvelles de Delon depuis votre intervention lors de la remise des césars ?

J'en ai eu par les journaux. C'est fait pour ça, la presse. Il faut remplir des pages. Quelle que soit l'actualité, ils ont toujours la même épaisseur. C'est curieux.

Votre avis sur Patrick Sabatier et sur « Le Jeu de la vérité » ?

Il m'aurait invité dans « Atout cœur » pour me faire gagner un tracteur, je l'aurais envoyé ch… Tout le monde dit que c'est un con et qu'il travaille pour les imbéciles, alors qu'il s'agit d'émissions grand public. Les snobs (les Parisiens) confondent d'ailleurs émissions populaires et vulgaires. « Le Jeu de la vérité », c'est une bonne émission. Et Sabatier, le meilleur Drucker de la télé.

Que feriez-vous à la tête de la télévision avec les moyens que vous souhaitez ?

On appelle ça un échafaudage d'hypothèses. Qu'on me donne tout ce fric et je les « plante » avec la caisse. Je ne veux pas être directeur de la télé telle qu'on la connaît aujourd'hui. Pas plus que directeur d'une station privée. J'ai déjà eu des propositions. J'ai refusé. Je veux bien faire des émissions. Je ne veux pas commander des gens, je ne tiens pas à connaître des impératifs supérieurs. La télévision fonctionne un peu à la manière de la police. On reçoit des ordres d'en haut et des dénonciations d'en bas. (…)

Votre avis sur Cannes ?

Une poignée de gens décide de la qualité et des défauts du cinéma français et international. C'est un peu le principe du bien et du mal. Je ne suis pas fana des récompenses. Qu'ils se rassurent, s'ils me donnent un prix, je ne les enverrai pas ch… Je veux bien recevoir deux prix d'interprétation.

Vos cachets ?

Je tourne cinq films en deux ans. Chacun me rapporte quatre millions de francs. Quand on devient trop cher, on se transforme en producteur, par obligation. C'est fait. Ma maison de production s'appelle « Le radis rose ». (…)

Et Coluche fou de vitesse ?

N'étant pas licencié international, j'ai demandé une dispense de licence pour tenter un record du monde moto. On a calculé qu'il durerait dix-sept secondes. Donc, je peux les trouver facilement dans mon emploi du temps.

Quel genre de père êtes-vous ?

Vous voulez que je vous fasse un enfant ? Comme ça, vous serez au courant. J'aime bien les enfants, encore que certains méritent des gifles, tout comme les grands, et même les vieux. Mes préférés, ce sont mes mômes.

Comment étiez-vous quand vous étiez petit garçon ?
Gros. Adorable, comme aujourd'hui.

« Le divorce et les gosses qui s'en vont :
il ne peut rien t'arriver de pire »
Paris Match, le 4 juillet 1985 :
ses tendres confidences à Maryse,
sa complice d'Europe 1

*Pendant neuf mois, Coluche a animé sur Europe 1
avec Maryse l'émission quotidienne : « Y en aura pour
tout le monde. » Quelques jours avant la fin de leur collaboration, Maryse était allée l'interviewer longtemps
chez lui. Voici de larges extraits de cet entretien-visite
dans le décor intime de Coluche.*

*Sous la fenêtre, il y a des casques de moto, au moins
sept ou huit. Il y en a un pour chaque moto ?*

Non, un pour chaque usage. Il y en a un qui sert à faire
le rodéo mobile, en voiture ; un autre pour les longs tra-
jets ; d'autres, plus sport, pour la vitesse.

*Qui s'est occupé de décorer ta maison ? Tu aimes
bien acheter des objets ?*

Pas du tout. Tout ce qu'il y a là, c'est des trucs qu'on
m'a donnés et que je ne peux pas jeter pour une raison
ou pour une autre, parce qu'on ne me les a pas offerts

depuis assez longtemps… Au bout d'un moment, je les jette, quand les gens ne viennent plus ! Ou j'en fais cadeau à un autre !

Mais les meubles, quelqu'un s'en est bien occupé ?
Si tu regardes bien, en fait non, car il n'y en a pas deux qui sont censés aller ensemble. De temps en temps, il n'y a plus de chaise ; alors, on en achète six, elles ne ressemblent pas aux autres mais ce n'est pas grave.

Et il y a la piscine en bas, une piscine intérieure que tu as fait construire.
Oui, quand les enfants étaient petits. On voulait leur apprendre à nager et, comme on avait de la place, on a fait une petite piscine. Ça représente peut-être un luxe bizarre, ce n'est pas cher. Il faut juste avoir la place.

Et maintenant, tu ne t'en sers plus ?
On a mis le ping-pong dedans ! On en a eu marre. Au début, tu as la piscine et le machin qui chauffe les peignoirs. Alors, tu sors de l'eau, tu prends le peignoir chaud, c'est un régal, tu t'amuses… Mais, c'est comme tout : les dix premières années, on se marre ; après, on se fait chier.

Tu as aussi un studio d'enregistrement à côté ?
Oui, en ce moment il y a des gens qui travaillent le jour et la nuit.

Tu leur loues ?
Non, je ne suis pas dans le commerce.

Tu n'es jamais tout seul ? Tu n'es pas un solitaire ?
Non. Je me ménage des moments pour être seul. Mais c'est vrai que je ne suis pas un solitaire. Les premières années de notre mariage, on a compté avec ma femme : on a dû dîner seuls, tous les deux à la maison, deux fois dans l'année.

C'est peut-être pour cela qu'à un moment, ça ne tient pas...
Tu sais pourquoi ça ne tient pas ? Parce que c'est difficile pour une femme d'être à côté d'un mec qui fait vraiment une carrière. Il faut s'occuper sans arrêt de lui. C'est pire que les gosses ou les chiens.

Mais tu arrives à voir les enfants ?
Bien sûr, ils habitent en face !

Il y a Marius et Romain ?
Oui, 9 et 13 ans. Ils ne sont pas mariés encore !

Tu suis leurs études ?
J'ai déjà pas suivi les miennes !... Je leur fous une paix royale, déjà !

La photo qui est accrochée là, ce sont tes parents ?
Oui, c'est mes parents.

Monette, on la connaît, tu en parles souvent. Ton papa, tu ne l'as plus ?
Non, je ne l'ai plus depuis que j'suis tout p'tit. Donc, j'ai pas été emmerdé avec lui.

Monette est toujours fleuriste ?

Non, elle est à la retraite, Monette. Il y a longtemps qu'elle ne travaille plus ! Elle rentre chez elle, elle fait son ménage. Tu peux arriver à n'importe quelle heure, elle est à quatre pattes, et fait le ménage.

Tu lui téléphones ?

Oui. Elle habite Montrouge. Je ne suis pas loin, à la porte d'Orléans, et je vais la voir souvent, autant que je peux.

Comment parle-t-elle de ta réussite ?

Ça ne nous pose pas de problème particulier. Pour une maman, tous les enfants sont des vedettes, qu'ils le soient ou qu'ils ne le soient pas.

Tu as quitté l'école à 13 ans et c'est tout de même énorme ce que tu as fait, même si tu ne l'as pas fait exprès ?

Oui, c'est du boulot, c'est sûr. Mais je ne suis pas le seul à avoir fait ça. Il n'y a pratiquement pas de gosses de riches dans notre métier.

Monette aime quoi dans la chanson ?

Alors là, tu as le choix. Dans les années 1950, C'était Dario Moreno qui était quand même le plus « gay », à une époque où le mot n'existait pas. Puisqu'on est dans les vedettes, tu as vu mon bateau ?

C'est ce gros bateau ? Cette espèce de fer à repasser ?

Oui, ce fer à repasser. C'est pas gros, c'est un quinze mètres.

Il y a au moins trois cabines.

On s'en fout. Aux Caraïbes, il fait 30 °C la nuit et le mieux placé, c'est celui qui est dehors. On était entre huit et douze. On partait des fois trois semaines, des fois trois jours.

Filles et garçons ?

Bien sûr, des copains, de la musique, de la pêche. Je mettais une ligne à traîner à l'arrière, comme les Blacks, les autochtones régionaux, et ça marche très très bien. On a bouffé du poisson tout le temps. C'était vachement la mode à l'époque. Cela dit, il n'y a rien de pire que la mode, puisque, évidemment, ça se démode.

La moto rouge, sur cette photo, c'est ta préférée ?

Ah ! oui. C'est une ancienne moto à moi. Et celle-là, c'est celle des records du monde.

Et cette jolie fille brune au-dessus, qui se baigne dans l'eau bleu pâle ?

C'est la femme d'un copain qui est parti à Tahiti. Il a fait comme moi : il a cru que les rêves, c'était fait pour se réaliser.

Il en est revenu ?

Non. Il n'est pas encore revenu, mais ça va pas tarder. C'est ça, le problème des rêves, c'est que c'est fait pour être rêvé. Mais enfin, c'est bien d'essayer, ça fait des vacances, on se marre.

Où en es-tu avec le cinéma ?

Je vais te dire… Quand t'es artiste, si tu ne fais que du music-hall, tu te retrouves « prisonnier » – le mot n'est

265

pas trop fort – d'un producteur, d'un tourneur, d'un directeur de salle, de toute une mafia, sans qui tu ne peux pas faire ce que tu veux et qui te prennent, évidemment, beaucoup de pognon au passage ! Dans le cinéma, figure-toi que c'est pareil ! Tu as un producteur, un distributeur, un imprésario, tu as tout le tintouin… Donc, la seule solution, pour ne pas être vraiment prisonnier de ces gens-là, c'est de pouvoir passer de l'une à l'autre des professions, parce que tu as toujours la possibilité de brandir la menace : « Vous savez, si vous me faites chier… Si vous ne faites pas exactement ce que je veux, je peux toujours me remettre à faire un peu de cinéma ou un peu de music-hall »… Voilà !

Donc, ce sera la scène et tu as choisi le Zénith ?
La première fois que j'y ai vu quelqu'un, c'était Sheila… et j'avais trouvé que la salle était superbe. Ça m'avait vraiment donné envie d'y aller.

Tu es amoureux en ce moment ou pas ?
Tout le temps. Je me démerde vachement bien pour ça. Je fais vachement gaffe.

Pour ne pas l'être complètement ?
Non, pour être tout le temps amoureux ! Il n'y a que ça de bien.

Mais pas longtemps ?
Ah si ! J'espère être amoureux le plus longtemps possible et de la même, bien sûr.

Et ça marche pas vraiment en ce moment ?
Ça marche des fois. Il y a aussi des moments où on

ménage. Quand tu as eu une femme, des enfants et que tu as divorcé, tu te dis : « Maintenant, qu'est-ce qui peut m'arriver de pire ? » Rien. Donc, c'est bonnard, tout est bonnard. Quand tes gosses s'en vont, il ne peut plus rien t'arriver de pire. Récemment, j'ai été maqué avec la même, une grande folle… formidable. Après ça, j'ai été maqué un an et demi avec une petite folle… formidable aussi… Une grande blonde et une petite brune.

C'est toi qui stoppes ou c'est elles qui partent, peut-être un peu fatiguées par le personnage ?

Non, il y a tous les cas de figure. Il n'y a pas de règle. Là, ça fait quelques mois maintenant… Mais je ne ressens pas la même chose que les filles qui se disent : « Il faut absolument que je me case d'urgence. » Nous, au contraire, avec un pote qui est dans la même situation que moi, on se dit : « Ça va être l'été, on se barre en vacances… On va faire de la moto. La moto, nous, on l'aime sportive. »

Pour les filles, ça décoiffe un peu ? Elles n'aiment pas trop ?

Et puis, sur les motos très sportives, il n'y a qu'une bonne place. Ça sélectionne déjà. Avec cinq copains célibataires, on a décidé qu'on allait se ménager huit jours pour camper à la maison. On va tous habiter là, en campeurs, manger des saucisses-frites et faire surtout de la moto.

Et quand une fille te plaît, qu'est-ce que tu fais pour l'attirer ?

Je fais bouaahhhh… Alors, elle se dit : « Il est fou,

267

celui-là. » Et quand elle voit que c'est moi, elle constate : « Effectivement, il est fou. »

Comment tu fais pour l'approcher ?
Je lui dis que c'est un truc formidable qui lui arrive, que je suis tombé amoureux d'elle et que c'est son jour de chance.

Elle ne te croit pas forcément ?
Non !

Mais elle rit toujours ?
Oui. Et puis, on peut toujours placer un rancart. Elle vient ou elle ne vient pas mais, si tu la revois, il arrive qu'elle ne te plaise plus du tout.

Et, en général, elle vient ?
Non, on peut pas dire ça. Mais, tu sais, dans la profession, on est à peu près autant sollicités que les belles filles. Il y a des gonzesses que je drague, il y en a que je voudrais bien avoir et que je n'ai pas, et puis il y a aussi tout le cheptel de celles qui me veulent et dans lequel je n'ai qu'à taper.

Et que tu ne veux pas, toi ?
Pas pour tous les jours, mais de temps en temps, on peut faire avec.

Les Restaurants du cœur, qu'est-ce que ça va devenir ?
On espère bien que ça va continuer l'année prochaine. On espère bien que la loi (que j'ai fait faire) sera acceptée. Je compte beaucoup sur ce truc-là, parce que c'est

ça qui est nouveau, dans l'Histoire, on ouvrirait un crédit d'impôts à l'américaine et les gens pourraient décider, directement, d'affecter une partie de leurs impôts à une œuvre, celle-ci ou une autre d'ailleurs.

Et comme ça, ça pourrait continuer des années ?
Bien sûr ! On espère rouvrir les Restaurants du cœur l'hiver prochain, puis, définitivement, toute l'année.

On est bien dans ta maison. Il y fait chaud. Mais imaginons un instant que tu doives la quitter en cinq minutes, pour une raison x ou y... Tu as cinq minutes pour la quitter, définitivement, qu'est-ce que tu emportes ?
Ouf !... (Il soupire, respire, souffle, re-soupire...) Il y a tellement de trucs ici. Le choix ne serait pas facile !

Il faut choisir ! Et tu n'as rien, que les bras !
Mon petit saxophone de clown. En tout cas, le yukulele : je l'ai toujours emmené partout. C'est un petit instrument grand comme les deux mains...

Dessous il y a un petit cœur avec un « F »...
Oui... C'est un souvenir de voyage ! (Il rit doucement...) Marilyn jouait du yukulele... (Il chante « I want be loved by you, just you... Nobody else but you... Toutoupitou... ») Elvis, c'était surtout *Love me tender*... La vache, qu'est-ce qu'on a emballé avec ça... Les slows ! J'te dis pas... Les larmes jusque dans le fond du froc !...

« Ni à gauche, ni à droite, je suis de France ! »
Ciné Télé Revue, septembre 1985,
Bernard Alès

Pensif, ironique, drôle et destructeur, Coluche est l'homme de la rentrée. En juillet dernier, il tentait le pari de l'été sur Europe 1 avec une nouvelle émission quotidienne, « Y en aura pour tout le monde ». D'aucuns le condamnaient. Aujourd'hui, toute la France est branchée sur son canal. Europe 1 l'a mis en compétition avec « Les grosses têtes » de RTL et, déjà, il gagne du terrain. Coluche captive, dérange, agace, mais ses coups de griffes attirent les auditeurs comme un aimant. Quel est son secret ? On le dit provocateur et son « Jeu de la vérité » a battu tous les records. On le dit très mystérieux sur sa vie, mais il sait aussi parler de lui. À Bernard Alès, Coluche s'est confié sur ce qui fait sa nouvelle vie. Sans prendre des gants, ni avec la politique, ni avec ses adversaires, ni avec la police. Ses démêlés avec l'ordre public ont fait la une il n'y a pas longtemps et il répond. Sincère et avec le franc-parler qu'on lui connaît. Qui êtes-vous Coluche ? Peut-être un monstre sacré. Sans aucun doute une tornade…

Votre émission de radio sur Europe 1 marche très bien. Il est possible d'informer les gens et de les faire rire en même temps ?

Ça dépend. Si on détient l'information et le pouvoir de faire rire, c'est possible.

Vous avez déjà été très méchant avec l'actualité...

Dans cinq ans, quand je ne ferai plus de radio, vous direz : « Ah ! À cette époque-là, il y avait au moins Coluche ! » Même si je ne suis pas assez méchant par rapport à l'information, je suis encore le seul à l'être. La radio est un moyen de communication super avec le public, parce que ça se passe en direct. On prend même des risques en prenant des gens en direct au téléphone. Il y a peu de professions où cela arrive. Même dans la politique. Les journaux ne passent que les réponses qui les intéressent. Les lecteurs, nous, on les prend en direct. (…)

Les hommes politiques sont tous à mettre dans le même sac ?

Je n'ai pas dit ça. Quand l'avez-vous entendu ? En tant que politiciens, ils viennent tous de la même école. Ils sont un peu tous de la même origine, mais il y a tout de même une différence à faire ! Pendant trente ans, la France a été gouvernée par la droite. Faire une carrière à gauche, c'était savoir qu'on n'aurait pas de pouvoir, faire carrière à droite, c'était la certitude d'en avoir. Donc, on ne peut pas les mettre dans le même sac. Il y a tout de même une certaine honnêteté, flagrante, chez les gens qui savaient très bien qu'ils ne gouverneraient pas ou peu. La gauche a une fonction historique en France : la fonction de remettre les pendules à l'heure de temps en temps. La droite se sucre et la gauche rebouche les trous…

Vous êtes de droite ou de gauche ?

Moi, je suis de France ! Ça veut dire qu'une fois c'est la gauche qui gagne les élections, une fois c'est la droite, mais moi j'aimerais bien que ce soit la France qui gagne…

Et vos démêlés avec la justice ?…

Il y a un gros malentendu sur ces histoires. Quand, dans la rue, on se traite d'enculé, ça ne veut pas dire qu'on s'est fait sodomiser par derrière, ça ne veut pas dire ça du tout ! C'est une manière de parler. On dit : « Untel est un enculé… » Ça veut dire, en fait, que c'est un « traître à la cause ». Ou alors, on dit ça du vainqueur de la course, on dit : « Oh ! l'enculé, comme il a su jouer. » C'est une expression qui est davantage populaire qu'insultante. Il y a un danger, un risque terrible à vouloir absolument qu'on n'insulte pas la police. Ça veut dire que, dans la police, il n'y a pas d'enculés, mais que tous les autres pourraient l'être. Personne ne passe en correctionnelle pour avoir dit « enculé » à une personne qui n'est pas assermentée. Donc, quelque chose qui est une insulte pour les assermentés ne l'est pas pour les autres. Ça ne va pas, ça !

C'est pour ça que vous insultez les agents ?

Non, je l'ai insulté parce qu'il est venu sonner à ma porte, un jour qu'il s'emmerdait, comme c'est souvent le cas. Peut-être qu'ils étaient bourrés. En tout cas, c'est sûr aussi que j'ai affiché des opinions politiques par rapport aux mecs qui gouvernent, par rapport à Mitter-

272

rand… Il y a beaucoup de gens de la police qui ne sont pas du tout, du tout, de gauche et que ça en énerve beaucoup. Ils m'écrivent souvent.

Un jour, il m'est arrivé un truc : un de mes collaborateurs avait été tué et j'avais porté toutes les lettres de menace que j'avais reçues. Les policiers de la préfecture ont ouvert une lettre, ils étaient, je crois, une douzaine autour du bureau, et ils ont dit : « C'est une fausse. » Instantanément ! Finalement, c'était un crime familial mais on ne l'a pas su tout de suite. La police l'a su assez tôt mais a quand même continué à faire une enquête pour savoir quelque chose sur les autres. C'est un truc qu'ils pratiquent. Vous allez par exemple porter plainte parce qu'on vous a cambriolé et ils viennent fouiner chez vous pour savoir si vous n'avez rien !

C'est difficile de s'appeler Coluche ?

Oui, il y a des fois où c'est dur. Oui, il y a des fois où c'est chiant. Mais on ne s'en rend pas compte au départ. On pense. Je ne veux pas dire qu'on est à plaindre mais sur la question : « Est-ce que de temps en temps, c'est chiant ? », je dirais oui. Dans le cas du flic, par exemple, c'est typique : il ne serait pas allé sonner chez quelqu'un d'autre. C'est bien chez Coluche qu'il est allé sonner. Pourtant, dans ma rue, tout le monde se parque sur le trottoir. Pour une raison : c'est que c'est interdit des deux côtés. En plus, le mec, il nous a admis régulièrement pendant quatre mois devant son commissariat. Il peut pas dire qu'il ne le savait pas. Au bout de quatre mois, il est venu sonner à ma porte pour me dire : « Dites, si c'est votre voiture, il faudrait l'enlever. »

Quelle est votre morale ? votre ligne de vie ?

Je pense que la morale, c'est comme la liberté et la justice : un mot, dans notre vocabulaire, qui a un sens réel mais pas de résonance effective dans notre société. Je crois à la morale que je vois, c'est-à-dire les pauvres sont de plus en plus pauvres ; les riches, de plus en plus riches. On dit que c'est à cause de la crise. Je ne vois pas en quoi c'est une crise, parce que, de tout temps, les pauvres ont été pauvres et les riches ont été riches. La crise n'a rien changé. Ceux qui prétendent avoir la moralité et vouloir vous l'apprendre sont des escrocs et des manipulateurs d'idées. Moi je pense que la morale qu'on peut avoir, c'est qu'on sera certainement amenés à se démerder tout seul. Le bien et le mal, je ne crois pas qu'il puisse y en avoir une définition, parce qu'il y a des gens qui sont dans une telle situation, qu'ils ne peuvent pas faire autre chose que quelque chose qui paraîtra mal à la société. Donc, c'est un peu sévère de les juger.

Moi, je veux me démerder. Avant, il y avait des possibilités de réussir dans la vie, il fallait faire des études et à ce moment-là on était sûr de réussir. Aujourd'hui, on n'est sûr de rien, donc il faut essayer d'améliorer notre vie telle qu'elle est.

Est-ce que ce n'est pas difficile d'être sûr de ses amis lorsqu'on est très connu ?

Une carrière a des hauts et des bas. On compte facilement ses amis au moment où on est en bas. J'ai entendu Delon qui disait l'autre jour : « J'ai deux ou trois films qui n'ont pas marché. » De suite, dès qu'on refroidit un peu, les gens vous enterrent. Les gens, pas le public. Ce sont les journalistes qui avaient commencé à écrire qu'il était dans le trou, qu'il était déjà froid. Si on compte la grande carrière d'Alain Delon ou de Johnny Hallyday, le nombre de fois où on les a donnés pour morts, c'est incalculable. Alors on a toujours les occasions de compter ses amis.

Vous avez souvent attaqué Alain Delon...

Non, ce sont des histoires, je ne l'ai pas attaqué du tout. Je suis allé aux césars et je me suis dit : « Merde, il faudrait tout de même que je trouve quelque chose à dire. » J'ai pensé que ce serait Delon qui allait avoir le césar, alors j'ai préparé un petit mot sur lui. Comme je l'ai dit avant de savoir qui c'était, et que c'était lui ! Alors bon, on s'est dit : « Il le savait » d'une part et, d'autre part : « Il a attaqué Delon. » En fait, quand on parle de quelqu'un de connu, on essaye de trouver une polémique. Qu'est-ce qu'il y a de bizarre pour un comique d'essayer de faire rire sur le mec dont il parle ? Pour les impôts, je comprends qu'il vive en Suisse, mais pour la vie qu'on y vit, moi, je ne suis pas de son avis. Pour tout l'or du monde, je ne voudrais pas vivre en Suisse ! Je veux bien y passer, j'aime bien les gens mais je ne veux pas vivre dans un pays qui ferme à 9 h, et où on n'a pas le droit de cueillir les cerises sur les cerisiers dans la rue.

Vous critiquez la France mais finalement vous vous y sentez bien ?

Bien sûr. On critique le plus ce qu'on connaît le mieux et ce qu'on aime le plus aussi. Je ne suis pas un spécialiste de la critique, je suis plutôt un moqueur.

Vous avez un projet de film ?

Oui. Vous savez, dans notre métier, tout le monde a des projets, même ceux qui ne travaillent jamais. Alors, ceux qui travaillent... On va faire un film cet été, que j'ai écrit moi-même pour Josiane Balasko et moi, et que nous tournerons en juillet et août. Après ça, vers octobre, probablement à la rentrée prochaine, je remonterai sur scène, je crois, pour un petit tour. Ça fait longtemps tout de même que j'ai dit que je ne remonterais plus, alors je vais le faire. Comme ça, on pourra me traiter de menteur pour me faire de la presse.

Vous avez déjà commencé à écrire votre spectacle de la rentrée prochaine ?

Les sketches seront différents et nouveaux, mais le personnage est le même, et les thèmes finiront par se recouper. Bien sûr, j'ai fait un sketch sur les pédés et le SIDA parce qu'on nous a beaucoup vendu la famille ces temps-ci, alors il faut tout de même réagir un petit peu. J'ai fait un sketch sur la police qui nous a gratifiés d'une douzaine de bavures cette année et qui, dans l'ensemble, n'a pas fait beaucoup de progrès. J'ai fait un discours de député... Rien sur les accidents de trains mais sur les avions et un sketch sur les mouvements de paix qui se sont énormément développés et qui participent à la guerre à leur manière. J'aime bien ça !

Playboy, octobre 1985, Dominique Jamet

Du comique né dans le vivier du Café de la Gare à la vedette d'Europe 1, la trajectoire d'un saltimbanque.

Salut l'artiste ! Chaque matin, de dix heures à onze heures trente, du 8 juillet au 17 août, et tous les après-midi de la semaine, de seize heures trente à dix-huit heures, depuis le 2 septembre, sur Europe 1, « Y en aura pour tout le monde ». Apparemment, les Français avaient besoin de rire, et ils en ont eu pour leur argent, comme on dit, avec ce bouffon qui, de son côté, n'a pas eu à s'en plaindre : le plus gros cachet de l'histoire de la radio en France, on l'a assez dit et redit avec des mines admiratives et peut-être un peu envieuses.

Coluche coqueluche de l'été, délice des Français, fou des années 1980, est-il, conformément aux propositions que formulait un hebdomadaire – il s'agissait d'un test –, « un faux cynique », « un gros dégueulasse », « un grand sociologue », « un nouveau Poujade », « notre dernier vrai clown », « un dictateur du mot », ou peut-être un peu de tout cela à la fois ? Que Coluche soit grossier, vulgaire, c'est bien évident. Ce goujat qui a

277

fait passer, plus qu'un frisson, un vent nouveau sur la scène du music-hall, a reculé les frontières du mauvais goût. Il a prouvé que tout pouvait être dit, pourvu que ce fût avec toupet – et talent. Quand on lui a mieux prêté une oreille qu'il avait commencé par choquer, entré par effraction dans notre tête, on s'est aperçu que la grossièreté de Coluche n'était pas gratuite, qu'elle était dérision, provocation, subversion et souvent vérité, qu'il y avait une voix derrière ce ricanement, un homme sous cette trogne et ce nez rouge de gugusse, un comédien enfin, qui avait plus d'un registre dans son sac à nœuds, et une grande variété de plages où débarquer : le cinéma, le music-hall, la radio, le disque ou – pourquoi pas – la politique, en attendant autre chose, par exemple un record du monde de vitesse à moto.

Avons-nous changé, a-t-il changé ? Il se pourrait bien qu'il ait mis une sourdine à sa trompette mal embouchée, et de l'eau dans son vitriol. Écoutez, et vous entendrez peut-être la différence.

Dominique Jamet.

1

Vous n'étiez revenu sur Europe 1 que pour un court intérim, et finalement vous avez fait un triomphe pendant tout l'été. Peut-on penser que votre avenir est dans l'animation radio ?

Le jour de 1978 où je me suis aperçu que j'arrivais à faire de la radio, je me suis dit : c'est formidable, quand plus rien ne marchera, il me restera toujours ça. Vous en connaissez beaucoup, vous, des émissions qui, en plein été, attirent sept mille cinq cents appels téléphoniques en quatre-vingt-dix minutes, et une ou deux lettres hostiles pour quatre-vingt-dix-neuf qui trouvent l'émission fantastique ? Les publicitaires ne s'y sont pas trompés ; avant même que le courrier et les études d'audience confirment le succès, ils étaient partants. À la radio, il n'y avait plus de vedettes. Il y a Drucker, un point c'est tout, et on y était habitué, on s'ennuyait. Il y avait une demande du public.

J'aurais préféré revenir sur la tranche de six à neuf heures du matin. Mais c'est l'heure de la politique, des informations, des revues de presse, et pourtant les gens auraient bien besoin d'être pris dès le réveil par le rire.

2

En revanche, ces derniers temps, au cinéma, ça n'a apparemment pas si bien marché que ça, pour vous...

J'ai tourné coup sur coup deux films avec Dino Risi et le film d'Oury, tous deux descendus par la critique. C'est un acharnement que j'ai eu tort d'avoir. Il y a des films que je n'aurais pas dû faire. Ce ne sont pas forcément ceux que vous croyez. Je pense à *Deux heures moins le quart avant Jésus-Christ*, c'était laborieux, ou *La Vengeance du serpent à plumes*, un film comique qui ne fait pas rire. Remarquez que *Le Serpent à plumes* a fait 650 000 entrées. Sur les quatorze films où j'ai tourné, trois seulement ont fait moins de 500 000 entrées : ce qui veut dire que quand je suis là, ça ne marchait pas si mal.

Le seul vrai flop que j'aie fait, c'était avec Bertrand Blier, *La Femme de mon pote*, 350 000 entrées, ça ne valait pas plus. Mais avec *Tchao Pantin*, j'ai quand même eu le césar. Alors, où il est le bide ? Je vais vous dire, il est dans les commentaires de la presse. Quand j'ai un film qui marche, on dit : « Ah, vous avez vu, le dernier Zidi, le dernier Berri ? » Quand ça se casse la gueule, on dit : « Tiens, Coluche a fait un bide ! » On m'a fait porter le chapeau de l'échec du *Roi Dagobert*. On ne l'a reproché ni à Tognazzi ni à Serrault, on s'est acharné sur moi : c'est un hommage. Le cinéma m'a déçu. Au music-hall, on est soi-même, on est son propre patron. Au cinéma, on confie son talent aux autres. En scène et en direct, je vaux quelque chose. Si je le confie à quelqu'un d'autre, il n'est pas sûr qu'il sache s'en servir. Et puis c'est un moyen lourd et lent : deux mois de tournage, deux mois de montage... Les autres types de spectacle se consomment sur place. En scène, à la radio, on a l'effet immédiat. C'est une satisfaction que ne donne pas le cinéma.

3

Alors, vous renoncez à l'écran ? Le Fou de guerre sera-t-il le dernier film de Coluche, ou bien allez-vous aborder différemment le cinéma ?

Je renonce au cinéma des autres. Comment voulez-vous que ce système marche ? Il faut ficeler et faire tenir ensemble l'idée d'un producteur, l'argent des distributeurs, la personnalité d'un metteur en scène, le talent d'un interprète... Même dans *Banzaï* ou *L'Inspecteur La Bavure* on ne m'a pas laissé être moi-même, retrouver le ton du music-hall. Si ça fait rire à la scène, pourquoi ça ne ferait pas rire à l'écran ? Mais on n'a jamais voulu me laisser faire mon dialogue, au moins pour ça. Alors, je vais tout intégrer : je vais être mon propre producteur, mon financier, mon metteur en scène, mon scénariste, mon dialoguiste, mon interprète. On verra bien. Mais ce n'est pas pour tout de suite. Trop de films européens sont à la limite, trop de films français sont en dessous du seuil de rentabilité. Ça ne peut pas bien se passer. Ce qui est terrible, c'est que les films ne marchent plus que sur quelques vedettes et que les vedettes alourdissent le budget des films. L'affiche, il n'y a plus que ça qui compte. Un rôle qu'on avait écrit pour Delon a fini par m'atterrir entre les mains – avec quelques modifications –, il fallait une tête d'affiche, n'importe laquelle... De toute façon, le cinéma est dans l'attente du ballon d'oxygène que vont lui donner les nouveaux *tax shelters*[1]. Seulement, ces effets ne vont pas se faire sentir immédiatement, parce qu'on va entrer dans une période pourrie par la politique. Alors, après la radio, je ferai un petit tour en scène, deux, trois mois, jusqu'à l'été. Et à l'été 1986, je tournerai le film que j'ai écrit : il y a déjà une heure terminée dans ma tête, il reste une demi-heure à mettre au point. Un an sans cinéma, ce sera du repos pour moi.

4

Pas seulement pour vous. La moindre des politesses ou des logiques, quand on exerce une activité publique, c'est d'accepter la critique. Lors du dernier Festival de Cannes, vous n'avez pas joué le jeu. Vous avez bel et bien « envoyé chier », comme vous diriez, un malheureux journaliste qui ne s'extasiait pas devant votre dernier film.

Cannes a été inventé pour permettre à un certain

---

1. Exemptions fiscales pour les bailleurs de fonds privés.

nombre de gens, qui ont un prétexte pour suivre le Festival, de se rôtir au soleil. C'est deux semaines où les journalistes sont payés pour bronzer. Même les sélectionneurs n'y font pas leur travail, ils ne sélectionnent que du vieux. Moi, j'étais venu pour travailler, pour défendre mon film. Je savais bien que c'était une folie de jouer *Le Fou de guerre*, que cette histoire d'un officier italien dans le désert de Libye n'intéresserait pas le public. Mais je ne regrette pas d'avoir tourné avec Risi, c'est un choix que j'ai fait, en considération de son talent, et puis c'était une promesse. Ce film, on le verra encore dans vingt-cinq ans et on l'aimera. Bon, j'arrive à la conférence de presse, et tout de suite on me demande : «Après le bide que vous avez fait avec *Le Roi Dagobert*, comment avez-vous pu accepter de tourner encore avec Risi, et dans un aussi mauvais film?» Ce n'est pas une question. Vous constatez que la réponse est dans la question. Alors, je n'avais pas à ménager quelqu'un qui faisait aussi mal son métier. Si ceux que j'envoie chier se vexent, tant pis pour eux...

5

C'est un peu facile. Vous jouiez sur le velours. Vous êtes connu, il ne l'est pas...

Qu'est-ce qui l'empêche de l'être? Les journalistes sont négatifs. Ce sont des gens qui connaissent tout sur tous les sujets, mais qui ne savent rien faire. Du demi-quart d'un moment, ils fabriquent une vedette. Si on a le malheur de trébucher, on n'est plus qu'un toquard. Ils seraient bien contents de me voir par terre et de pouvoir me dire : «Va chier, qu'est-ce que tu fous là?» Qu'on trouve une émission, un film mauvais, et qu'on sache dire pourquoi, d'accord, mais le plus souvent c'est pas ça, c'est : « T'en fais pas, j'arriverai bien à te critiquer. »

Vous êtes marrants, les journalistes. Les médias, les critiques sont tout-puissants. On est à leur merci sans aucun moyen de riposter. Ceux qui sont dans le journal ont le droit de dire : c'est de la merde. Mais si on est de la merde, on devrait pouvoir dire qu'on a affaire à une sous-merde. Seulement, si on s'en prend à l'un d'entre vous, même s'il ne vaut pas un clou, on a toute la profession sur le dos. Quand on attaque les punks, on n'attaque pas la coiffure.

6

N'aviez-vous pas dit que vous renonciez à la scène ?

Oui, j'avais fait mes adieux. Ce n'est pas la première fois qu'on revient après une dernière. Il faudra faire rire les gens l'an prochain ; ils ont besoin de quelqu'un qui les fasse marrer. Ce qui m'ennuierait, ce serait de ne pas avoir le temps de me renouveler. J'ai toujours tenu à renouveler mes sketches et cette fois je crains, sur deux heures, de n'avoir le temps de produire qu'une heure d'inédits.

Il ne faut pas se répéter. Je reste en salopette à la ville, c'est ce qui me va le mieux. Mais je ne reviendrai pas au music-hall en salopette. J'aurais pu durer comme ça dix ans, vingt ans. Le ton Coluche, le langage Coluche sont passés dans les mœurs. Ça me fait marrer quand je vois sur les panneaux de Quilès : « On se calme. » C'est une expression à moi, ça. En dix ans, j'ai gagné le droit de cité.

7

*Vous avez fait une excursion, ou incursion, remar-
quée dans la politique, il y a quelques années. Comptez-vous un jour remettre ça ? Et attendez-vous quelque
chose de la politique ?*

On ne m'y reprendra pas. Jamais. Je n'attends rien de
la politique, ni pour moi ni pour personne. Les politiciens gouverneront toujours les uns contre les autres, et
nous serons toujours victimes de leurs luttes. Eux, ce
qui les intéresse, c'est premièrement, la droite (ou la
gauche), deuxièmement, la gauche (ou la droite), troisièmement, la France. Sur scène, l'alternance m'arran-
gera. Je préfère quand même, dans la vie, voir la gauche
au pouvoir. La droite m'a fait chier tout le temps qu'elle
a été là : pendant vingt-trois ans, la gauche, 50 % des
Français, n'a pas été représentée, n'existait pas. C'est
vrai que la gauche a fait de même, mais ça n'aura duré
que cinq ans et la droite va de nouveau, sans la gauche,
gouverner les affaires de la France. On va revoir les
mêmes visages. La droite nous tire en arrière vers les
interdits, la peine de mort. La gauche nous tire en avant,
elle fait avancer. Même si elle le voulait, elle ne pourrait
pas interdire aux syndicats de faire chier, c'est contre
sa nature, contre son électorat. La droite, c'est parce
qu'elle n'ose pas. La gauche a pris le pouvoir grâce aux
crimes de la droite. La droite le reprendra grâce aux fai-
blesses de la gauche, et parce que la France est profon-
dément de droite. Évidemment, c'est un sale coup pour
Le Luron. Avec la gauche, il en avait encore pour cinq
ans au Gymnase. Je ne crois pas aux partis, mais je crois
aux personnes : Simone Veil, Michel Rocard, Jacques

Chaban-Delmas, François Mitterrand représentent peut-être, ensemble, ce dont la France aurait besoin, l'union, le renouveau. En attendant, on va encore nous faire consommer de la politique de force. Ils nous font plus chier qu'ils ne nous apportent de choses. On ne peut pas les aimer.

8

À propos de gens que vous n'aimez pas, vous avez encore eu des petits problèmes avec la police ?

J'ai été condamné à deux mois de prison pour insultes à agent. Par défaut, c'est automatique. Ça ne veut pas dire que je serai condamné en appel. Mais je profiterai de l'incident pour parler du sujet. La police n'est pas un service public et je le prouve : si vous êtes attaqué dans la rue, blessé, vous allez au poste, ils n'ont même pas de Mercurochrome. Vous dites : « Ils sont partis par là, vous pouvez encore les attraper », on vous répond : « Asseyez-vous et racontez-nous ça. Votre nom, votre prénom ? »

La rue où j'habite est en sens unique, avec un côté où le stationnement est toléré, et un couloir d'autobus. Dans ces conditions, il n'y a pas la place pour deux véhicules de front et le fait qu'on gare sa voiture côté couloir d'autobus à cheval sur le trottoir n'y change rien. Mais chaque matin, tôt, les flics passent et alignent toutes les voitures côté autobus, là où c'est le plus cher. Les consignes sont dures. Les ordres viennent d'en haut. D'où voulez-vous que la dénonciation vienne, sinon d'en bas ? En quatre mois, j'ai pris cent contraventions avec demande d'enlèvement alors, quand ce type qui me connaissait parfaitement a sonné chez moi à sept heures du matin pour me dire qu'il m'avait encore flanqué un PV – chose qu'il n'aurait pas faite s'il ne m'avait pas connu –, je n'étais pas heureux. Il a encore de la veine de ne pas avoir pris un gnon dans la gueule. Cela dit, j'ai fait un pas vers les institutions. J'ai insulté la police pour la dernière fois. Cela n'a plus d'intérêt pour moi. Je n'ai plus l'âge. Je ne vais pas continuer indéfiniment à être le porte-parole de la connerie de la base.

9

Avez-vous changé depuis vos débuts ?

J'ai dix ans de plus. Mais je suis resté ce que j'étais. Rester ce qu'on est n'est pas un problème. L'absence de succès aigrit, mais le succès, finalement, rendrait plutôt modeste. J'ai toujours été prétentieux par rapport à d'autres, mais quand on voit, comme je l'ai vu autour de moi, des gens qui avaient un talent fou ne pas percer, cela ramène à une notion plus simple des choses. Le talent, c'est de faire exprès ce que les gens aiment. Ce qui est difficile, c'est de ne pas toujours servir la même soupe, C'est de savoir évoluer avec le temps. Si on ne s'adapte pas, on ne conservera que les admirateurs de son âge. Si un homme comme Gainsbourg est aussi populaire chez les jeunes, c'est qu'il a su garder l'âge de ses admirateurs.

10

Comment vivez-vous ?

Comme avant. Comme tout le monde. On peut me voir, me parler. Je roule en mob, en scooter. Je fais de la moto. Je ne vais plus dans les bistrots, mais c'est par goût, parce que ce n'est plus de mon âge, pas parce que ça ne serait pas digne de moi. J'évite peut-être les lieux publics, les salles de cinéma, les concerts de rock. Mais je sors normalement. On me reconnaît et on me parle au feu rouge. La plupart des vedettes se cloîtrent et cèdent à la paranoïa. Je n'ai pas de grande voiture noire avec des vitres teintées et un chauffeur pour casser la gueule aux gens. Je me rappelle, quand je tournais avec de Funès, on m'abordait, on me parlait, on me tutoyait. Personne n'allait vers de Funès. C'est qu'il ne sortait pas de son rôle. Moi, je vais vers les gens, les gens viennent à moi. La notoriété est pour moi un lien, pas une barrière.

11

Donc, le public vous aime ?

Je suis connu et populaire. J'ai fait 78 % d'audience quand je suis passé chez Sabatier. Qui dit mieux ? Mais être populaire, ce n'est pas la même chose qu'être aimé. En principe, on aime les comiques, mais la réussite vous fait plus détester qu'aimer. La popularité fait plus envie que plaisir aux autres. La grosse majorité des gens rient sans aller plus loin. Et puis vous avez une petite minorité de gens qui vous aiment et une petite minorité de gens qui vous détestent. Mais comme je n'ai pas ma langue dans ma poche, je suis réputé dangereux. On me fout généralement la paix parce que je fais peur.

12

Avez-vous des amis ?

Bien sûr, mais pas tellement dans la profession. Hallyday, Gainsbourg…

13

Qu'est-ce qui est le plus important pour vous ?

Le plus important pour moi ? Moi, bien sûr. Ma famille. Mes enfants. Les gens que j'aime. Mes amis. Comme tout le monde.

14

L'argent ?

Comme tout le monde. Mais en France, je suis le seul à en parler. Je gagne bien ma vie, ce qui me permet d'être imposé à 65 %, avec ça, je ne crie pas misère. Mais je n'oublie pas qu'un saltimbanque, ça peut toujours retourner clochard. J'ai nourri suffisamment de copains, je sais de quoi je parle. Ça m'est arrivé à moi aussi d'être dans le trou complet, le jour où j'ai quitté le music-hall, et une autre fois, avant. Plus rien. L'angoisse fait partie du métier, comme la boulimie qui en est souvent la conséquence. Il est plus difficile encore de rester vedette que de l'être devenu.

15

Vous pensez à votre carrière ?

Avant, c'est vrai, je n'avais pas de plan, pas de projet. Le succès commence toujours par vous griser, par vous taper sur la tête. Personne ne peut dire le contraire. Il faut faire des efforts, ou il faut en avoir bavé pour redevenir normal. Tout ça vous déglingue. On vit dans une euphorie que j'ai prolongée le plus longtemps possible. Mais la vie peut être bouffée aussi bien de l'extérieur que de l'intérieur. À l'époque de ma campagne présidentielle, j'étais en représentation vingt-quatre heures sur vingt-quatre. Ça marchait, j'étais emporté par un mouvement plus fort que moi – vous dites «récupération», mais on essaie toujours d'avoir du pouvoir sur vous. N'importe qui aurait fait comme moi. C'est alors que j'ai été touché de l'intérieur. Un jour, j'ai compris que j'étais bouffé par mon propre spectacle, mis en scène par les médias. J'ai repris le temps de vivre. Mais il n'y a pas de compartiments étanches entre la vie et la carrière. Tout se tient. On ne naît pas vedette et quand on le devient, on ne cesse pas, ce que les autres oublient, d'être une personne humaine, avec des blessures, une passion, un cœur. Les journalistes croient que vous êtes toujours acteur. J'ai appris à sortir de l'instant présent. Mais de toute façon, je n'ai jamais géré moi-même ma carrière. Je l'ai confiée à quelqu'un d'autre, et je m'en trouve bien. Chacun son métier.

16

Est-ce que vous allez au music-hall ?

Non. Si. J'ai vu Raymond Devos et Zouc. Le plus dur, dans un one man show, c'est de ne pas parler de soi. Ce qui est intéressant, c'est la psychologie du public, pas la sienne. Je vais aussi voir Josiane Balasko. Mais c'est une obligation ! Et puis Rufus et Bernard Haller. Ils font partie des grands. Et je trouve qu'ils n'ont pas l'immense succès qu'ils mériteraient, la pire injustice est d'avoir plus de talent que de public.

Allez-vous au cinéma ?

Non, puisque je me fais mon cinéma moi-même. Et puis pourquoi y aller ? Il y a deux catégories de films, ceux que je ne saurais pas faire, et ceux que je ne voudrais pas faire.

18

Et au théâtre ?

Non. Je suis anticulturel par réaction. J'aime pourtant Molière que je n'ai jamais vu, comme je hais Corneille, d'instinct.

19

Lisez-vous ?

Non. C'est une habitude que je n'ai jamais prise.

20

Quelle a été votre plus grande passion ?

La moto…

«Jusqu'au bout avec Coluche»
Lui, octobre 1985, Thierry Crosson
et Jean-Christophe Florentin

Coluche, coqueluche. Un malheur cet été sur Europe 1 : 8 000 appels téléphoniques chaque matin ! Et maintenant la fête continue l'après-midi : entre 16 et 18 heures, Coluche se cogne aux Grosses Têtes de RTL. Coluche contre Bouvard. De quoi se marrer. Coluche-le-phénomène, Lui l'a confessé. Avec le concours de deux «psys» très spéciaux, Thierry Crosson et Jean-Christophe Florentin. Qui l'ont accouché. Sur deux tableaux : le fric et le cul. Côté fric, c'est du sérieux, de l'or massif : le plus gros contrat jamais signé à un animateur de radio. Côté cul, ce n'est pas triste. C'est même raie-jouissant. Hétéro, homo, cul par-dessus tête et bande à part. Et du jamais dit. Du grand Coluche. Nature.

LE FRIC

Financièrement, vous avez une idée de ce que vous pesez ?

À mon avis, y a deux chiffres. Y a le pognon qu'je gagne moi, et le pognon qu'je rapporte en général. C'qu'est impressionnant, c'est les dix premiers milliards… Le reste, on s'habitue assez vite. Après, quand on s'aperçoit que c'est pas pour soi…

291

Comment ça, pas pour soi ?... Creusez l'idée, mon vieux...

D'abord, y a les impôts... De toute façon, c'est beaucoup quoi ! Moi, j'dépense pas tout.

Combien dépensez-vous par jour ?

Une brique d'argent de poche, par jour...

Et comment le dépensez-vous ?

J'en ai aucune idée... C'est un mec qui a calculé ça... En tout cas, c'est pas des biens durables. Moi, j'suis plutôt du genre « bouffe-tout ». La seule propriété que j'ai, c'est cette baraque à la Guadeloupe et les autonomistes y ont déjà foutu le feu trois fois... Ah ! ah ! ah !

Ça vous fait rire ? Intéressante réaction. Vous êtes soumis à l'IGF ?

J'crois pas... non...

Vous épargnez ?

Non... j'claque tout.

Chez vous, vous êtes propriétaire ou locataire ?

Locataire, et j'ai aucune idée du montant de mon loyer.

Vous occupez-vous vous-même de votre comptabilité ?

Ah ! ah ! Ça va pas les psys ! Si j'devais le faire moi-même, y a longtemps que j'aurais plaqué le métier... J'préférerais être pauvre.

Comment réglez-vous vos achats ?
Chèque, carte de crédit, liquide.

Tiens ! Combien avez-vous sur vous ?
J'peux pas le dire… J'viens de payer deux mille cinq cents balles de restau… Un… deux… trois… quatre… quatre et demi… cinq… cinq mille balles… Mais ça dépend des jours. Ça m'arrive très très souvent de pas avoir un franc… J'suis spécialiste de ça… J'suis quand même un ancien pauvre, hein ?

Avez-vous déjà eu des problèmes financiers ?
Non… Sauf quelques retards dans les factures… Le mec qui s'occupe de ma comptabilité se plante et on reçoit des rappels… C'est des planteries de gens qui croient tous que l'autre l'a fait.

A-t-on porté physiquement atteinte à votre argent dans la rue ?
Pour cinq mille balles ? Non. Jamais.

Et les voitures de collection…
Les voitures que j'ai, c'est des vieilles américaines qui valent entre vingt et cinquante mille balles.

Vous en possédez combien ?
J'crois qu'j'en ai… huit ! Elles sont dans un garage, en banlieue. J'm'en sers d'une seule à la fois… Ah ! ah !

Vous avez une favorite ?
Ah non… J'aime bien changer…

293

Possédez-vous des objets d'art ?

Non, aucun, pas de tableaux, rien. Je n'ai que des biens de consommation.

Prêtez-vous de l'argent ?

Ben, au début, j'prêtais, mais après j'me suis vite aperçu que je donnais…

Donc, maintenant vous refusez…

Maintenant, j'essaie de discuter avec le mec pour lui donner moins que ce qu'il demande, sachant bien qu'il me les rendra jamais… Vous savez… comme on dit, on est très sollicité dans ce métier. Dans l'courrier, c'est fou ce que les gens demandent !

C'est-à-dire ?

Le record de la semaine, c'est 55 briques. Un mec qui voulait réparer un orgue !

Et il vous arrive de répondre favorablement à ce type de demande !

Ouais… Si c'est des cas désespérés… C'est normal ! Ça arrive qu'on fasse faire par un mec une petite enquête pour vérifier…

Et la dernière personne que vous ayez aidée.

J'crois que vaut mieux pas l'dire… Ça s'rait méchant pour le mec.

La perspective de faire du cinéma n'a-t-elle pas excité vos convoitises ?

Ah ! J'suis producteur maintenant !

Vos revenus proviennent d'où?
J'sais pas… La radio et la télé, ça rapporte rien…

Quoi?
Ben… J'ai lu dans un journal qu'à Europe 1, j'étais payé 10 000 balles de l'heure. Si c'est vrai, c'est lamentablement pas cher!… En gros, ça fait onze ans que je gagne du pognon. Au début, c'est intéressant et après on s'en fout complètement. Voilà quoi! De toute façon, j'peux très bien m'arrêter de travailler un an, deux ans sans problèmes!

Quand vous tournez un film, vous touchez dans les combien?
Ça évolue entre 3 et 5 millions pour un film…

Les impôts vous prennent combien?
Ben! J'crois que j'suis dans la tranche à 65 % quoi!

Et le reste… Votre imprésario?
J'en ai pas… J'ai un producteur qui monte l'affaire et qui touche du blé en dehors de mon salaire.

Est-ce que vous gagnez plus ou moins d'argent depuis le 10 mai 1981?
Ben, normalement moins puisque les impôts ont augmenté… Et surtout on a plus droit aux frais réels… On a perdu beaucoup sur cette histoire! De toute façon, sur une année, on est pas à deux cents briques près! Hé! hé!

Jouez-vous à des jeux de hasard?
Non… j'fais pas ça…

Quand êtes-vous passé de la condition de pauvre à celle de riche ?

En 1974, j'ai gagné d'l'argent… Ouais… en 1974…

Et le déclic, c'était quoi ?

Ben… mon premier disque… Au départ c'était déjà énorme comme blé !

À partir de ce moment, votre moi a-t-il changé ?

Ah ! non… J'vois les mêmes personnes qu'avant…

Des contrôles fiscaux… vous en avez eu !

Oui… Toujours la même histoire… Un mec à la comptabilité s'était gourré d'une brique. Mais j'ai été imposé sur c'que je devais et pas taxé sur ma « malhonnêteté ».

Tutoyez-vous votre banquier ?

J'le connais pas ce mec-là !

Vous arrive-t-il d'être à découvert sur votre compte bancaire ?

Non, jamais, y en a suffisamment.

Faites-vous établir des notes de frais ?

Non, jamais. Je paye tout, y compris mes impôts, sans détourner d'argent. Je ne vise personne mais suivez mon regard…

Avez-vous des envies restées jusqu'à ce jour inassouvies pour des raisons financières ?

Vous voyez, quand j'étais petit, je pensais que l'idéal était d'arriver à s'acheter une île déserte et d'y aller à la retraite le plus vite possible… J'ai fait ça. J'ai acheté un morceau d'île et deux bateaux qui ont coulé l'un après l'autre.

Et puis, je me suis aperçu que l'idéal n'était pas de vivre dans un désert. Loin de là. J'ai pas eu d'avion personnel, j'aurais pu en avoir un avec lequel j'aurais pu emmener mes potes ; mais en fait, ce n'est pas si pratique que ça parce que ça ne peut se poser que dans les grands aéroports… Un bateau plus grand, ça ne peut pas aller partout… L'idéal reste donc à la dimension humaine.

Achetez-vous personnellement les biens d'équipement ménager ?

Ça m'arrive souvent… Si ils sortent une nouvelle télé qui est rigolote, je l'achète : je passe devant une vitrine et crac, ou je la vois dans un catalogue et je commande par téléphone.

Quelle est la dernière folie que vous ayez faite ? Ou gros achat ?

J'sais pas… P't'être un bijou à une fiancée. Non… J'achète vraiment rien de très cher.

Au contraire, recevez-vous souvent des cadeaux ?

Oh ! oui, mais c'est des petits cadeaux… Aujourd'hui, j'ai reçu des camemberts… D'ailleurs les impôts m'excuseront si j'les déclare pas… Ah ! ah ! ah !…

Avez-vous une assurance-vie ?

J'me rappelle en avoir signé une il y a quelques années… Elle doit toujours être valable… Les gosses toucheraient ça si j'mourais.

Un testament peut-être ?
Non… pas ça.

Pouvez-vous nous énoncer clairement le montant de votre dernier tiers provisionnel ?
Le dernier qu'j'ai vu, c'était quatre millions six…

En tiers provisionnel ! Vous délirez, mon vieux…
Ah ! non, non, non… J'pense pas que c'est un tiers. Quatre millions six cent mille c'est l'impôt total de l'année dernière… Voilà !

Avez-vous entamé des procédures judiciaires, des procès ?
Non… On m'en a fait par contre beaucoup…

Les motifs ?
Heu… En général, pour « insulte à agent »…

Et la dernière fois ?
J'ai eu deux mois ferme. J'ai la possibilité de faire opposition, et puis j'peux encore faire appel, et en dernier ressort j'peux encore faire casser le jugement… J'ai le temps… De toute façon, j'pense pas qu'il y ait une chance pour que je les fasse réellement.

Vous avez un avocat dans vos relations ?
Ben… Mes hommes d'affaires ont des avocats et quand j'en ai besoin, j'tape dedans.

Payez-vous vos contraventions ?
Ben… Écoutez… J'les paye à chaque fois qu'on m'en-

298

voie l'huissier, quoi ! J'résiste au maximum et quand l'huissier vient, je paye… Au bout du compte, j'y gagne toujours… Ah ! ah ! ah !

Vous avez des amis politiciens ?
Ouais, ouais… J'en ai.

De quels bords ?
Tous les bords… À droite, à gauche, au centre… C'est des potes, ça n'a rien à voir avec la politique, hein ?

Il n'y a quand même pas de militants Le Pen ?
Ben… je fréquente un militant de chez Le Pen qui est justement expert en fiscalité… Il s'occupe vaguement de mes affaires, de loin. Voilà.

L'argent fait-il votre bonheur ?
Non, non… C'est le bonheur qui fait mon bonheur et… l'argent me dérange pas.

Achetez-vous, vous-même, les biens de consommation courante ?
Non… Pour la bouffe, c'est les gonzesses qui font les courses… J'm'occupe pas de ça…

Vous avez été marié ?
Ouais…

Sous quel régime ?
…

Communauté ou séparation de biens ?
Ahhh ! J'avais compris régime politique… Ben… Je sais pas. Mais j'ai été marié, c'est sûr.

A-t-on déjà abusé de votre crédulité ?

Oh ! ben sûrement… J'suis payé 3 à 5 bâtons pour un film et quelquefois ça rapporte plusieurs milliards…

Et de vraies arnaques ?

Ah ! genre : « Investissez votre argent dans une escroquerie et perdez tout ! » Ouais… Y'en a pas mal qui sont partis avec de l'argent que je leur avais prêté, mais j'm'en doutais…

Connaissez-vous le montant du Smic ?

Ouais… C'est 4 700… ou 4 400 ?

Bravo, c'est 4 400 ! Le prix d'un ticket de métro ?

Non…

Et le prix d'une baguette de pain ?

Deux trucs cinquante ! Pour le ticket de métro… j'ai jamais pris le métro de ma vie… Depuis que j'ai du pognon, j'ai toujours circulé avec un deux-roues au-dessus du sol et non pas en dessous… Voilà !

Si demain, tout s'arrêtait, pourriez-vous redevenir pauvre ?

Ouais… ouais… Au début ça me ferait certainement chier de pas pouvoir m'offrir la dernière moto qui vient de sortir… Mais en dehors de ça, y a rien qui m'gêne. Non… Et puis on redevient pas pauvre du jour au lendemain… Faut pas essayer de faire croire ça aux gens… Ah ! ah ! Y a quand même le temps de bouffer tout l'pognon qu't'as !… Mais, si j'gagnais pas ma vie au top niveau, j'crois que je travaillerais pas du tout… Faut pas déconner !

Que feriez-vous ?

J'irais en vacances, tiens ! Et puis, je me remettrais à écrire des sketches. Depuis que j'ai quitté le music-hall, y a très, très longtemps qu'j'ai pas travaillé réellement… J'ai fait du cinéma avec des mecs qui écrivaient pour moi… C'est pour ça que je me suis retrouvé dans des films qui, des fois, ne me faisaient pas rire et qui étaient pourtant des films comiques…

Lesquels, par exemple ?

Ah ! ah !… Joker ! De toute façon, je pense que j'me situe plutôt dans la catégorie des escrocs…

Soyez plus clair dans votre dialectique…

Ben… Par rapport à l'argent que je gagne, c'est vraiment une escroquerie, oui… Ponctuellement, j'ai un travail une fois par jour, mais sans ça j'travaille jamais… Non.

Si vous aviez trois vœux à formuler…

Ben… Une baguette magique, une deuxième baguette magique et… une troisième baguette magique… de couleurs différentes.

De quoi avez-vous peur dans la vie ?

D'être malade… d'avoir de l'arthrite et de plus pouvoir faire d'la moto… de… plus pouvoir baiser… Et de plus avoir d'appétit.

Que regardez-vous à la télé ?

« Intervilles »… les journaux TV…, « Les Litres et les chefs » !

Quelles sont les célébrités que vous fréquentez à part vos potes ?

Dans le show-biz, les gens que je fréquente le plus c'est France Gall, Michel Berger donc, Eddie Mitchell, Carlos, Hallyday, Renaud, Téléphone… Je les vois souvent chez moi. Je fais des petites fêtes à la maison, ou je vais chez eux. On prend un dîner pour prétexte et on passe la soirée ensemble.

Caroline de Monaco ?

Je l'ai connue à une époque, mais il y a très long-temps que je ne la vois plus. Il faut dire que je l'ai connue chez Castel et que je n'y vais plus. J'aimais bien être avec elle.

Rapportez-vous des objets de l'étranger sans les déclarer ?

Non. Je me suis fait prendre une fois à la douane que j'avais dit ne rien avoir à déclarer alors qu'en fait j'avais ramené du Mexique des ceintures de cow-boy pour les enfants, je crois qu'il y en avait pour six cents balles en tout, et ils m'ont collé une amende… Ça les amuse. Ils devaient avoir chaud sous le képi. Sans ça, ça ne m'arrive jamais, non.

Donnez-vous de l'argent aux œuvres de charité ?

Oui, oui, bien sûr, oui.

Quelles sont les causes qui vous touchent le plus ?
Les enfants et les vieux.

Les animaux, la guerre ?...
Ça m'arrive, mais ce ne sont pas mes préférés. Non.
Les animaux : sûrement pas. J'en ai, je m'en occupe, je
donne à manger à tous les chats du quartier, j'ai un
chien, mais je ne verse pas une partie de mes revenus à
la SPA.

*Donnez-vous cent balles à un clochard qui vous le
demande ?*
Ouais, je donne ce que j'ai sous la main. Je mets ma
main dans la poche et je donne ce qui sort. Je donne
un billet, mais pas une liasse. Il m'arrive de donner
500 balles...

Pensez-vous à une reconversion ?
Non, j'espère que j'aurai toujours envie, jusqu'à ce
que je ne puisse plus arquer, de jouer la comédie et de
continuer dans le cinéma.

Aucun domaine étranger au spectacle ne vous tente ?
Non, tout ce qui m'intéresse est dans le show-biz.

LE CUL...

*Quel type de femme affectionnez-vous particulière-
ment ?*
Je n'ai pas de préférence. J'aime toutes les gonzesses
qui me plaisent. Elles n'ont rien de spécial, elles ne se
ressemblent pas. Ça peut être des petites brunes, des

grandes blondes, des grosses, des vieilles, des jeunes… Je n'ai pas un type spécial. Il faut qu'elles dégagent un truc qui me fasse bander, quoi ! Je n'aime pas perdre du temps à baiser quelqu'un dont je n'ai pas envie. Et puis en plus, j'aime bien les découvrir. Une fois que c'est fait, si elles me plaisent pas, je reste pas avec.

Découvrir, au propre ou au figuré ?

Au propre. Les découvrir. Voir si elles aiment les mêmes choses que moi. Parce que le pire, c'est quand tu fais pas réagir une gonzesse, quand tu t'entends pas avec. On est suffisamment sollicité, dans notre boulot «artistique» pour faire notre choix. On ne peut pas prendre toutes les gonzesses qui veulent. On est donc obligé de choisir celles qui nous plaisent vraiment beaucoup.

Il s'agit donc d'une démarche passive. Vous n'allez pas vers elles, mais attendez qu'elles viennent à vous…

Moi, je drague jamais et je leur laisse à chacune leur chance. Parce que sans ça, si tu choisis une fille, c'est déloyal, après les autres disent : «Ouais, pourquoi pas moi ?…»

Comment s'est passée la première fois ?

Je sais qu'on m'a déjà posé la question et je me rappelle plus ce que j'avais répondu. Je ne voudrais pas donner deux versions différentes de ma première fois. Sincèrement, je m'en souviens plus… J'ai déjà répondu à la question, mais c'était un mensonge.

Attention, là, faut être sérieux le diagnostic en dépend.

Je me rappelle pas de la première fois que j'ai baisé.

Je me rappelle de la première fille dont j'étais amoureux, mais je baisais pas avec.

Mais vous avez commencé à forniquer vers quel âge ?
À tirer ? 13-14, dans ces eaux-là.

Dans quelles circonstances ?
C'était avec des gonzesses qui étaient plus ou moins d'accord. C'est-à-dire qu'elles le faisaient. On ne les forçait pas. Mais elles disaient tout le temps qu'elles n'étaient pas d'accord. Voilà. Elles se garantissaient comme ça, mais en fait tout le monde passait dessus. Elles étaient plus âgées. Il n'y avait pas de gonzesses de treize ans qui baisaient quand j'étais petit. C'était vachement tabou à l'époque… J'ai quarante ans : y a quand même trente ans que j'ai eu dix ans !

Avez-vous des lieux de prédilection pour accomplir l'acte de chair ?
Non. Je baise partout. En général, si j'arrive avec ma gonzesse dans un endroit où on n'est jamais allés, j'essaie de baiser partout. Un coup ici, un coup là, dans toutes les pièces, on marque le territoire, comme les animaux.

Fréquentez-vous les séances d'amour en groupe, communément appelées partouzes ?
C'est bien sûr un truc qui m'attire. Faut bien tout essayer. J'aime tout. J'y suis allé des fois en spectateur. J'y ai été acteur dans des conditions particulières… De toute façon, quand j'étais petit, c'était toujours ça, sauf qu'y avait qu'une fille et que c'était toujours les mêmes copains qui défilaient sur la gonzesse. Après, ça a été la

même chose au service militaire, y avait qu'une fille et c'était tous les mêmes mecs, qui étaient copains en bande...

C'est le cas de le dire...
En dehors de ça, les partouzes organisées dans des lieux privés, je m'y suis retrouvé de temps en temps, par hasard... Mais je ne suis pas un fanatique, parce que les partouzes, c'est marrant quand on n'est pas connu, mais quand les gens ne regardent que toi, ça n'a pas d'intérêt. Enfin, quand j'y vais, ce sont des partouzes bourgeoises BCBG... Sinon, je reçois un bouquin que je lis attentivement et qui s'appelle *Swing*. C'est vendu normalement en pharmacie... Non, en sex-shop, pharmacies du sexe. Je suis abonné à ça. C'est d'ailleurs un mec d'Europe 1 qui m'avait abonné, au départ, il y a longtemps. Ce truc-là qui a évolué énormément en cinq ans, il a au moins cinq fois plus d'annonces et de pages qu'avant, c'est un bouquin d'échangistes. Ce que j'ai souvent fait avec ce bouquin, c'est répondre à des annonces tout seul et aller chez les gens. J'adore ça. Aller chez un couple qui demande : «Venez baiser ma femme pendant que je me branle», tout ça...

À partir de quel moment un acte sexuel devient-il dégueulasse?
Jamais. Tout se lave.

Existe-t-il un stade où vous vous arrêtez?
Oui, baiser avec un porc, l'animalerie ou la bizarrerie, les enfants et ces choses-là ne me tentent pas. Moi, ce qui me branche, c'est de baiser avec des gens qui sont d'accord. Même dans ceux-là, je préfère encore ceux

qu'on a le moins à draguer, les gonzesses ou les mecs qui ont vraiment des envies particulières de trucs… À ce moment-là, on peut peut-être s'entendre sur ce point. Mais si la spécialité ne me plaît pas, j'y vais pas.

Parlez-nous de vos expériences homo…

Des expériences homo, j'en ai, mais là, ça fait très longtemps que je n'ai pas eu d'écart dans ma vie sentimentale parce que je suis avec une gonzesse qui me plaît, avec qui je reste. Je sais aussi être fidèle. Je n'ai pas toujours été dans ce cas-là et à partir du moment où je ne suis tenu à aucune fidélité, tout est permis… Mais on n'encule que des pédés, c'est avec des mecs qui veulent et je ne fais aucune discrimination. Si je vais avec un mec, c'est parce qu'il est bien. Il m'est souvent arrivé de trouver que, dans une boîte de nuit, la plus belle gonzesse était un mec.

Avez-vous un record personnel en une séance ?

Non, mais c'est quelque chose qui ne veut rien dire parce qu'il y a des gonzesses avec qui on tire plusieurs coups et d'autres avec qui on travaille le même pendant plusieurs heures. Ça dépend. Je m'intéresse aux filles, savoir ce qu'elles veulent. Ce qu'elles aiment. J'essaie de m'adapter à leurs goûts. Si après leur spécialité ne me plaît pas, je me casse.

Quelles sont vos spécialités ?

C'est plutôt le contraire. C'est difficile à définir. Il serait plus simple de prendre ce que je n'aime pas. Bof, et encore… J'aime tout. J'aime baiser. Je ne mélange pas le cœur et le cul ; pour moi, c'est deux organes différents…

Pratiquez-vous régulièrement l'onanisme ?

La branlette ! Ah, oui, bien sûr. Oui, oui, oui ! Si je suis très excité par la gonzesse, à ce moment-là je m'arrange toujours pour me masturber avant, de manière à ne pas bâcler les choses par la suite. Cela dit, sans bâcler, on peut très bien éjaculer très rapidement avec une fille ; à ce moment-là, c'est le second coup qui compte. De toute façon, il y a plusieurs manières d'envisager le truc. Quand c'est avec une régulière, il y a des espèces de rites qui se créent entre toi et elle. Tout ce que tu aimes et ce qu'elle aime défile dans le rite et il y a le coup occasionnel. Alors là, si tu es très excité, tu te garantis par un truc de ce genre-là. C'est comme tout : il y a des gens qui aiment qu'on se lave, d'autres qui préfèrent qu'on soit crade, ça dépend… Il ne faut pas faire de généralités.

Sinon l'onanisme peut-il être parfois considéré comme un palliatif ?

…

Vous arrive-t-il de vous branler parce que vous n'avez personne avec vous ?

Oui, bien sûr. Ça m'est arrivé souvent. Souvent je me suis dit : je vais rentrer chez moi et me branler plutôt que me faire chier à draguer cette gonzesse qui finalement ne me plaît pas tant que ça.

Avez-vous essuyé beaucoup d'échecs durant votre vie ?

Oui, un maximum. La proportion d'échecs correspond au nombre de fois où tu dragues dans la journée.

Cette proportion d'échecs a-t-elle baissé pendant que votre notoriété croissait ?

J'ai pas toujours été connu, mais j'ai toujours aimé les gonzesses et j'ai toujours eu du succès avec elles. Mais ce qui est sûr, c'est que quand on devient une personnalité connue, on se trouve face à beaucoup de demandes. Mais ça ne change pas mes goûts personnels et malgré les gonzesses qui me demandent, je peux continuer à en vouloir une qui ne veut pas. Ça arrive. Mais dans l'ensemble, j'ai des échecs comme tout le monde. Il y a des gonzesses que j'ai jamais tirées et que j'aurais bien voulu tirer. Mais le fait d'être connu me facilite grandement la tâche. J'ai maintenant moins d'échecs puisque je drague moins et que je me fais draguer. Je me laisse faire !… Et puis en plus, j'aime les cas particuliers, surtout quand c'est pour un coup, comme ça. Si c'est pas vraiment une grande salope, ça m'intéresse moins.

Utilisez-vous, ou pratiquez-vous une contraception masculine ?

Non. Si la gonzesse me dit qu'elle prend pas la pilule, je fais gaffe, mais ça n'arrive plus.

Combien avez-vous d'enfants ?
Deux.

Fréquentez-vous les péripatéticiennes ?
…

309

Allez-vous aux putes ?

Plus maintenant. Je les fréquentais beaucoup à une époque. Ça me plaisait bien, j'aimais bien et je trouvais ça super. Ce que j'aimais bien, chez les putes, c'était la séparation rapide. Une fois qu'on avait fini, hop !

Existe-t-il un fantasme particulier que vous n'avez pas eu la possibilité d'assouvir ?

Non, je me suis toujours démerdé pour faire ce que j'avais envie de faire.

Existe-t-il un fantasme que vous tentez d'assouvir le plus souvent possible ?

Oui, j'aime bien baiser avec une fille que je ne connais pas du tout, c'est très sympa. Ça m'arrive souvent. Rencontre. Et clac, à l'horizontale. Ou à la verticale, dans les chiottes. J'aime bien aller chez les gens aussi. Rencontrer une gonzesse et aller chez elle. J'aime être à l'intérieur et des choses et des gens. J'aime rencontrer une gonzesse qui me dit : « Viens chez moi. »

Quelle est votre fréquence de fornication : mensuelle, hebdomadaire, quotidienne, horaire...

En général je baise tous les jours.

Quelle serait votre durée d'abstinence maximum ?

Quand je n'ai pas baisé depuis trois jours, quand je suis fidèle, je me branle et si je ne le suis pas, je tire. Après trois jours, c'est plein et ça déborde.

Combien de fois par jour ?

Ce n'est pas un problème de fois, c'est un problème de gens avec qui on le fait, je l'ai déjà dit. Bon, et il y a un problème d'horaire aussi. Il faut voir à quel moment on rencontre la gonzesse…

Combien de temps de récupération vous est nécessaire entre deux assauts ?

Je sais pas. Tu viens de le faire, tu as débandé. Bon, il y a un tas de caresses qui vont te faire rebander, il faut un certain temps, c'est sûr. Il y a des fois, des périodes, où je m'arrête pour aller manger ou boire et après j'y retourne. Ça dépend de tout ce qu'il y a à bouffer. Difficile dans ces conditions de faire une moyenne.

Vous avez été un des fondateurs du Café de la Gare. Y forniquait-on plus qu'ailleurs ?

Oh, il y a des affaires de cul dans toutes les troupes. De l'extérieur du show-business, on a toujours l'impression que tout le monde s'encule et que c'est la partouze permanente. C'est pas vrai…

Avez-vous déjà attrapé des maladies sexuellement transmissibles ?

Oui, j'ai eu quatre chaudes-pisses, ce qui m'a fait friser le bureau de tabac puisque normalement on l'obtient au bout de sept. Ouais, j'en ai eu. Il y a un moment déjà…

Fantasmez-vous sur les dessous féminins ?

Oui. J'adore ça. J'en offre. J'en ai même fait faire sur mesure pour une petite fille de deux ans dont je suis le parrain. Bon, là c'était un gag, mais c'est vrai que j'aime bien les dessous, les choses en soie, les femmes nues sous la blouse ou au contraire très habillées dans de la fourrure et des machins qu'il faut virer pendant une heure… J'aime tout, et particulièrement les dessous.

Existe-t-il des lieux, des viviers de prédilection où vous rencontrez plus spécialement vos conquêtes ?

Peut-être qu'on drague plus dans les restaurants et dans les boîtes, dans la rue. En ce moment, à la sortie d'Europe 1, il y a souvent des gonzesses qui attendent. Elles veulent un autographe et si tu les emmènes, elles viennent…

Et avec le cinéma ?

Oui, il y a tellement de filles qui veulent être comédiennes.

Intervenez-vous dans le choix du casting, en ce qui concerne la partenaire féminine ?

Oui, bien sûr. C'est assez logique d'ailleurs. Pour un petit rôle où il n'est pas nécessaire d'avoir quelqu'un de connu, si tu dois avoir des rapports avec, il vaut mieux que ce soit quelqu'un qui te branche. Donc, c'est normal que tu interviennes, le metteur en scène te le demande toujours.

À partir de quel âge une fille est-elle trop jeune pour vous ?

À partir de quel âge une fille est pénalement majeure pour baiser… Quinze peut-être. En dessous de cet âge-là, je ne sais pas trop si c'est valable…

Avec quelles femmes célèbres aimeriez-vous coucher ?

Il y en a sûrement. Ouais… Ouais… Sûrement… Parmi les actrices, il y en a un paquet…

312

Maintenant que vous n'êtes plus officiellement marié, comment envisagez-vous la suite de votre vie sentimentale et sexuelle : comptez-vous vous « recaser » ?

Oh, j'envisage rien, moi ! Je ne fais plus de projets. Je vis au jour le jour. Si je suis heureux avec une gonzesse, je reste et si pour une raison ou pour une autre ça s'arrête, j'en change.

Avez-vous eu des relations avec des filles de couleur, en termes clairs, touchez-vous à des potes ?

Vous croyez quand même pas que je vais répondre à ça !

« Coluche : plus rock tu meurs ! »
Rock & Folk, janvier 1986, Philippe Leblond

Le rock'n roll, ça m'a surtout intéressé à l'époque où il y en avait, tu vois ? Après, je me suis intéressé au rock qui restait. Disons que c'est la musique de mon enfance. En 1960, j'avais 16 ans.

Et Rock & Folk *?*
Je connais bien le canard, ouais. J'ai un tas de vieux numéros qui traînent. Il y a quelques années, j'ai même dû faire la couverture…

Non…
De *Rock & Folk* ? Comment ça ? C'était pas là-dedans qu'ils exerçaient les deux loubards de *Descente de Police* ? Si ! Ben alors, j'ai fait la couvrante ?

Non.
Ah bon.

À la télé, tu regardes « Les Enfants du Rock » ?
J'aime bien les mickeys qui font ça. Les grouchos et les chicos. Et puis celui qui a lancé le mouvement, le fils de Caunes. À chaque fois qu'il fait un truc, je le suis avec plaisir.

Et les clips ?

C'est un nouveau moyen de regarder la radio assez plaisant.

Tu achètes des disques ?

Surtout des cassettes. Mais comme je laisse ma bagnole ouverte, on me les pique tout le temps.

Tes cinq disques préférés ?

Je prends un Presley, un Nat King Cole, un Eddie Cochran, un Beach Boys et un Hallyday.

Pas très récent, tout ça ?

Oui, mais tu me parles de rock'n roll. Non ? Remarque, si j'étais obligé d'emmener cinq disques sur une île déserte, ça demanderait une réflexion plus importante que celle que tu m'as laissée après la question. Tu vois ? Mais bon. C'est une question que tout le monde il est d'accord pour dire qu'elle est idiote, vu qu'on n'est pas assez con pour emmener des disques là où il y a pas d'électricité, si tu veux.

Ton dernier concert ?

Un des derniers, c'était Kid Creole. Sinon, j'y vais rarement. Même Higelin, qu'est mon voisin, j'ai pas eu le temps.

Tu préfères les Stones ou les Beatles ?

Les deux. Je préfère les deux. À l'époque, j'étais pour les Stones, aujourd'hui, je suis pour les deux. Pour te dire. J'aime pas le passé, j'aime pas les souvenirs, mais c'est sympa de voir Jagger encore exister.

Springsteen ?

Il me fait l'effet d'un mec qui se défonce à rien. C'est les pires.

Ta chanson favorite ?

Love me tender. Elvis, C'est comme la margarine. T'en as mangé tout petit, tu t'en remets plus.

As-tu déjà fait partie d'un groupe ?

Ouais, on s'appelait *Les Déments*. Je fabriquais les guitares. C'était entre 1959 et 1962. Je m'occupais comme ça, quoi, des mecs. J'étais l'instigateur du groupe, si tu veux. Mais attention, on savait pas jouer ! Moi, j'étais un genre de manager, je donnais des conseils, je faisais les paroles et les guitares. Des guitares injouables, mais comme personne savait jouer, tout le monde était content. On faisait du bruit sur un poste de radio et chacun était ravi d'y passer sa soirée. On répétait dans une cave, on n'en est jamais sortis, en fait.

À l'époque, tu écoutais quoi ?

On n'avait pas de tunes, on piquait des disques au Prisu. J'en ai aussi gaulé pas mal à ma frangine. Nous, on a été époustouflés par les premiers trucs qu'on entendait et, d'abord, c'était des Français. Danyel Gérard, Richard Anthony. Après est arrivé tout le rock'n roll qu'était si beau. Les Américains, Eddie Cochran et tout ça, mais au début on n'avait que les Français. Faut dire qu'à l'époque on n'avait pas le choix d'aujourd'hui. T'étais soit boy-scout, soit rock'n roller, ce qui voulait dire voyou. Tout d'un coup, avec les Américains, on avait quasiment le droit d'avoir le look qui correspondait à nos idées. Et comme voyous on l'était déjà un peu, c'était super.

Et aujourd'hui, les Français, encore ?

Hallyday, Gainsbourg, Balavoine, Renaud évidemment, mais là j'en oublie un maximum. Rita Mitsouko aussi, que j'adore : c'est les nouveaux Charlots.

Et ceux que tu n'aimes pas ?

Il y a des gens que je n'achète pas mais je ne peux pas dire pour autant que je ne les aime pas, tu vois ? La musique, j'aime ça, même la musique que j'aime pas. Je préfère de la musique que j'aime pas à pas de musique du tout. Dès que je supporte pas au point de tourner le bouton ou quitter la pièce quand ça joue, non. C'est sûr, on n'a pas l'âge pour aimer tout, moi j'aime souvent les chanteurs pour un truc, pas pour l'ensemble.

Tu fais un tri, quand même ?

En gros, je suis moins réceptif à la poésie torturée, aux images… Tiens, comment il s'appelle, lui, celui qu'est toujours habillé, on dirait qu'il a eu un accident ? Il arrive en loques ? En cuir et en loques, le mec. Comment qu'il s'appelle, merde ? Boxer ? Un truc comme ça ? Il existe pourtant. Un mec qui parle par images. Un tout esquinté, en cuir genre « Je l'ai fait moi-même, si tu veux j'peux t'en avoir ». Un jeune mec. Axel Bauer, voilà ! Que des images ! On l'a déjà oublié mais faut se méfier, ça peut revenir.

Et les Anglo-Saxons ?

Plein de trucs ! Billy Idol, Simple Minds, Madonna… j'adore aussi U2. Dans le fond, je suis très midinette !

COLUCHE VU DU CIEL
La vraie-fausse interview
par Romain et Marius Colucci

« De toutes façons, dès que je me rends compte qu'un journaliste ne saura pas quoi dire, je l'engueule et je le vire. Comme ça, au moins, il aura quelque chose à raconter. Et puis, si ça se trouve, il allait me faire un petit article. Au lieu de ça, sur un coup de colère, il va m'en faire un gros pour m'insulter. C'est ça qui est bien. »

L'interview idéale n'existe pas. D'abord parce que les journalistes ne posent pas toujours les bonnes questions. Ensuite parce que Michel n'avait pas toujours les bonnes réponses non plus. Alors pour approfondir un peu les centaines d'interviews qu'il a accordées durant ses douze ans de carrière, on a compilé les questions les plus saugrenues, les réponses les plus étonnantes, les plus méchantes aussi, bref tout ce que l'éditeur aurait bien voulu ne pas publier... On a en quelque sorte reconstitué la « parfaite » interview, en rendant Michel plus bavard qu'il n'était concrètement auprès des journalistes. Car il disait les choses, mais par petites touches. Sans les relier entre elles. Par

318

pudeur peut-être. Il adorait parler, mais pas tellement se confier. Surtout en public. Nous voulions vous faire partager un Coluche plus intime mais tout autant subversif, sauvage et visionnaire. Si cette vraie-fausse interview le rendait démagogue à vos yeux, amis lecteurs, vous voudrez bien nous en excuser, c'est un hommage. Une «commémo», pourrait-on dire pour lui faire plaisir... Car le sérieux bien connu de Coluche ne lui aurait sans doute jamais permis d'effectuer une interview telle que nous l'avons reconstituée pour vous. Il ne se reconnaissait pas assez d'importance pour se donner le droit d'emmerder le monde avec son histoire, lui dont la définition de la liberté consistait à ne pas faire chier les autres. Mais nous nous permettrons de vous emmerder à sa place.

LES DÉBUTS

«Je vais avoir 27 ans le 28 octobre, je fais 1 m 75, j'aime le pain et les nouilles, un héritage dû à mon ascendance italienne.»

Qu'est-ce que vous mangez?
Tout, du moment qu'il y a beaucoup. Il y a juste un moment où il faut que je choisisse entre mon bide ou faire creuser les réservoirs de mes motos. Mais tu sais, les excès, c'est ce que je fais de mieux.

Qu'est-ce que vous aimez?
Rien. Tout m'amuse.

319

Et votre fils ? Votre Romain non Bouteille ?
Il a un frère depuis, Marius, ils vont bien, merci.

Vous vous en occupez ?
J'suis pas fana. Ma femme en voulait…

… de vous ?
Faut croire… mais on n'est jamais sûr.

Que souhaitez-vous leur transmettre ?
Rien, qu'ils se démerdent. Avec ma femme, on les a faits, maintenant qu'ils vivent leur vie. J'essaye surtout pas qu'ils me ressemblent ou, au contraire, de faire qu'ils soient différents de leur père.

Est-ce difficile, pour eux, d'être les enfants de Coluche ?
Pas pour le moment. Ça va peut-être le devenir. Tant que le père reste célèbre et apprécié, ça va. À l'école, ils font du troc avec les photos dédicacées.

Et vous, quand vous aviez leur âge ?
La vie de famille, ça, j'ai pas beaucoup connu… Jusqu'en 1969, j'étais très, très pauvre. J'étais pupille de la nation, mon père est mort quand je suis né, ma mère a essayé de nous élever, ma sœur et moi, face à la misère. La misère, c'est comme un grand vent qui vous déferle sur toute la gueule et qu'arrête pas de souffler toujours dans la même direction. Le problème, c'est d'essayer de faire quelque chose pour éviter de vous faire renverser. La prendre de côté, par exemple, comme le torero qui se met de profil pour que la mort ne lui rentre pas dedans… Faut pas se faire déquiller au passage, c'est

320

tout ; on apprend ça quand on est tout petit… Mais ça me gênait pas, on s'en foutait. La misère dans laquelle on était m'a donné l'envie d'en sortir. Je trouve que c'est un avantage de prendre sa vie en compte très jeune.

Mes vrais débuts, je les ai faits dans des restos, en chantant avec une guitare. Après, au Café de la Gare, je faisais partie du spectacle de Romain Bouteille. C'est là que le patron de la Galerie 55 m'a déniché. Il m'a dit : « Fais un numéro de cabaret, tu commences dans quatre jours ! » J'y suis allé, et là, le gros bide… Quinze jours ! On m'a quand même dit : « Continue… », ou plutôt « Recommence, avec autre chose… »

Et bien avant, vous aviez un métier ?

Nous, dans ma bande de Montrouge, on cherchait à gagner du pognon pour démarrer dans la vie. On rêvait de faire la caisse du Prisunic avec un pistolet en bois. On l'a pas fait évidemment. Je voulais aussi être chanteur de rock. Avec mes potes on avait repéré une bonne planque : les figurants de cinéma, tu sais ceux qui se la coulent dans le fond. Ignorant comme j'étais, j'ai rien trouvé de mieux que d'aller demander à la caissière du cinéma de mon quartier comment on devenait figurant ! La voilà, ma culture ouvrière. En fait le mot culture ne colle pas. Je préfère connaissance. On connaissait des gens, on connaissait l'oppression du manque de fric. Chez les prolos, on apprend aussi que ce qui s'est passé hier n'a aucun intérêt. Rien à secouer de *La Joconde* ou des livres. C'est s'en sortir demain qui compte. À cette époque-là, j'étais sûr que j'étais con. J'avais pas lu, je savais rien. Je cherchais des gens intelligents, ceux qui savaient. Mon idée, à l'époque, c'est qu'ils devaient jouer aux échecs. Alors je suis allé à un club d'échecs qui se réunissait le mercredi soir en face de chez moi dans l'arrière-salle d'un bistrot. J'ai rencontré là un vieil étudiant en pharmacie, qui était communiste et qui m'a dit : « Le mieux, si tu veux comprendre ce qui se passe, c'est de lire Karl Marx. » Et il m'a filé *Le Capital* dans la Pléiade. Trois ans, que j'ai trimballé les deux volumes ! Quand j'arrivais au bas d'une page et que je n'avais rien compris, je recommençais. J'en ai tiré l'essentiel du capitalisme : un homme en trouve toujours un autre pour faire son boulot à sa place. Jusqu'au jour où je me suis aperçu que Karl Marx avait oublié un truc : le socialisme, on peut dire qu'il en était l'inventeur, alors que le capitalisme n'était l'invention de personne, c'était l'aboutissement d'une évolution. Ouais, j'ai découvert ça plus tard et ça m'a forcément intéressé, hé, hé…

Et mai 1968 ?

J'habitais une mansarde, rue Guénégaud, à Saint-Germain-des-Prés. J'étais coincé, dans le quartier, par les barrages de CRS alors je découvrais des idées. Jusqu'alors il n'y avait eu que moi. Me sortir de ma merde et de Montrouge, j'arrêtais pas de me faire virer des boulots. Je supportais pas l'ambiance. Coincé huit heures. Là on me parlait du bonheur pour tous. Cela dit je m'interrogeais sur leur façon de voir la révolution en bloquant le boulevard Saint-Germain. Alors, toujours avec Bouboule, et dans l'esprit de la démerde, on a été à la Sorbonne. Les étudiants nettoyaient pour plaire aux journalistes. On a emprunté des fleurs à un de mes anciens patrons. On s'est mis à l'entrée et on les proposait aux gens qui venaient pour qu'ils les déposent sur les marches de la cour, devant l'autel : « Donnez ce que vous pouvez. » Après quoi on allait ramasser les fleurs, on les ramenait près de la porte : on s'est fait un peu de blé.

Et après ?

J'ai été fleuriste, garçon de café… Je travaillais, quoi ! Dans le music-hall, tout le monde a fait plusieurs métiers, puisqu'on ne peut pas apprendre à faire du music-hall, on est obligé d'y venir par hasard. Mon hasard, c'est que je me suis aperçu qu'il y avait des patrons et que je n'arrivais pas bien à m'entendre avec ces gens-là. Au music-hall, il y a du travail, mais ça ne prouve pas que c'est un travail. C'est un domaine où il n'y a aucun moyen de débuter.

J'ai vite compris que le bonheur, ça passe pas forcément par le fait d'avoir un patron dans sa vie. Moi, ma chance, c'est le jour où j'ai rencontré Romain Bouteille, à La Méthode, un cabaret rive gauche, rue Descartes, où je venais traîner la nuit après avoir chanté dans les bistros. Romain m'a expliqué qu'il voulait fonder un supercabaret, avec des jeunes comédiens, et y'aurait pas de patron, et j'ai dit : « Moi je voudrais suivre », et j'ai suivi. Bouteille, ça a été une sorte de père. Ce que je ne lui ai pas piqué, il me l'a appris. Je n'avais jamais rencontré quelqu'un comme ça avant lui. Il sait apprendre aux autres, il sait donner confiance, c'est une force. Tout ce qu'il nous demandait, c'était qu'on fasse des progrès. Il m'a aussi appris l'essentiel : les choses appartiennent à ceux qui les font. Des idées, tout le monde en a, souvent les mêmes. Ce qu'il faut, c'est savoir s'en servir. Des gens souvent me disent : « J'ai une idée formidable. » Je leur réponds : « Eh bien, garde-là, et fais-en quelque chose. »

Comment êtes-vous devenu un comique ?

Ça s'est fait comme ça. Après avoir fait quatorze métiers, je me suis aperçu qu'il fallait surtout pas que je travaille. J'avais des facilités à m'extérioriser. Je me suis dit : « Tiens, je vais essayer d'être comédien »… J'adorais les films d'action, d'aventure, John Wayne, Belmondo. Je rêvais d'être comédien à cause de tout ça, je ne pensais pas au comique. Et puis, il y a eu Le Café de la Gare, j'étais là, j'ai construit le théâtre avec les autres, mais je n'étais même pas sûr que j'allais jouer dedans. Avant d'en faire, je n'étais jamais allé au théâtre… Et puis on a ouvert, et on a joué et on s'est aperçu que les sketches que Romain Bouteille avait écrits faisaient rire les gens, qu'on arrivait à les faire rire… Alors je suis rentré dans le créneau. Je me suis dit : « Je vais me faire un spectacle de sketches, et je vais appeler ce spectacle *Mes adieux au music-hall…* »

Une fausse sortie ?

Mon entrée dans le monde du music-hall.

Timide ?

Ben, j'en sais rien… Il faut quand même être gonflé pour faire ce métier-là. C'est un culot énorme de monter sur une scène et de dire à des gens qu'on ne connaît pas : « Et maintenant, vous allez rire. » Mais tout de même, sur scène, je me sens bien.

En 1974, vous déclariez : « Les gens élisent un président de la République et ensuite ils sont émerveillés

et s'écrient : "Quel type fantastique, il a réussi à être président de la République !" C'est cette raison qui me fait penser : "Pourquoi ne serais-je pas vedette ?"»
Vous êtes vedette aujourd'hui.

Effectivement, ça marche comme pour l'homme politique. Les gens commencent par l'élire, et après trouvent formidable qu'il ait réussi à être élu, alors que c'est eux qui l'ont fait. C'est un petit peu la même chose avec les artistes. C'est les gens qui élisent l'artiste. Tout ce qu'on peut faire, c'est se présenter. Des mecs qui se sont présentés, j'en ai connu beaucoup, autant en politique que dans le spectacle. Le public, et uniquement le public, décide. Tout ce qu'on raconte sur la manière dont on fait artificiellement des vedettes, c'est entièrement bidon. On n'a jamais fabriqué personne.

Il y a très peu de comiques…
Pourquoi, d'après vous ?

Parce que c'est très difficile de faire rire !
Mais pas du tout ! Entièrement faux ! Je vais vous dire pourquoi il n'y a pas beaucoup de comiques. Quand on a 15 ans et qu'on se destine à une carrière artistique, on se voit jeune premier romantique ou chanteur de rock'n roll avec une guitare. Alors, on achète une guitare. Mais personne n'achète du rouge pour se mettre sur le nez… personne, à 15 ans, ne s'avoue qu'il vaut mieux être moche que beau pour faire rire… Il n'y a qu'un exemple contraire, Bedos. Qui est joli garçon et qui fait beaucoup rire.

C'est le public qui n'est pas assez gourmand. On pourrait être une douzaine, ça ne dérangerait personne.

Pour réussir, on est sûr qu'il faut du talent, mais, pour ne pas réussir, il suffit de manquer de chance… Qu'est-ce que tu veux que je te dise d'autre ? Moi, j'ai jamais ramé. C'est pas normal. Il y a des tas de gens qui me demandent comment on devient comédien. Même figurant, je ne sais pas comment on fait. Aucune idée. Moi j'ai commencé vedette, ah, ah !

Vous travaillez beaucoup vos sketches ?

Je travaille pas mal, c'est vrai. Mais parce que c'est dans ma nature. J'ai un magnétophone dans la poche. Et je note. Ce que je vois à la télévision ou dans la rue, ce que je lis, ce qu'on me dit, ce qui se dit peut m'apporter une idée. De temps en temps, je vide mon magnétophone sur un cahier. J'ai toujours entendu dire : « Faire rire, c'est ce qu'il y a de plus difficile. » Personnellement, c'est ce que je connais de plus facile. C'est comme pour la plomberie, si t'es pas doué, c'est pas la peine.

Il y a des malentendus sur vos sketches parfois ?

Pendant longtemps, tout ce que je disais pour critiquer, je ne sais pas, moi, l'esprit raciste ou l'esprit de violence et d'intolérance, y'a des gens qui l'ont pris au premier degré, comme on dit. Je n'ai pas eu de problèmes avec les sujets que je choisissais – mais avec les autres. Ainsi, les Arabes, si je faisais un sketch où il y a un mec qui se moque d'eux, ils m'en ont jamais voulu, ils étaient très bien avec moi, c'est les autres, les racistes, qui gueulaient… Mais enfin, hein, j'étais là pour faire marrer – il faut bien admettre que dire du mal, ça fait rire, et que la vulgarité aussi, ça fait rire…

Et lorsque vous jouez, vous vous amusez ?

Oui, bien sûr. Si on s'emmerde, on ne fait rien de bien dans notre métier. Alors, la condition première, c'est de s'amuser…

Je ne me suis jamais emmerdé, sauf des fois à travailler trop. Il faut des vacances. Mon producteur ne l'entend pas comme cela. Si je fais 160 (dernières) représentations au lieu de 100, c'est qu'il m'a encore couillonné. Mais je ne regrette pas non plus d'être le plus facile à couillonner. J'aime bien ça.

Si on pouvait être vedette avec les avantages et pas les inconvénients, ce serait génial. Le plus gros inconvénient, c'est la popularité. C'est que je suis obligé d'envoyer quelqu'un d'autre au bistrot pour savoir de quoi parlent les gens, parce que si j'y vais moi-même, c'est moi qu'ils vont écouter. Mais je préfère quand même avoir les emmerdements de la popularité que d'être comédien inconnu ! Je peux pas me plaindre, je l'ai fait exprès.

Vous aimez rire ?

Moi ? Ah ben oui… C'est souvent le sérieux avec lequel on fait les choses qui m'amuse. Je regardais hier une vieille émission de télé de Gaston Bonheur. Il y avait un type qui attendait Mermoz à sa descente d'avion, il était très grave, vachement solennel, Mermoz arrive vers lui et le mec lui dit : « Au nom du peuple de Paris qui est venu vous applaudir et qui représente la France entière et probablement l'Europe, je ne vous dirai qu'un mot : bravo et merci ! » C'est formidable, non ? Sans parler des concours de faux culs qu'on organise en permanence à la télé, et de tout ce qu'on entend autour de soi. Moi, quand je trouve un mec qui a dit une connerie, je me sers du rire comme d'une arme pour le faire passer pour un con.

Ce n'est pas un peu méprisant ?

Il avait qu'à pas la dire, la connerie. Personne le forçait. Il faut être de plus en plus irrévérencieux. Secouer la merde intellectuelle.

Quand vous vous moquez du monde, certaines personnes vous en veulent ?

C'est qu'ils ne comprennent peut-être pas la démarche. Un comédien qui se met dans la peau de ses personnages pour s'en moquer se moque d'abord de lui-même. Il exprime ce qu'il est. Il est dans le coup. Sinon les gens ne se marrent pas.

Flics tabasseurs, loubards violeurs, anciens combattants aigris, bien que vous ayez toujours pris les tares de vos personnages à votre compte, on a parlé de « la France de Coluche »...

Parce que de temps en temps, je retourne le miroir, la connerie est inépuisable. Et les étiquettes ne sont que des gadgets. Je ne crois pas que les artistes fassent la mode, c'est la mode qui fait les artistes. Je passe pour être le comique d'après-68. Celui qui transporte des idées de Mai 68. En gros : Faut pas faire chier les jeunes. À travers cette image, que j'avais naturellement, j'ai été catalogué sujet à la mode, fait de mode. Mais *Hara-Kiri* avait existé avant moi.

J'ai simplement parlé le langage des gens, le même qu'eux, et sur les sujets qui les intéressaient. Et tous les « merde, con, chier » qu'on m'a reprochés, mais qui figurent aujourd'hui dans le Larousse, pourquoi et comment voulez-vous que je ne les utilise pas, puisque c'était notre langage dans notre enfance, puisque tout le monde parle comme ça… J'ai pris en compte les problèmes des gens : il y a un conflit permanent entre les jeunes et les vieux, et il s'est trouvé que je suis arrivé au moment où il y avait beaucoup plus de jeunes qu'autrefois, et ils m'ont sans doute reconnu, ou eux en moi. J'ai fait un truc qui m'a paru normal ! Le racisme, le sexe, la drogue, tout ce qu'on n'avait pas le droit de dire, je l'ai dit…

Je me suis dit : « Y'a des trucs qu'on peut dire, alors faut les dire. Ça fera forcément du bruit… » J'ai ma méthode, c'est une gymnastique de l'esprit. Je décode : je lis ou j'écoute tel discours de tel homme politique, et je me dis : qu'est-ce qu'il a voulu dire vraiment ? Parfois même, il suffit de redire ou de relire à haute voix ce qu'a dit un type sans rien changer et on fait rire toute une salle. À partir du moment où on a un crédit comique, on peut faire rire rien qu'en lisant le journal. « C'est écrit là », je leur dis, parfois, certains soirs ! Sur la même page d'un journal, le soir de la mort du pape, il y avait une pub : « Grande braderie au marché Saint-Pierre. » Je l'ai pas inventé, je l'ai lu, ils avaient pas fait exprès, c'était là, je l'ai lu !

Et la candidature à la présidentielle dans tout ça ?
Je m'en fous : c'est fini. Tout ce qui est fini cesse de m'intéresser.

Ton itinéraire d'après 1968, du Café de la Gare à cette candidature, tes envies de troupes, tes liens avec la bande d'Hara-Kiri, les sujets de tes sketches, tout cela semblait relever, osons les mots, d'une certaine forme d'idéalisme ou d'engagement. Aujourd'hui, cela semble bien loin...

Quel idéalisme ? Qu'est-ce que tu veux qu'on en ait à foutre du monde ! Tu sais, les mecs qui accordent trop d'importance à ce qu'ils font, ils finissent par ne plus vivre, ils ont l'impression que le monde va s'arrêter s'ils arrêtent de faire du spectacle. Moi, je ne suis pas de cette race-là. J'ai pas l'impression que ce que j'ai fait, ça a plus d'importance que d'avoir fait rire. J'étais sur scène, il y avait des gens dans la salle, ça leur faisait plaisir d'être là, ça me faisait plaisir qu'ils soient là et c'est tout. Je sais très bien qu'ils n'emportaient pas, en partant, un message qui allait changer leur vie.

Moi, j'ai jamais dit quelque chose d'important. Ce que fait un comique, un bouffon, n'est jamais important. Ça soulage les gens, ça les fait rigoler, mais c'est pas important. La politique ne concerne pas les artistes, du moins pas directement en tant que profession. En tant qu'artiste, tu peux parler en public d'autre chose que de ta profession. Les gens qui t'écoutent, ils savent bien que t'as pas le pouvoir. Ce que tu dis n'est pas reçu au sérieux. Ma campagne, pour les gens, c'était une plaisanterie. Il n'y a que pour les hommes politiques que c'était une chose sérieuse. Bien sûr, il y a plein de mecs qui se sont inscrits sur les listes électorales grâce à cette plaisanterie. Mais ça, c'était mon argument imparable : vis-à-vis de la loi, comme t'as pas le droit d'inciter les mecs à la révolte (même si finalement c'était une révolte quand même), les faire s'inscrire sur les listes, c'était un acte civique, quoi... J'allais pas dire aux gens : vous inscrivez pas pour voter pour moi ! Ça ne tenait pas debout !

Sans l'histoire des 500 signatures, vous auriez peut-être été candidat aux présidentielles.

Quand tu penses que Reagan, le vieux cow-boy, va peut-être devenir président des États-Unis, c'est très fort. Pendant les présidentielles, le seul truc qui intéressait les Américains, c'était le phénomène Coluche. Mais je suis allé aux États-Unis, et personne ne voulait croire que c'était moi.

C'est formidable de lire en public les déclarations des hommes politiques. Parce qu'on dit toujours : « Ils parlent pour ne rien dire. » C'est vrai, mais on ne sait pas à quel point ils ne disent rien. En politique, il faut toujours se demander : « Qu'est-ce qu'on risque ? » Par exemple : Est-ce qu'on risque vraiment que la droite repasse en 1981 ? Réponse : oui. Est-ce qu'on risque d'avoir Chirac ? Réponse : non. Qui est-ce qui reste ? Pince-moi, ben oui.

En matière de rigolos politiques, c'est pas moi qui ai commencé, parce qu'ils nous ont bien fait marrer. À tel point que maintenant ça nous fait plus rire.

Je me suis présenté pour rien, pour ceux qui voulaient voter pour rien. Je me suis présenté pour ceux qui s'abstenaient, votaient blanc ou votaient contre leur cœur. Pour les laissés-pour-compte des grands partis, les nègres, les crasseux, tout ça, ça fait du monde, non ? Trente ans qu'on nous fait des promesses à droite et que la gauche fabrique de l'espoir pour des prunes… Je voulais être le complice de tous les ras-le-bol. Mon programme ? L'hiver moins froid, l'été moins chaud.

Quelle leçon vous tirez de cette incursion dans la politique ?

J'y connais rien à la politique. Les deux seules

choses que j'ai apprises en faisant campagne, en parlant d'économie avec les uns et les autres, c'est que les hommes politiques, quels qu'ils soient, veulent tous garder des pauvres pour qu'ils aillent bosser. Et l'autre truc, c'est qu'une fois que le mec gouverne la France, y s'occupe plus de toi. À partir du moment où les types se retrouvent à la tête du pays, ils ont plus du tout le souci de ce qui se passe à l'intérieur, ils deviennent internationaux, ils planent.

Pourquoi faites-vous vos « adieux » au music-hall ?
Le véritable artiste, c'est celui qui dure, parce que, dans le métier, pour avoir du génie, faut être mort ; pour avoir du talent, faut être vieux, et quand on est jeune, on est des cons. Voilà. Donc, le seul critère, c'est le temps. Mais moi, le temps, j'ai l'intention de l'utiliser autrement. J'ai fait six ans de music-hall intense, un gala par jour, un disque par an, etc., et j'ai été vedette tout de suite. Maintenant, j'ai de l'argent, et j'ai un réflexe de pauvre. Parce que je ne suis pas un nouveau riche, je suis un ancien pauvre.

Quand je fais le bilan, je ne regarde pas mon itinéraire, mais tout ce qui s'est fait – pour parler comme Bouteille –, tout ce qui s'est construit. Il y a eu Le Café de la Gare, puis j'ai fait *Le Vrai Chic parisien*, puis j'ai fait tous mes spectacles tout seul, et puis j'ai rencontré Lederman. Je me suis retrouvé du Café de la Gare à l'Olympia du jour au lendemain. J'ai plus cessé de remplir les salles.

Je ne suis pas fatigué du métier, non, mais je ne vois pas l'intérêt de continuer alors que j'ai les moyens de m'arrêter. Avec une petite rente – pas énorme –, et puis j'aurai un jardin, et puis même j'irai à la pêche. À la pêche en mer, d'accord, mais à la pêche quand même. La retraite à 35 ans, ça s'appelle. Je suis pour. J'arrête de courir après. De travailler tous les jours. Attention, si après-demain je change d'avis, je reste et j'emmerde tout le monde : je vais pas me gêner. Mais ça m'étonnerait.

Qu'est-ce qui pourrait t'arriver de pire ?
Moi rien parce que tout me fait rire. Mais bon, il y a des gens à qui il arrive le pire tous les jours.

LE CINÉMA

« Faire l'acteur, c'est vachement bien. Il suffit de faire exprès devant la caméra tout ce qu'on fait spontanément dans la vie, même devant personne. »

Comment est-il, Oury ?
Quel âge il a, tu veux dire ?

Non, est-ce qu'il est très directif ?
Il n'y a pas beaucoup de réalisateurs qui soient en même temps des directeurs d'acteurs, sauf ceux qui ont été comédiens et qui s'en souviennent, et c'est justement le cas d'Oury. Les autres, ils demandent à l'acteur des trucs aberrants. Ils ne savent pas vraiment ce qu'ils veulent. De Funès me disait : « Il faut toujours répondre oui. Ensuite, tu fais exactement ce que tu veux. » Enfin bon, je ne vais pas me lancer dans les anecdotes, c'est pas mon style. Il faut demander ça aux vieux comédiens, qui sont toujours irrésistibles bien malgré eux.

Comme me disait Sacha Guitry : «Il y en a qui ont connu Molière, si on les écoute!»

Tu sais pourquoi il n'y a pas un seul prix pour les comiques dans les récompenses cinématographiques? Parce que personne dans les jurys n'ose dire. «Moi, j'ai jugé que ce film-là était drôle et que celui-ci n'était pas drôle.» Personne ne veut parler sur les films comiques, alors que sur les films chiants, tout le monde a un avis.

C'est peut-être parce que la façon de réagir au comique est une affaire très personnelle?

Mais non. Le comique, c'est mal. Si tu ris de quelque chose de mal, tu fraternises avec le mal. Si tu ris de quelque chose de bien, tu te moques du bien. Donc c'est mal de toute façon. Alors les mecs, surtout les habitués des festivals, ils n'osent pas se mouiller sur le comique. Puisque à chaque fois que tu les fais rire, tu les pièges. Résultat : ils s'écrasent.

Au music-hall, vous aviez votre univers, votre personnage... Vous prenez autant de plaisir à jouer des choses qui ne sont pas de vous?

Ce n'est pas une question de plaisir... Non, le music-hall, je voulais arrêter parce que j'en avais marre. J'en ai fait longtemps et puis tout le temps, intensément... Alors, j'ai eu envie de travailler moins et le cinéma, c'est moins de travail. Quand on n'est qu'acteur, on ne travaille que pendant le tournage, et encore pas beaucoup. Et en dehors de ça, on est en vacances.

Quels sont vos rêves et vos désirs d'acteur?

Un film où j'aurais un rôle très court et très bien payé!

À part cela, vous n'avez aucun rêve professionnel particulier ? Pas de carrière idéale ?

Moi, ce qui m'arrangerait le plus, c'est de gagner (en fait : rapporter, ou faire gagner) assez d'argent pour pouvoir continuer longtemps à faire des premiers rôles au cinéma : ce sont les mieux payés et c'est comme ça qu'on est les mieux traités… C'est vraiment bien…

Un succès, les premiers rôles, c'est un plaisir, bien sûr, mais de quel genre ? Quelles satisfactions ça vous apporte ?

De l'argent.

Il n'y a vraiment que ça ?

Bien sûr, eh, malin ! On peut penser ce qu'on veut des films que j'ai faits, mais si on proposait à d'autres de les faire pour autant de pognon (deux millions par film, dit-on…), ils les feraient !

Vous vous contentez de faire l'acteur. Vous n'avez pas envie de monter votre propre film ? Pourtant sur scène, vous faisiez un cinéma fantastique…

C'est pas le même métier. Le cinéma, c'est l'image. C'est un autre langage. Entre le cinéma et le théâtre, il y a la même différence qu'entre la chanson et la peinture.

Et le bruit qui court, selon lequel vous ne lisez jamais les scénarios et que vous n'allez jamais voir les films dans lesquels vous êtes ?

C'est vrai. C'est des potes qui lisent les scénarios. Et si après on me dit que le film est nul, je les engueule. Moi les scénarios, ça ne m'intéresse pas. Je m'intéresse au mec qui fait le film et à mon personnage, à ce qu'il est. Par contre, ce qui lui arrive, je m'en fous. Je veux rester frais pour le tournage, ne pas m'imaginer les trucs à l'avance, parce que sinon après on est toujours déçu. Je découvre les trucs sur le plateau, au moment de les jouer. Et les films, c'est vrai, je vais jamais les voir. On me dit si ils sont bien ou pas, ça me suffit. Parce que là aussi, les rares fois où je suis allé les voir, j'ai été déçu. Donc, fini, j'y vais plus. Je préfère voir les films des autres plutôt que les miens. C'est pas une question de principe, hein, c'est juste une question de goût.

Et maintenant?

J'ai tout préparé, je m'en vais. Honnêtement. Un jour, je me suis retrouvé aux Caraïbes, par hasard, j'ai vu une maison et je l'ai achetée pour moi, ma famille et mes copains, en me disant : « Tiens, je vais venir m'installer là. » C'est tout.

Ce qui pourrait m'arriver de pire ? Que sur ce coin de plage, le climat change, qu'il pleuve tous les jours, alors je l'aurais acheté pour rien, j'aurais tout perdu. Ben, je m'en fous. Je recommencerais. Je ferais autre chose. Et puis, peut-être que la Guadeloupe sera indépendante, un jour… Je m'en fous, parce que c'est vrai, en Guadeloupe, je suis raciste, j'aime pas les Blancs.

« Je l'entends rigoler d'ici, Coluche, sous les cocotiers ou les bananiers, ou enfin ce qui pousse là-bas. Avec des tonnes de mauvaise foi : "Hein, qui ? Moi ? J'ai pas dit ça. Ouais, ouais, ouais. Non, non, non. J'ai pas dit ça et puis c'est tout." » (Jacques Marquis.)

Chronologie

28 octobre 1944 : Naissance à Paris (Maternité de l'Hôpital Notre-Dame-du-Bon-Secours-14e) de Michel-Gérard-Joseph Colucci.

1958 : Certificat d'études.

1964 : Service militaire. Incorporé au 60e Régiment d'infanterie de Lons-Le-Saunier. Noté comme « un élément médiocre, qui utilise ses faibles moyens dans un sens néfaste et qui cherche plus à critiquer qu'à agir par lui-même ».

1965-1968 : Succession de « petits métiers ». Fleuriste. Chanteur d'inspiration médiévale au sein du groupe « Les Tournesols ».
Engagé au cabaret « Chez Bernadette », pour y faire la vaisselle, il en devient une sorte de directeur artistique et s'occupe de la programmation.

1969 : Rencontre avec Romain Bouteille qui veut créer un lieu nouveau qui ne soit ni théâtre, ni cabaret, ni bistrot. Bouteille réunit autour de lui Patrick Dewaere, Sotha, Catherine Mitry, Henry Guybet, Jean-Michel Haas, Gérard Lefebvre, Coluche et Miou-Miou, trouve un local passage d'Odessa, dans le 14e arrondissement, qu'ils se mettent tous ensemble à transformer en salle de spectacle, Le Café de la Gare. Ouvert en 1970, le premier « café-théâtre » est né. Le Café de la Gare a pour devise : « C'est moche, c'est sale, c'est dans le vent. » Les spectateurs paient leur entrée selon une loterie qui leur permet de payer de 0 à 30 francs, voire d'être remboursés de 1 franc. Les critiques dramatiques sont interdits. Des vélos sont à la disposition de ceux qui ont raté le dernier métro. Le public est conquis et n'hésite pas à faire la queue plusieurs heures pour y entrer.

1970 : À l'affiche du film *Le Pistonné*, de Claude Berri, qui l'a remarqué au cabaret. Début d'une succession d'apparitions dans des spots publicitaires, des dramatiques TV ou des longs métrages.

1971 : Après une brouille avec Romain Bouteille, Coluche monte, en novembre, sa propre troupe du « Vrai Chic parisien ». Le premier spectacle s'intitule *Thérèse est triste*, spectacle de sketches, et se produit au théâtre de l'Alliance française. L'affiche est dessinée par Reiser.

1972 : Installation du Vrai Chic parisien dans les anciens locaux du Café de la Gare, rue d'Odessa.

Représentation de la pièce de théâtre *Ginette Lacaze* au Vrai Chic parisien.

Naissance de son fils, Romain, le 29 juillet.

1973 : Dick Rivers programme *Ginette Lacaze* en première partie de son show à l'Olympia, en mai.

En octobre, la troupe interprète la version de Coluche de l'*Introduction à l'esthétique fondamentale*, qui n'a aucun rapport avec le traité de philosophie d'Emmanuel Kant. L'affiche est dessinée par Gotlib ; la pièce ne rencontre pas un énorme enthousiasme. Les dissensions naissent. Coluche une nouvelle fois abandonne la troupe.

1974 : Mars, premier one-man show : *Mes adieux au music-hall*. Pour la première fois sur scène, Coluche est vêtu de la salopette des mécaniciens américains et des brodequins jaunes qui immortaliseront son personnage.

En deuxième partie de soirée, il met en scène une pièce de Martin Lamotte : *Le Crépuscule des lâches*, parodie de film de guerre américain interprété par les comédiens du Vrai Chic parisien.

C'est alors qu'il signe un contrat d'exclusivité avec les producteurs Paul Lederman et Claude Martinez. Le spectacle est donné au nouveau Café de la Gare à guichets fermés.

Coluche entreprend des tournées à travers la France, la Suisse, la Belgique, et participe abondamment aux plateaux des émissions de variétés télévisées : « Domino », « Top à... » « Show Coluche », etc.

1975 : En février, Coluche revient à l'Olympia, cette fois-ci en vedette. Cette année-là, le « Schmilblick » sera l'un des tubes de l'été dont plus d'un million de 45 tours seront vendu.

Le 16 octobre, mariage avec Véronique Kantor à la mairie du 5e arrondissement de Paris.

En novembre, Coluche joue à « Bobino » des sketches inédits pendant plus de deux heures.

1976 : Janvier, sortie du premier long métrage de Patrice Leconte, avec Jean Rochefort, Roland Dubillard et Coluche *Les vécés étaient fermés de l'intérieur…* Les cinémas aussi diront certains devant le succès mitigé du film.

Coluche tourne ensuite avec l'une de ses idoles, Louis de Funès, un film de Claude Zidi.

Au mois d'octobre, reprise à l'Élysée-Montmartre de *Ginette Lacaze 1960 – chronique chantée de mœurs*.

Le 16 octobre naît Marius, deuxième fils de Michel et Véronique.

1978 : À partir du mois d'avril, Coluche va animer tous les après-midi la tranche 15 h-16 h 30 sur Europe 1. L'émission porte le titre « On n'est pas là pour se faire engueuler » emprunté à Boris Vian.

L'aventure dure jusqu'à la fin du mois d'octobre 1979, date où Coluche repart en tournée jusqu'en mars 1980.

1980 : En février, Coluche est embauché sur RMC pour trois mois. Le directeur de la station a seulement demandé que soit épargnée la famille princière, détentrice de 17 % des actions de la station. Coluche se voit remercié au bout de 15 jours pour « incompatibilité d'humeur ! »

Coluche reprend donc sa tournée où l'attendent les salles combles. En mars, à un journaliste du *Matin*, Coluche laisse entendre qu'il aimerait bien se présenter comme candidat aux élections présidentielles. Avant d'aller tourner avec Gérard Depardieu et Dominique Lavanant, sous la direction de Claude Zidi : *Inspecteur La Bavure*, Coluche rode, comme d'habitude au Café de la Gare, le prochain spectacle qu'il jouera au Théâtre du Gymnase-Marie Bell.

Les interviews qu'il donne au cours de cette rentrée parlent de retraite en famille dans les îles, évoquent un certain « ras-le-bol ». Trop de tournées l'ont lassé. Il veut tourner, partir se reposer ensuite.

Le 26 octobre, filmé dans sa loge pour le journal télévisé, il annonce sa future candidature. Le 30 octobre, il tient une conférence de presse. Le 27 novembre, le régisseur du spectacle, René Gorlin, est assassiné. (On apprendra un an plus tard qu'il s'agissait d'un crime passionnel.) Le candidat présidentiel « bleu, blanc, merde » déchaîne les passions. Partout en France se créent des comités de soutien : « Monique : deux qui la tiennent trois qui la niquent ».

Hara-kiri devient le support privilégié de toute la propagande du « Candidat nul ». Mais des journaux nettement plus « sérieux » consacrent à Coluche leurs couvertures ou d'importants articles. Le *Journal du Dimanche* du 14 décembre 1980 va jusqu'à lui attribuer 16 % d'intentions de votes. Coluche tient des conférences devant la presse internationale, et joue tous les soirs, sur la scène du Gymnase. «Je suis le seul candidat à faire salle comble en faisant payer ceux qui viennent m'écouter.»

Le sérail politique s'inquiète de plus en plus de cette intrusion dans ses rangs, et les émissions de débat politique refusent désormais le «candidat Coluche», au motif que c'est un clown. Le journaliste Patrick Meyer se fait même licencier de «Radio 7», qui appartient à l'ORTF, pour avoir invité Coluche sur ces ondes écoutées par un auditoire jeune. Parallèlement, les émissions de variétés télévisées ne programment plus Coluche pour raisons politiques. Ainsi donc, les espaces d'expression se ferment les uns après les autres à l'artiste qui après une ultime conférence de presse «au plat de spaghettis» entamera une grève de la faim.

1981 : Après avoir mis un terme à son marathon théâtral au Gymnase, en février, Coluche annonce qu'il se retire de la campagne électorale, le 7 avril.

En juin débute le tournage du film : *Le Maître d'école* avec Josiane Balasko, sous la direction de Claude Berri.

Après l'élection de François Mitterrand, et l'arrivée de la gauche au pouvoir, se multiplient les éclosions de radios dites «libres». Patrick Meyer a créé «RFM, la radio couleur». Coluche, pendant plus d'un mois, en assurera gratuitement l'animation, en souvenir du licenciement de Meyer lors de la campagne électorale du candidat Coluche.

En décembre, Coluche et Véronique divorcent.

1982 : Coluche ne veut plus faire qu'un film de temps en temps, et vit le reste du temps dans les Caraïbes, où il navigue sous des cieux chauds.

Pendant le 2e trimestre 1982, il part à Sousse, en Tunisie, tourner *Deux heures moins le quart avant Jésus-Christ* de Jean Yanne. À la fin du tournage, Coluche participe, déguisé en Zorro, à l'émission de Michel Polac : « Faut-il se débarrasser de Coluche ? » (19/06/1982). Il y est venu accompagné de ses enfants et d'un aréopage de jolies filles en guêpières. À l'automne, ce sera vers Hong-Kong qu'il ira tourner *Banzaï !* avec Valérie Mairesse, sous la direction de Claude Zidi.

1983 : Coluche tourne *La Femme de mon pote* sous la direction de Bertrand Blier, avec Isabelle Huppert et Thierry Lhermitte. Puis *Tchao Pantin*, mis en scène par Claude Berri, avec Richard Anconina et Agnès Soral, et *Le Roi Dagobert* réalisé par Dino Risi.

Il se produit avec « Le Grand Orchestre du Splendid », en interprétant une mémorable *Salsa du Démon*.

1984 : Coluche reçoit le césar du meilleur acteur pour son interprétation dans *Tchao Pantin*.

Il part ensuite au Mexique tourner *La Vengeance du serpent à plumes* sous la direction de Gérard Oury, avec Marushka Detmers et Luis Rego.

Coluche prend de nouveau part à des émissions télévisées, et le public est toujours présent. Au 3e trimestre, il tourne en Égypte, de nouveau sous la direction de Dino Risi, *Le Fou de guerre*, avec Michel Serrault, Carole Bouquet et Ugo Tognazzi.

1985 : Au mois de mai, Coluche participe à l'émission de Patrick Sabatier : « Le Jeu de la vérité. » L'émission fait un malheur. Un des plus gros scores d'audience.

Participation active pour soutenir ses « potes » de SOS-Racisme, aux côtés d'Harlem Désir. Concert le 15 juin place de la Concorde. À partir du mois de juillet, Coluche va renouer avec son « média » favori en animant l'émission quotidienne de la tranche 15 h-16 h 30 sur Europe 1 : « Y'en aura pour tout le monde. »

Gigantesque canular le 25 septembre 1985 : mariage de Coluche et de Le Luron « pour le meilleur et pour le rire »…

Le 29, Coluche file en Italie, sur le circuit de Nardo, défier le record à moto du kilomètre lancé. Il le bat à la vitesse de 252,087 km/h sur une 750 Yamaha OW 31.

Dès octobre, Coluche va présenter une émission quotidienne sur la nouvelle chaîne cryptée : Canal +. L'émission intitulé « Coluche 1-Faux » sera diffusée en direct et en clair à 19 h.

Depuis l'antenne d'Europe 1 Coluche lance l'idée des « Restaurants du Cœur ». Il demande à Jean-Jacques Goldman qu'il croise dans les loges de Canal +, de lui écrire un « tube ».

À travers ses passages combinés entre Europe 1 et Canal +, Coluche apporte un soutien décisif à l'association.

À cette période, il joue sous la direction de Josiane Balasko, dans le film *Sacs de nœuds*, ainsi que dans *Les Rois du gag* de Claude Zidi.

1986 : En janvier, Coluche poursuit sa participation à la radio ainsi qu'à la chaîne cryptée. Tout en déployant un intense travail pour les «Restos du Cœur».

Le 26 janvier, sur la 1re chaîne (non encore privatisée) il anime tout l'après-midi d'un dimanche ce que *Libération* appellera «La grand'messe cathodique de Saint Coluche». Cela permet de récolter plus de 26 millions de francs pour l'association.

Sur ses cahiers d'écolier, sur son dictaphone, il engrange chaque jour le matériel du nouveau spectacle qu'il donnera sur scène. D'abord au Café de la Gare, comme de coutume, puis au mois de septembre au Zénith de Paris.

Pour préparer son spectacle, Coluche s'est établi dans le Midi, à côté d'Opio. Le 19 juin, il rentre de Cannes à moto, avec ses amis Ludo et Didier. Il fait beau. Soudain un camion dresse un mur devant lui, Coluche meurt à 41 ans.

Table

Du même auteur
au cherche midi :

Pensées et anecdotes, illustrées par Cabu, Gébé, Gotlib,
  Reiser, Wolinski.
Et vous trouvez ça drôle ?
Elle est courte mais elle est bonne.
Ça roule, ma poule.

Achevé d'imprimer en mars 2006 en Espagne par
LIBERDÚPLEX
Sant Llorenç d'Hortons (08791)
Nº d'éditeur : 68677
Dépôt légal 1ère publication : mars 2006
Librairie Générale Française - 31, rue de Fleurus - 75278 Paris Cedex 06

31/1429/5